KEVIN MCLAUGHLIN &
MICHAEL T. ANDERLE

DRACHEN-SCHWINGEN

STAHLDRACHE – BUCH 03

Für meine Familie, Freunde und alle
diejenigen, die es lieben zu lesen.
Mögen wir alle das Glück haben das Leben
zu leben für das wir bestimmt sind.

IMPRESSUM

Drachenschwingen (dieses Buch) ist ein fiktives Werk.
Alle Charaktere, Organisationen, und Ereignisse, die in diesem
Roman geschildert werden, sind entweder das Produkt der Fantasie
des Autors oder frei erfunden. Manchmal beides.

Copyright der englischen Fassung: © 2019 LMBPN® Publishing
Copyright der deutschen Fassung: © 2020 LMBPN® International FZC
Titelbild erstellt durch Jake @ J Caleb Design,
http://jcalebdesign.com, jcalebdesign@gmail.com
Titelbild Copyright © LMBPN® Publishing

LMBPN® International unterstützt das Recht zur freien Rede und
den Wert des Copyrights. Der Zweck des Copyrights ist es Autoren
und Künstlern zu ermutigen die kreativen Werke zu produzieren, die
unsere Kultur bereichern.

Die Verteilung von diesem Buch ohne Erlaubnis ist ein Diebstahl
der intellektuellen Rechte des Autors. Wenn Du die Einwilligung
suchst, um Material von diesem Buch zu verwenden (außer zu
Prüfungszwecken), dann kontaktiere bitte international@lmbpn.com
Vielen Dank für Deine Unterstützung der Rechte des Autors.

LMBPN® International ist ein Imprint von
LMBPN® International FZC
Business Center, Sharjah, Publishing City Free Zone,
Sharjah, Vereinigte Arabische Emirate

Version 1.03 (basierend auf der englischen Version 1.01), April 2022
Deutsche Erstveröffentlichung als e-Book: März 2020
Deutsche Erstveröffentlichung als Paperback: März 2020

Übersetzung des Originals (Steel Dragon 03 –
Dragon Rising) ins Deutsche, Lektorat
und Satz der deutschen Version:
4media Verlag GmbH,
Hangweg 12, 34549 Edertal,
Deutschland

ISBN der Paperback-Version: 978-1-64202-725-9

DE20-006-00022

ÜBERSETZUNGSTEAM

Primäres Lektorat
Astrid Handvest

Sekundäres Lektorat
Jens Schulze

Beta-Team
Jessica Köhler
Stefan Krüll
Sabine Marx
Volker Tesche

KAPITEL 1

Diese einfältigen Kreaturen, die sich um Sebastian Shadowstorm drängten, zeigten nicht den Hauch von Intelligenz. Sie waren lediglich Vieh das gehütet werden musste, weiter nichts. Eines Tages würde er über sie herrschen – oder ihr Fleisch rösten – und sie leiden lassen, weil sie nicht darum gebeten hatten, früher von ihm geführt zu werden. Wie jemand nur denken konnte, dass diese Tiere mehr erwarten könnten, als von ihren Herren mit Tischabfällen gefüttert zu werden, lag jenseits der Vorstellungskraft des schwarzen Drachen. Ja, sie konnten Werkzeuge benutzen, aber Krähen taten das auch und die wussten wenigstens, dass sie Aasfresser waren.

Eine brüllende Hupe riss ihn aus seinen Gedanken.

»Die Ampel ist grün. Fahr los, verdammt noch mal.«

Er blickte finster in den Rückspiegel. »Ich fahre, du plebejische Kakerlake«, brüllte er aus dem Fenster des VW-Käfer Baujahr 1982, den er gerade fuhr. Die Menschen lobten ihre Erfindungen, ihre Beherrschung von Maschinen und Medizin, Elektrizität und diese eingefrorenen Bilder und doch hatten sie bei all ihrem Einfallsreichtum auch den Verkehr erfunden.

»Fahr schneller oder ich stopfe dir meinen verdammten Truck in den Arsch.«

Diese Menschen waren widerliche, grobe Kreaturen und doch hatte dieser Trottel das Recht dazu. Die Ampel war grün und er war an der Reihe. Er bewunderte die Effizienz der Systeme, mit denen die Menschen ihre täglichen Aktivitäten steuerten. An dieser Kreuzung beugten sich alle ohne zu zögern der Farbe von Straßenlaternen. Bald würden sie Kiefern mit den gleichen Farben bemalen, sie in ihre Häuser bringen und dann praktisch verehren. Das war wirklich erbärmlich.

Sein Blick wurde unergründlich, als er den Fuß auf das Gaspedal setzte und der Wagen über die Kreuzung hinaus beschleunigte. Kaum war er angefahren, raste der Mann in dem Lastwagen hinter ihm an ihm vorbei und drückte anhaltend auf die Hupe.

Sebastian streckte seinen massiven Arm aus dem winzigen Fenster seines Fahrzeugs und zeigte ihm den Mittelfinger. Das war eine sehr menschliche Geste, die sowohl Beleidigung als auch Bedrohung sein konnte. Er fand die Verwendung recht reizvoll.

Zumindest war sie das, bis der Mann auf dem Beifahrersitz des Lastwagens einen Becher kohlensäurehaltiges Zuckerwasser aus dem offenen Fenster nach ihm warf und den Ärmel seines schwarzen Anzugs durchnässte.

In diesem Moment brauchte es jedes Fünkchen Kontrolle, die der Drache in seinem jahrhundertelangen Leben erlernt hatte, um sich nicht in seine wahre Gestalt zu verwandeln, seine Flügel auszubreiten, den Mann aus dem Lastwagen zu zerren und ihn zu verschlingen, wie ein Mensch eine Sardinenkonserve verschlingen würde. Wie herrlich wäre es, den Wolken die Hand zu reichen und Regen und Wind herauf zu beschwören.

Drachenschwingen

Es würde anfangen zu stürmen und der Mann im Lastwagen würde anfangen, sich auf die Straße zu konzentrieren. Im nächsten Augenblick könnte ein Schatten den am Himmel wütenden Blitz verdecken und der Mann wäre nur noch totes Fleisch.

Aber er verwandelte sich nicht, beschwor auch weder einen Sturm noch Blitze. Er hatte nicht einmal seine Aura eingesetzt und den Mann dazu gebracht, nicht auf die Straße zu achten und sein ekelhaftes Fahrzeug zu crashen.

Er hatte sich unter Menschen versteckt, also musste er sich wie einer verhalten, so erniedrigend das auch war. Glücklicherweise kannte er den Ernst der Lage nur zu gut, um seine Selbstkontrolle zu bewahren. Der Mann in dem Truck war nur ein Mensch. Kein Feind, nur ein Ärgernis. Sebastian Shadowstorm hatte Feinde, die weitaus Schlimmeres tun konnten, als seinen Anzug zu beschmutzen. Bis sie besiegt oder unterwandert werden konnten, würde er mit den Beleidigungen umgehen müssen.

Außerdem war dieser Verkehr kein so übles Verhalten der Menschen. Der Drache hatte sowohl die Inquisition durchlebt bevor er Europa verlassen hatte, als auch die Sklaverei in der neuen Welt. Im Vergleich zu ihrer eigenen Vergangenheit waren die Menschen der Moderne geradezu friedlich.

Im Gegensatz zu seinen Feinden.

Sie dachten, sie hätten ihn aus der Motor City vertrieben und er konnte seine derzeitige Position nicht wegen kleingeistiger Rachegefühle verraten. Er hielt sich bereits ein paar Wochen lang versteckt und das Drachen-SWAT schien keine Ahnung zu haben, wo er sich aufhielt. Jahrhunderte Praxis hatten ihn gelehrt, seine Aura besser als fast jeder andere Drache zu kontrollieren, was bedeutete, dass er sich vor den meisten von ihnen verbergen konnte. Derzeit war das Verstecken seiner Fähigkeiten das Einzige, was er trainieren konnte und selbst das hatte nicht immer funktioniert, jedenfalls nicht bei jedem.

Aber es schien gegen seine Artgenossen vom Drachen-SWAT zu klappen und das war es, was zählte. Solange er in Detroit blieb, befand er sich in einer Machtposition. Er hatte Jahrzehnte damit zugebracht, ein Netzwerk von Menschen aufzubauen, die ihm hier dienten. Hier war seine Operationsbasis und hier konnte er am leichtesten handeln, wenn er wollte.

Oder, wenn es von ihm verlangt wurde.

Ein anderer Fahrer hatte offenbar ebenfalls die Nase voll von der Fahrweise des VW-Käfers, beschleunigte zum Überholen und schnitt Sebastian, wobei er die ganze Zeit infernalisch hupte.

Wie sehr wünschte er sich jetzt seinen Chauffeur und seine Limousine hier zu haben, aber er hatte den Befehl erhalten, alleine und diskret zu kommen und keine andere Wahl, als zu gehorchen. Außerdem passte er schon alleine kaum in das kleine Auto. Wenn Tyler fahren würde, hätte er überhaupt nicht mehr hineingepasst.

Und – obwohl er es nicht wirklich zugeben wollte – er mochte Tyler. Nein, nicht mochte, aber er schätzte seine Dienste. Er war ein tüchtiger, gut ausgebildeter Diener, der seinem Herrn treuer ergeben war als seiner eigenen erbärmlichen Spezies und es wäre schade – nein, nicht schade, sagte sich Sebastian, sondern eine Verschwendung von Ressourcen – den Mann wegen einer Autofahrt zu verlieren.

Drachenschwingen

Sebastian bog in die Sand Bar Lane ein und fuhr bis zum Ende der Straße. Er parkte sein Auto, quetschte sich durch die winzige Tür des kleinen Fahrzeugs und begutachtete den Treffpunkt. Es war demütigend für ihn. Man hatte ihm gesagt, er solle sich bedeckt halten und diskret bleiben und doch hatte man ihn zu einem restaurierten Schaufelraddampfer bestellt – dem einzigen in der ganzen Stadt wohlgemerkt.

Das Schiff war fast ein Jahrhundert zuvor gebaut worden, aber das konnte man bei genauem Hinsehen nicht mehr erkennen. Es hatte einen frischen, weißen Anstrich bekommen, der in der Nachmittagssonne funkelte, das Schaufelrad war perfekt rot foliert und die beiden Schornsteine glänzten. Obwohl das Boot mehr als doppelt so alt war wie sein VW-Käfer, sah es neu, schön und sehr glamourös aus. Aus den Innenräumen erklang ein Streichquartett und es duftete nach gebratenem Fleisch. Es war das Prunkvollste, was er seit Wochen gesehen hatte und es erfüllte ihn mit Neid.

Er hatte seine Villa verlassen und war in ein winziges, von Kakerlaken befallenes Motel gezogen. Zu oft in der letzten Zeit hatte er Fastfood gegessen und nichts zu seiner Unterhaltung getan, außer fernzusehen und zu versuchen, sich mit dem Phänomen vertraut zu machen, das ihm seine Macht genommen hatte – dem Internet. Nun wurde er mit allem konfrontiert, was er verloren hatte. Es war etwas absolut Dekadentes daran, den Luxus der vergangenen Jahrzehnte so auszuleben, während die Welt weiter vorwärts raste. Offensichtlich fühlte der Besitzer des Dampfers genauso und wollte, dass er es sah und litt.

Oder vielleicht auch nicht.

11

Vielleicht – nur vielleicht, wenn alles gut ging – könnte er sich seinen Platz wieder erarbeiten und ausbauen. Es war ja nicht seine Schuld, es lag an Kristen. Wie er den Stahldrachen und ihre Verbündeten im Drachen-SWAT doch hasste. Er hätte sie besiegen können und war ihr verlockend nahe gekommen, aber sie hatte ihn mit diesem höllischen Smartphone einfach überlistet. Aber er hatte daraus gelernt und wusste, dass es ihr Wissen um die moderne Welt – die menschliche Welt – war, das ihr einen Vorteil verschafft hatte. Er würde einfach klarstellen müssen, dass das nicht wieder passieren könnte und er war sicher, dass der Maskierte es verstehen würde. Schließlich war ein Streichquartett, das auf einem Boot spielte, auch nicht gerade typisch menschlich.

Drachen blickten auf die Erfindungen herab, die die Menschen im letzten Jahrhundert oder so gemacht hatten. Jedes Jahr schien es etwas Neues zu geben. Der Maskierte kannte zweifellos auch die neue Art von Musik und Transport in der Welt, aber er hatte sich entschieden, in der Vergangenheit zu leben. Hoffentlich konnte er dem mächtigen Drachen zeigen, dass sie beide die gleichen Fehler hatten.

Sebastian richtete seine Schultern auf, rieb sich den steifen Nacken, der vom Eingepferchtsein in dem winzigen VW herrührte und ging über die Gangway auf das Schiff.

Das Innere des Schiffes war noch extravaganter als die Außenseite. Sorgfältig geschnitzte Säulen trugen eine Decke, die mit Bildern von Drachen bemalt war, die Menschen durch ihre Geschichte führten. Die geflügelten Kreaturen standen über Schlachtfeldern, auf

Drachenschwingen

Schiffen zur Entdeckung neuer Länder und über den Königen und Politikern, die ihre Macht aus den Resten schöpften, die von der Tafel der Drachen herab fielen.

Wenn das nur die Idioten sehen könnten, die ständig hupten. Vielleicht würden sie dann einsehen, wie unbedeutend ihre Spezies wirklich war.

Er begab sich eine wunderschöne Wendeltreppe hinunter, die zu einem Ballsaal mit Marmorboden führte. Auf der gegenüberliegenden Seite des Ballsaals spielte das Streichquartett für einen Raum voller Tänzer. Männer und Frauen tanzten elegant zu einer Musik, die bereits seit Jahrhunderten existierte. Trotz ihrer edlen Kleidung und anmutigen Bewegungen spürte er keinen Drachen unter ihnen. Er musste ein wenig über diese Machtdemonstration lächeln. Die Macht des Maskierten war so groß, dass er seine Geschäfte vor den Augen all dieser Leute abwickeln konnte. Sie gehorchten jeder seiner Launen und bestätigten jede Geschichte. Dieses Szenario war eine unangenehme Erinnerung daran, dass die Schläger, die er angeheuert hatte, kaum mehr als Wegwerfartikel waren.

Das war ein irritierender Gedanke und er schob ihn beiseite, als er über die Tanzfläche ging und nach dem Mann suchte, der ihn gerufen hatte. Er würde doch nicht tanzen, oder? Nein. Sebastian schaute auf die Uhr auf der anderen Seite des Raumes. 6:01. Eigentlich sollten sie schon miteinander reden, aber er konnte den Gesuchten nicht finden. Dennoch war er nicht so naiv zu glauben, dass sein Vorgesetzter ihm das nicht übel nehmen würde.

»Shadowstorm«, knurrte ein Mann, ein Mensch im Smoking mit Spitzbart.

»Was?«, schnappte er als Antwort.

»Sprich nicht so mit dem Diener deines Herrn. Du hast versagt. Vergiss das nicht.«

»Er hat mich gerufen.«

»Der Maskierte wartet oben. Er schaut den Tänzern gerne zu, um zu sehen, welche von ihnen die Choreografie nicht beherrschen. Solche Unachtsamkeiten machen aus sorgfältig geplanter Schönheit ein Desaster.«

Sebastian nickte. Die Parallelen zu seiner eigenen Situation gingen ihm nicht aus dem Kopf. Er folgte dem Mann eine weitere Treppe hinauf und fand den Maskierten auf einem Thron sitzend vor.

Nun, nicht unbedingt ein Thron, eher ein überladener roter Samtstuhl mit vergoldeten, gebogenen Beinen und aufwendigen Armlehnen. Der Stuhl stand neben einem kleinen Tisch, auf dem ein einzelnes Getränk in einem Martini-Glas stand. Er war nicht so dumm zu glauben, dass ihm eines angeboten würde, bis der Drache ein Zeichen setzen wollte. Er war auch nicht so töricht, sich über den Metallklappstuhl zu beschweren, auf den er sich setzen sollte.

Er ignorierte den Menschen, der hinter ihm stehen geblieben war.

Der Maskierte trug ein dunkles, blutrotes Gewand mit Kapuze. Seine Haut war mittelbraun. Sebastian konnte nur wenig vom Gesicht sehen, da sein Gegenüber den vorderen Teil eines Totenschädels als Maske trug. Daher natürlich auch der Name ›der Maskierte‹. Trotz Sebastians Verachtung für die Menschheit empfand er es immer noch als unangenehm zu sehen, wie einer ihrer Schädel als Maske getragen wurde.

»Setzen«, befahl der Maskierte.

Drachenschwingen

Sebastian setzte sich folgsam.

»Mylord, verzeiht mir«, bat er flehentlich, nahm die Hand des anderen und küsste einen der goldenen Ringe.

»Ich bin nicht unbedingt einer, der vergibt, Shadowstorm. Das weißt du. Ich gebe gelegentlich eine zweite Chance, obwohl ich jetzt nur wenig Grund dazu sehe.«

»Mylord, ich flehe Sie an, nur noch eine Chance.«

»Und warum sollte ich das tun? Detroit sollte schon längst im Chaos versinken. Die Stadt hatte ihre kurze Zeit in der Sonne, aber damit ich meine Pläne weiterverfolgen kann, muss sie fallen.«

»Ja, Mylord, natürlich muss sie das.«

»Warum ist es dann nicht passiert?«

In diesem Moment hörte das Streichquartett auf zu spielen. Sebastian hatte nicht genug auf die Musik gehört, um zu wissen, ob das Lied zu Ende war oder ob es sich um eine Art Code gehandelt hatte. Es wurde still, während er nach Worten rang. Was würde der Maskierte glauben? Die Wahrheit? Aber die Wahrheit war insofern gefährlich, weil er sich nicht an den vereinbarten Plan gehalten hatte. Er hatte seinen eigenen Plan angewendet und war gescheitert. Aber sollte er den Maskierten anlügen? Was wäre, wenn der andere Drache seine Täuschung durchschauen würde?

Ein Ausbruch von Ungeduld traf ihn, ausgelöst durch die Aura des Maskierten. Es war sehr unangenehm, sich von der Aura eines anderen Drachen beeinflussen zu lassen und auch sehr selten. Er hatte sich für immun dagegen gehalten und doch quollen die Worte aus seinem Mund, so schnell wie die Hände der Musiker des Streichquartetts begannen, ein neues Lied zu spielen.

»Mylord, der Stahldrache ist an allem schuld. Ich hatte die Stadt am Abgrund des Chaos. Die Gangs wollten alles zum Einsturz bringen und sie erschien und ... Ich hatte sie nicht erwartet.«

»Gescheitert. Ja. Das ist das Wort dafür, nicht wahr?«

Shadowstorm rutschte von seinem Stuhl und kniete zu Füßen des Maskierten. Selbst in dieser Haltung war er massiv und viel größer als die winzige Gestalt des sitzenden Drachen, aber er wusste, dass es weit mehr als nur rohe Kraft gab.

»Bitte, Mylord, bitte. Ich bitte Euch nur noch um eine Chance. Noch eine. Ich werde beenden, was ich begonnen habe.«

»Kannst du das überhaupt? Das Drachen-SWAT weiß mittlerweile, wer du bist. Sie kennen dein Gesicht. Die Identität von Mister Black ist wertlos. Du hast deine Aura bisher verborgen, aber sie werden dich finden.«

»Nein, Mylord, nicht mit den Gaben, die ich von euch habe, nicht mit den Kräften, die Ihr mir eröffnet habt. Ich kann ihnen aus dem Weg gehen. Ich kann die Mission beenden.«

»Und wie willst du das machen? Willst du diesem lästigen Stahldrachen eine Tasse Kaffee kaufen und versuchen, sie für deine Sache zu bekehren?« Der Maskierte lachte über seine eigenen Worte. Offensichtlich fand er sie lächerlich.

»Ich habe mich geirrt, Mylord, wirklich geirrt.« Sebastian sprach Richtung Boden, er wagte nicht aufzuschauen und sich der Skelettmaske des stärkeren Drachen zu stellen. »Ich dachte, ich könnte sie auf unsere Seite ziehen, ich könnte an sie gelangen, bevor die anderen Drachen ihren Geist mit lächerlichen Moralvorstellungen und humanen Prinzipien infiltrieren können. Aber sie ist zu weit gegangen – weiter als Drachen-SWAT. Sie hält sich für einen Menschen und ich konnte sie nicht dazu bringen, die Wahrheit zu sehen.«

»Und konntest du herausfinden, woher sie gekommen ist? Wer hat sie gemacht?«

Sebastians Herz fing an, in seinem Brustkorb zu schlagen, stärker und stärker, schneller und schneller und es wiederholte dabei immer wieder dieselbe Botschaft. *Du hast versagt. Du hast versagt. Du hast versagt.*

»Ich ... ich konnte diese Informationen nicht herausfinden, Mylord.«

»Wir haben jetzt viel über dein Versagen gesprochen, Shadowstorm. Erkläre mir jetzt, wie du dieses Chaos in Ordnung bringen möchtest.«

Das Trommeln in seinen Ohren begann wie eine Lektion zu wirken. Er bekäme noch eine Chance. Aber er war noch nicht aus der Versenkung heraus. Wenn er etwas Falsches sagen würde, hätte er keinen Zweifel daran, dass seine privilegierte Position in der Organisation des Maskierten bröckeln und seine derzeitige Unterkunft in dem billigen, menschlichen Hotel geradezu dekadent aussehen würde.

»Detroit wird fallen, Mylord. Hier herrscht Ungleichheit. Die Stadt ist reif für die Zerstörung, trotz dieses falschen Reichtums, den sie derzeit zur Schau stellt. Es war nur der Stahldrache, der mich aufgehalten hat. Aber jetzt werde ich sie aufhalten. Ich habe sie unterschätzt und dachte, ich könnte sie manipulieren, aber ich sehe ein, dass ich das nicht kann. Ich habe bereits ein Werkzeug gefunden, das mit ihr fertig wird. Wenn diese Arbeit getan ist, wird auch der Rest der Stadt fallen.«

»Und wenn dein Werkzeug versagt? Was dann?«

»Wird es nicht, Mylord. Ich versichere Ihnen, das wird es nicht.«

»Und wenn doch?«

»Dann werde ich die Arbeit beenden, Mylord. Ich werde den Stahldrachen mit meinen eigenen Krallen töten, wenn es sein muss und ich werde diese Stadt in Brand stecken.«

»Das musst du, Shadowstorm. Das musst du wirklich. Wenn du meine Pläne weiter aufhältst, bist du nutzlos für mich – mehr als nutzlos. Wenn du glaubst, dass dein Werkzeug die Aufgabe erfüllen kann, dann solltest du es auf jeden Fall anwenden. Aber wenn es fehlschlägt, wirst du selbst die Aufgabe erfüllen. Wenn du das nicht tust, werde ich dir zeigen, wie man mit diesem Stahldrachen umgeht und das wird keine Lektion sein, die ich zweimal erteilen würde.«

»Ja, Mylord. Ich verstehe.«

»Tatsächlich? Lass mich Eines klarstellen. Scheitern ist keine Option mehr für dich, nicht wenn du deine Schuppen behalten möchtest. Verstanden?«

Sebastian nickte.

»Gut. Erhebe dich, Shadowstorm. Trink etwas und wenn du mich entschuldigen würdest, ich möchte tanzen.«

Es gab nichts was Sebastian weniger wollte, als in diesem unbequemen Stuhl zu sitzen und einen Drink zu schlürfen, während er dem Maskierten zusah, aber die Alternative war weitaus schlimmer.

Also setzte er sich und nahm das Getränk. Er nippte langsam daran, während der Maskierte die Wendeltreppe zum Ballsaalboden hinunterging.

Drachenschwingen

Er musste eingestehen, dass das Getränk ausgezeichnet war. Obwohl er nie einer war, der sich betrunken hatte, weil er es vorzog, die Kontrolle zu behalten, war der Geschmack des Alkohols – dieses köstliche Brennen – etwas Besonderes. Nicht, dass der Drache Getreideschnaps aus einer Flasche getrunken hätte, wie es die Menschen taten, wenn sie in ihrer armseligen Sterblichkeit schwelgten. Das Getränk vor ihm war weit davon entfernt.

Er schmeckte nach Zimt, Orangenschale und einem Hauch von Kirsche. Das kombiniert mit Whiskey war himmlisch. Die Menschen hatten auch Erfindungen gemacht, die es wert waren, behalten zu werden. Es erstaunte ihn, dass die gleichen Kreaturen, die ihr Getreide zu Alkohol brennen ließen, auch gelernt hatten, wie man das berauschende Gift auf ein solches Niveau anheben konnte.

Der Maskierte erreichte den unteren Teil der Treppe und legte sein rotes Gewand ab, um darunter einen Smoking derselben dunkelroten Farbe zu enthüllen. Die Schädelmaske bedeckte seinen gesamten Kopf und sah aus, als wäre sie im Laufe der Jahre aus verschiedenen Schädeln zusammengesetzt und mit Drachenfeuer verschmolzen worden. Dieser schreckliche Helm des Todes war sowohl grell und grauenhaft als auch wunderbar und makaber.

Er näherte sich einem Tanzpaar und gestikulierte, dass der Mann zu ihm kommen sollte, was dieser natürlich sofort befolgte. Sebastian hatte die Macht gespürt. Der Mann hätte der Macht des Drachenlords in diesem Moment keinesfalls widerstehen können.

Die Tänzerin stand ebenfalls vor dem Maskierten.

»Sechzehn Takte zurück, du hattest einen falschen Schritt«, sagte der Drache zum Menschen.

»Ja, Sir, Alicias Kleid hatte sich an meinem Schuh verheddert und ich ...«

»Hör auf zu reden, Junge.«

Der Mann hielt klugerweise den Mund. Vielleicht war ›Junge‹ wirklich eine gute Bezeichnung für ihn. Er konnte nicht älter als 20 Jahre sein.

»Wenn ihr tanzt, muss der Mann der Drache sein und die Frau das Vieh, das menschlich ist. Du musst sie führen und lenken. Ihre Kleidung ist deine Kleidung, ihr Körper ist dein Körper. Das Versagen darin, sie richtig zu kontrollieren, ist dein Versagen.«

»Was hätte ich tun sollen, Sir?«

»Sei still, Junge«, knurrte der Maskierte. »Ich habe gesprochen. Du hättest der kleinen Hure die Kehle durchschneiden und Besseres verlangen sollen.«

»Aber, Sir, es war doch nur ein Fehler!«

»Genug«, sagte der Drache und wischte mit der Hand fast lethargisch vor dem Gesicht des Tänzers vorbei. Zumindest würde es einem Menschen lethargisch vorkommen. Sebastian sah die verborgenen Bewegungen, die gottgleiche Geschwindigkeit und die Hand, die sich in Drachenkrallen verwandelte und die Vorderseite des Schädels und des Gesichts vom Rest des Kopfes abtrennte.

Das Opfer hatte davon allerdings nichts gesehen. In einem Moment stand er schweigend da und im nächsten war sein Gesicht einfach verschwunden. Ein blutiges Loch klaffte an der Stelle, an der zuvor die Züge eines Jungen, bald eines Mannes, gewesen waren.

Er fiel zu Boden und krümmte sich vor Schmerzen, während Blut aus der Wunde in seine Kehle floss.

Drachenschwingen

Der Maskierte schälte die Haut vom Schädel, so leicht, wie ein Mensch eine Banane schälen würde, nahm seine eigene Maske ab – er drehte sich dabei natürlich weg – und legte die frische Maske auf sein Gesicht, verband sie mit seinem bizarren Helm und ließ das Streichquartett wieder beginnen zu spielen.

Sie kamen der Aufforderung nach, als sei nichts geschehen. Tatsächlich schrie keiner der Tänzer oder rannte weg, obwohl die Tanzfläche jetzt mit dem Blut eines Gruppenmitgliedes befleckt war. Stattdessen tanzten sie einfach weiter und Sebastian verstand, dass sie alle diese schreckliche Darstellung von Brutalität schon einmal gesehen hatten. Doch sie waren wieder gekommen, weil sie verstanden hatten, dass ein Nicht-Erscheinen einen ebenso schrecklichen Tod bedeutet hätte.

Der Maskierte griff nach der Partnerin des toten Jungen, Alicia. Sie schluckte, nahm seine Hand und tanzte durch die Überreste ihres vorherigen Partners. Wenn sie etwas fühlte, so verbarg sie es besser als Sebastian.

Das Eis in seinem Glas klirrte, weil seine Hand zitterte. Er schluckte, wischte sich über die Stirn und trank den Rest. Der Maskierte hatte seinen Standpunkt deutlich klargemacht. Er besaß eine Macht, die Sebastian nicht erreichen konnte und ein Ausmaß an Einfluss, das schon fast absurd war.

Im Laufe der Jahrhunderte kamen die Tänzerinnen und Tänzer im Ballsaal immer aus der Oberschicht. Sie waren in der Regel ein besserer Teil der Gesellschaft als die Schläger und Kretins, die er beschäftigt hatte. Er staunte über den Tod des Jungen. Sicherlich hatte er Familie, Freunde, wahrscheinlich Professoren und Kommilitonen an einer Universität oder Kontakte bei der Arbeit. Für all diese Leute wäre er einfach verschwunden. Er wusste das und niemand würde je über diese Dinge sprechen. Menschen wurden vermisst und eine Untersuchung fand nie statt, das alles wegen Drachen wie dem Maskierten und der Macht, die sie besaßen.

Es gab auch Macht in dieser Welt, die Sebastian Shadowstorm immer verabscheut hatte. Den Drachenrat und seine kindlichen Moralvorstellungen und Glaubensbekenntnisse. Das Drachen-SWAT mit dem erbärmlichen Versuch, menschliche Strafverfolgung nachzuahmen. Sogar der Magierzirkel war eine unausstehliche Macht von Regeltreuen.

Aber als er diese Menschen durch das Blut ihres toten Gefährten Walzer tanzen sah, dachte er sich, er würde all ihre Streitereien und Bekehrungsversuche dieser mutwilligen Zurschaustellung des Todes vorziehen.

Und doch hatte er sich hierfür entschieden. Er hatte seine Wahl vor langer Zeit getroffen und er konnte sie nicht mehr ändern, mit der gleichen Vergeblichkeit, wie ein Mensch darauf hoffen konnte, ein Drache zu werden.

Sebastian knurrte bei dem Gedanken. Jahrhundertelang hatte dieser Satz die Menschen in Angst und Schrecken versetzt. Selbst ihre tapfersten Anführer – Krieger und Könige, Politiker und Dichter – hatten es nie gewagt, das von den Drachen errichtete Machtgefüge infrage zu stellen. Sie hatten ihre Kriege untereinander geführt, Ressourcen verschlungen und ihre Städte gebaut, weil sie wussten, dass sie unmöglich etwas anderes tun konnten. Menschen waren nun einmal keine Drachen und konnten es nie sein. Sie hatten verstanden, dass sie nur Ratten waren.

Oder sie mussten es verstehen.

Das Auftauchen des Stahldrachen aus den Rängen der menschlichen Bevölkerung hatte all das verändert. Der Maskierte hatte recht. Sie mussten ihre Vergangenheit aufdecken und der Welt offenbaren. Dann würde die Menschheit erkennen müssen, was schon immer Tatsache war – dass Drachen nur aus Drachen geboren werden können und dass Menschen für immer unter ihnen leben würden.

Er glaubte dies von ganzem Herzen und doch konnte er die groteske Vorstellung auf der Tanzfläche nicht genießen. Der Platz der Menschen in der Welt war es, den Drachen als kleine gute Geister zu dienen. Es war reine Verschwendung, sie nur wie tanzendes Fleisch zu betrachten.

Wenn er seine Position wiedererlangen würde, könnte er sie wieder an ihren angestammten Platz als bevorzugte Diener der Drachengattung setzen, allerdings nicht, wenn Kristen Hall weiterleben würde. Nicht, wenn die Welt sie weiterhin für einen Menschen mit Drachenkräften halten würde, der die wahren Herrscher dieser Welt in ihre Schranken verweist.

Angsterfüllt und sich seiner Mission mehr denn je bewusst verließ er das Boot, als das nächste Lied endete. Er würde den Stahldrachen zerstören. Eine andere Möglichkeit gab es nicht.

KAPITEL 2

Ich wünschte, ich könnte das auch, wenn die Krankenschwester mich mit der Nadel stechen will.« Kristen Hall lächelte den achtjährigen Patienten im Krankenhaus an und ließ ihre Haut wieder von Stahl zu normal werden. Der kleine Junge keuchte vor Ehrfurcht. Er hatte offensichtlich von Detroits berühmtem Stahldrachen gehört, aber Hören war nicht ganz dasselbe wie Sehen. »Aber dann bekommst du deine Medizin nicht mehr.«

»Meine Medizin lässt mir die Haare ausfallen. Ich hasse sie.«

Sie nickte und wusste leider nicht, was sie ihm darauf antworten sollte, da noch nie ein Familienmitglied von ihr an Krebs erkrankt war. Ihre Großeltern waren an Herzkrankheiten gestorben, also war Krebs eine Krankheit, mit der sie nicht vertraut war. Außerdem war es besonders grausam, wenn sogar Kinder davon betroffen waren.

Selbst der Aufenthalt in einem Krankenhausflügel war für Kristen relativ neu. Sie war früher einmal dort gewesen, als sich ihr Bruder den Arm gebrochen hatte. Ihre Großeltern waren gestorben, als sie noch klein war und ihre Eltern waren noch kerngesund – obwohl ihr Vater bald dort landen würde, wenn er seine Ernährung nicht umstellen und anfangen würde zu trainieren.

Drachenschwingen

Dieses Zimmer war eigenartig. Die Betten standen an den Seiten und auf der Bettwäsche waren niedliche, gedruckte Motive von Tieren, Prinzessinnen oder Raumschiffen. Neben jedem Bett stand eine Art Überwachungsgerät. Die meisten waren abgeschaltet. Viele Kinder im Zimmer brauchten sie während ihres Aufenthaltes dort nicht, aber die Botschaft war klar: ›Der Tod ist nah, Kinder. Vergesst das nie.‹

In der Mitte des Raumes lag ein großer bunter Teppich, auf dem das Alphabet aufgedruckt war. Die meisten Kinder saßen darauf und wahrten den Anschein von Normalität, obwohl sie im Krankenhaus bleiben mussten. Der kleine Junge vor ihr schaute hoch und kratzte sich am Kopf. Vor ihren Augen fiel ihm ein weiteres Büschel Haare aus.

Kristen war schockiert. Es war schwer zu verstehen, dass solches Leid noch immer auf der Welt existierte. Während sie ihre Zeit damit verbrachte, Menschen zu helfen, nahmen Dinge wie Leukämie immer noch Leben. Sie fragte sich, ob die Magier, die von den Drachen kontrolliert wurden, ihre Magie nutzen könnten, um die Blutkrankheit dieses kleinen Jungen zu heilen. Sie wusste es nicht, noch weniger wusste sie, was sie sagen sollte.

Er berührte ihr schönes rotes Haar und lächelte wehmütig, als er das tat.

Das brachte sie auf eine Idee. »Manchmal wünsche ich mir, meine Haare würden ausfallen.«

»Oh nein«, sagte der Junge, aber er lächelte.

»Nein, wirklich, das tue ich. Das letzte Mal, als ich gegen einen Drachen gekämpft habe, hat er mich an den Haaren gezogen. Wäre mein Kopf schön glatt gewesen wie deiner, hätte ich den Kampf vielleicht gewonnen.«

»Kannst du dich nicht einfach in einen Drachen verwandeln?«, fragte der Junge neugierig. Trotz seiner Unschuld schmerzten diese Worte noch immer.

Diese Frage ging ihr unter die Haut, denn sie hatte noch nicht gelernt, sich in einen Drachen zu verwandeln. Andererseits wollte ein Teil von ihr das auch nicht.

»Ich bin gerne in einem menschlichen Körper. Er erinnert mich daran, dass ich mit coolen Leuten wie dir verwandt bin.«

Der Kleine machte ein ernstes Gesicht. »Ich bin nicht cool. Ich bin krank.«

Kristen nickte. Sie wusste wieder nicht, was sie erwidern sollte, nur dass sie vermutlich zu weit gegangen war. Wie immer, hatte sie das Gefühl. Zum Glück kam ein anderes Kind zu ihr, bevor sie sich rechtfertigen musste.

»Einen Kampf verlieren geht gar nicht«, sagte ein Mädchen mit zwei gebrochenen Beinen. Sie hatte von ihrem Rollstuhl aus zugesehen und sich langsam vorwärts bewegt, weil sie glaubte, der in einem menschlichen Körper gefangene Drache würde es nicht bemerken. Kristens Drachensinne hatten jedoch jede Annäherung wahrgenommen.

»Oh doch, das tut sie ganz sicher. Sie mag der verlorene Drache sein, aber sie ist immer noch zu langsam für den Aufenthaltsraum.« Butters lächelte. Er hatte es einem Dreijährigen erlaubt, über seinen massiven Bauch zu klettern. Von allen SWAT-Mitgliedern war der große Südstaatler der Einzige, der sich mit Kindern wohl fühlte.

Der Rest des Teams stand unbeholfen im Besucherbereich des Kinderkrankenhauses. Kristen hielt es für

Drachenschwingen

ein kleines Wunder, dass Lyn Hernandez noch kein Kind angemault hatte. Der Zeitpunkt würde kommen, dessen war sie sich sicher.

Momentan stand Hernandez schweigend mit finsterem Gesichtsausdruck in einer Ecke, ein langärmeliges Hemd verbarg ihre Tätowierungen. Das würde nicht mehr lange so bleiben. Ein kleiner Junge hatte sich getraut und die Papierverpackung eines Strohhalmes nach ihr geworfen, als sie nicht hingesehen hatte. Die beiden führten jetzt einen heimlichen Wurfkampf. Der Junge saß mit dem Rücken zu ihr ein paar Meter entfernt, aber sobald sie einen zusammengeknüllten Post-it-Zettel hochhob, drehte er sich um und kicherte. Sie schaute ihn missmutig an, er lachte nur noch mehr und warf ein weiteres Strohhalmpapier nach ihr. Kristen war beeindruckt. Sie hatte bereits hartgesottene Kriminelle unter diesem Blick einknicken sehen.

»Was ist der Aufenthaltsraum?«, fragte das Mädchen mit den gebrochenen Beinen bei Butters nach. »Ist das wie das Gerede über den Knast oder so? Ist das wie... wie wenn man Verbrecher stellt und alle sagen: ›Geh in den Aufenthaltsraum, du Stück Scheiße!‹« Der Scharfschütze lachte und Kristen schloss sich ihm an. Die Mama hatte ihre Tochter wohl viel zu viele Polizeiserien sehen lassen.

»Der Aufenthaltsraum ist der Ort, wo Butters seine Donuts bekommt. Denkt daran, Kinder, passt auf, was ihr esst«, erklärte Keith und nickte, als ob er auf einer öffentlichen Veranstaltung in den 1950er-Jahren wäre. Er sah aus wie ein typischer Bulle – raspelkurze Haare, starker Kiefer, leicht zusammengekniffene, blaue Augen und vor der Brust verschränkte Arme. Praktisch alles, was er gesagt hatte, klang nach einem schlechten Superhelden. Doch trotz seiner steifen Haltung und seines gestellten Lächelns lachten die Kinder bei der Erwähnung von Donuts.

Kristen lächelte und stand auf. Butters und Keith konnten das wirklich besser als sie. Aber sie waren nicht der Verlorene Drache oder der Stahldrache, also interessierte es die Zeitungen sehr wenig, wenn die beiden ohne Kristen zu Wohltätigkeitsveranstaltungen gehen würden.

Selbst auf die Station für sehr kranke Kinder in einem Krankenhaus war ihr dieser Ruf vorausgeeilt. Die meisten der Kinder wussten aus den Nachrichten, wer sie war, sogar diejenigen, die sie scheinbar gerade nicht erkannten. Nicht, dass sie es ihnen verübeln würde. Ein Fotograf knipste Kristen, wie sie unbeholfen lächelte, anstatt des kleinen Kindes, das über Butters kletterte oder der beiden Kinder, die an Drews Bizeps hingen.

Der Teamleiter war nicht viel besser im Gespräch mit den Kindern als sie, aber er hatte wenigstens einen Plan. Er ließ die Kinder Gewichte sein. Er hatte bereits einen elfjährigen Jungen beim Bankdrücken hochgehoben, der für sein Alter viel zu schwer war und machte derzeit Bizeps-Curls mit den beiden kichernden Kindern. Sie schienen ihn nicht als Menschen zu sehen, sondern eher als bewegliches Spielgerät. Das leuchtete ihr ein. Der Mann war massiv. Er war weit über einen Meter achtzig groß, hatte breite Schultern und einen Körperbau, der auf eine beträchtliche Verweildauer im Fitness-Studio hinwies. Kristen hoffte, sie würde ihn von dem Kind im Rollstuhl fernhalten können. Sie wäre nicht überrascht, wenn er versuchen würde, mit ihr Kniebeugen zu machen.

Drachenschwingen

»Kann ich ein Autogramm haben?«, fragte ein kleines Mädchen Kristen.

»Sicher, natürlich.« Sie unterschrieb auf dem Gips am Arm des Kindes. Die Patientin begutachtete die Unterschrift und nickte schließlich. Sie schien sicher gehen zu wollen, dass Kristen ihre eigene Handschrift nicht fälschen würde.

»Aus Stahl zu sein bedeutet, dass deine Knochen nicht brechen können, oder? Ich bin so neidisch.«

»Das solltest du wirklich nicht sein«, sagte Jim Washington, Spitzname Wonderkid.

»Du solltest nicht ›sollte‹ zu den Leuten sagen«, meinte das Mädchen sachlich. »Meine Mutter sagt das.«

»Nein, das sollte man wirklich nicht«, antwortete Jim ohne Ironie in der Stimme, obwohl sie das verbotene Wort benutzt hatte. Kristen musste zugeben, dass das Wonderkid gut mit Kindern umgehen konnte, aber das war nicht überraschend. Er konnte alles gut, was mit Polizeiarbeit zusammenhing, sogar Öffentlichkeitsarbeit. Deshalb nannten sie ihn schließlich das Wonderkid. Ihr neuester Teamkollege wäre richtig anstrengend, wenn er seinen Job nicht so verdammt gut machen würde.

Er war die dunkelhäutige Version von Keiths weißem Polizistenaussehen. Aber während Keith irgendwie witzig aussah bei dem Versuch, gleichzeitig zu lächeln und streng zu bleiben, sah Washington entspannt aus. Die perfekte Balance von freundlicher Professionalität – wie der große Bruder, der dir sagt, du sollst deine Hausaufgaben alleine machen, aber dir in der Sekunde hilft, in der du ihn darum bittest.

Hätte er nicht ständig zu den Fenstern und der Tür geschaut, wäre er vielleicht als freundlich durchgegangen.

Aber die Kinder hatten seine Paranoia bemerkt und mieden ihn deshalb meistens.

»Warum sollte ich nicht neidisch sein?«, wollte das kleine Mädchen wissen.

»Na, wenn der Stahldrache an einem Magneten vorbeigeht, bleibt sie an ihm kleben«, erläuterte Jim.

Das Mädchen nickte und dachte darüber nach. Schließlich sah sie Kristen mit Mitleid in ihren Augen an. »Magnete sind cool, Miss. Es tut mir leid, dass du nicht mit ihnen spielen kannst.«

»Eigentlich, solange ich ...« Kristen wurde unterbrochen, als Wonderkid sie unsanft in die Rippen boxte.

»Es ist wirklich schade, nicht wahr, Miss?« Er zog die Stirn in Falten. Mit einem einzigen Blick sagte er ihr, dass sie die Vorstellung des Kindes nicht platzen lassen sollte. Okay, vielleicht konnte er besser mit Kindern umgehen, als sie gedacht hatte.

»Ja, echt schade«, jammerte sie und schämte sich dafür, dass sie einem Kind sagen wollte, dass sie ihre Stahlhaut einfach abschalten konnte, wenn sie nur wollte. Keines dieser Kinder konnte das mit seiner Krankheit oder Verletzung tun. Das Gewicht lastete schwer auf ihrem Gewissen. Sie musste ihre Fähigkeiten einsetzen, um Leute wie diese Kinder zu beschützen – Leute, die sich nicht selbst beschützen konnten – selbst wenn sie nicht alle hier gesund rausbringen konnte.

Die Tür zum Besucherzimmer knarrte und Beanpole, das letzte Mitglied ihres Teams, kam herein. Er war groß und schlaksig und schaute die Kinder an, als wäre er ein einzelnes Getreidekorn vor einem Taubenschwarm – völlig verängstigt und unverstanden.

Drachenschwingen

»Sie warten unten auf dich, Kristen.« Er trat nicht weiter in das Zimmer, als er unbedingt musste. Durch sein Unbehagen fühlte sich Kristen etwas besser. Beanpole war ein ausgezeichnetes SWAT-Mitglied und doch machten ihm Kinder Angst. Ihr ging es ähnlich.

Sie nickte und ging zu ihm. Obwohl sie im Umgang mit Kindern eher unbeholfen war, zog sie deren Gesellschaft den Pressekonferenzen vor, zu denen der Captain sie gezwungen hatte.

Seitdem Mister Black untergetaucht war, hatte die Stadt Detroit eine Periode relativer Ruhe erlebt. In der ersten Woche nach dem Verschwinden des kriminellen Superhirns war das SWAT-Team noch in höchster Alarmbereitschaft und wartete darauf, dass der Drache mit einem anderen Team von Schlägern oder Söldnern zurückkehren würde, aber die Erwartung erfüllte sich nicht.

Nach ein paar weiteren Wochen hatte Captain Hansen Kristen mit Öffentlichkeitsarbeit beauftragt. Sie hatte bereits das Obdachlosenheim, das Frauenhaus, eine ganze Reihe von Veranstaltungen in Gemeindezentren, die Polizeigala und jetzt das Kinderkrankenhaus besucht. Um ehrlich zu sein, würde sie lieber auf jemanden schießen, statt öffentlich zu sprechen. Zumindest schützte sie ihre Fähigkeit, sich in Stahl zu verwandeln, vor Kugeln. Ein Mittel gegen unhöfliche Journalisten hatte sie nicht.

Als sie Beanpole die Treppe hinunter folgte, versuchte sie sich einzureden, dass nicht alles nur überflüssig war. Sie wusste, dass es wichtig war, die Polizei von Detroit in ein besseres Licht zu rücken und den Menschen im ganzen Land zu zeigen, dass der Stahldrache sich mehr für die Menschen einsetzte als die anderen Drachen, die die Menschheit aus der Ferne manipulierten. Leider musste sie dabei auch an Mister Black denken.

Er war immer noch da draußen, zweifellos plante er etwas, um die Stadt doch noch ins Chaos zu stürzen. Sie sollte da draußen sein und ihn finden. Sie hatte zwar seine Aura nicht mehr gespürt, seit das Drachen-SWAT ihn aus der Villa vertrieben hatte, aber das bedeutete nicht, dass er tatsächlich verschwunden war. Kristen hatte wochenlang mit ihm trainiert und sie glaubte nicht, dass es in seiner Natur lag seine Pläne einfach aufzugeben.

»Bist du bereit dafür?«, fragte Beanpole, als sie den ersten Stock erreicht hatten.

»Ist das dein Ernst? Natürlich nicht. Ich klinge immer so höllisch unbeholfen im Fernsehen. Ich bin froh, dass sie nie meine ganzen Reden zeigen, sondern nur die bearbeiteten.«

»Es geht bestimmt gut da draußen«, behauptete er und es klang völlig falsch.

»Nein, das wird es nicht. Neben Kristen sehe ich aus wie ein verdammter Poet«, lachte Hernandez und huschte mit ihnen aus der Tür vom Treppenhaus in den Flur.

»Weißt du, das brauche ich jetzt nicht«, murrte Kristen.

»Wie auch immer, Red. Ich will nur helfen. Wenn ich dich zum Lachen bringe, siehst du im Scheinwerferlicht vielleicht nicht wie ein verdammtes Rehlein aus.« Die Frau streckte die Zunge heraus.

»Und dass du vor einem Raum voller Kinder Angst hast, hat rein gar nichts damit zu tun, dass du jetzt hier bist?«, erwiderte Kristen scharf.

Drachenschwingen

»Ich habe Angst vor den kleinen Scheißern. Das gebe ich zu. Für jeden von ihnen würde ich mir eine Kugel einfangen, aber hast du das Zeug bei dem einen Jungen gesehen? Ich kann die Farbe nur als radioaktiv beschreiben. Der Scheiß ist gruseliger als eine M16.«

»So schlimm war es nicht«, sagte Kristen und versuchte es ernstgemeint klingen zu lassen, scheiterte aber spektakulär.

»Das sind öffentliche Ansprachen auch nicht. Komm schon, du hast Kugeln abbekommen, bist fast explodiert und hast gegen einen Drachen gekämpft, der dich umbringen wollte. Es gibt keinen logischen Grund, warum dich eine Masse von verdammt reichen Spendern für das Krankenhaus, die mit Geld um sich werfen und sich dabei gut fühlen wollen, ausflippen lassen sollte, oder?«, grinste Hernandez. Oh, wie sie es liebte, ihre Teamkollegin während dieser Veranstaltungen zu nerven.

»Weißt du, vielleicht solltest du an meiner Stelle da raufgehen«, schlug Kristen vor. »Eine Latina-Vertretung da oben zu haben, könnte gut für die Truppe sein. Außerdem bist du Sprengstoffexpertin. Du könntest über die Söldner reden, die wir besiegt haben. Die Leute fragen mich immer noch nach technischen Details.«

»Ähm ... siehst du ... scheiß drauf. Für den Anfang hat es einen echten Vorteil, wenn man sagt: Scheiß auf jedes andere Scheißwort. Captain Hansen hat mich immer gebeten, Reden über Sexismus und all den Scheiß zu halten, als ich angefangen habe. Sie hatte auch diesen beschissenen, umgekehrten Rassismus-Gedanken, aber ich habe ihr erklärt, dass ich mir nicht sicher sei, ob ich meine scheiß-sprechende Zunge kontrollieren könne und sie hörte auf mich zu bitten.«

»Was ist mit dir, Beanpole? Willst du die Fragen für mich beantworten? Wenigstens bist du ein guter Redner.«

»Nun, ja, äh ... ich fluche zwar nicht wie Hernandez, aber das heißt nicht, dass ich Menschenansammlungen mag. Ich bin wie sie. Ich würde eher eine Kugel einfangen, als ein Mikrofon in die Hand zu nehmen.«

»Mensch, wow. Ihr zwei seid echt großartig im Motivieren.« Kristen knirschte mit den Zähnen, als sie den Veranstaltungsraum im Krankenhaus erreichten. Zu Beginn hatte sie gedacht, dass große Räume wie dieser in Krankenhäusern oder Obdachlosenheimen überflüssig wären. Nachdem sie jedoch gesehen hatte, wie viel Geld nach solchen Zusammenkünften floss, verstand sie, dass die Räume eigentlich ein grundlegender Teil der Arbeit für die weniger Glücklichen waren. Spender hierher zu bewegen, war der Papierkram der gemeinnützigen Welt – essenziell zwar, aber nicht unbedingt glamourös.

»Und hier ist sie«, kündigte Captain Hansen an. »Der verlorene Stahldrache, Kristen Hall höchstpersönlich!«

Es folgte vereinzelt Applaus. Der Captain hatte versucht, die beiden Spitznamen zu kombinieren, aber Kristen hasste es. Der Verlorene Drache war für sich allein genommen schon cool. Er erinnerte die Leute daran, dass sie als Mensch aufgewachsen war und dass es da draußen noch andere verlorene Drachen geben könnte. Stahldrache war auch cool – und zumindest traf es den Punkt – aber verlorener Stahldrache klang, als hätte sie etwas verlegt.

Der Verlorene Stahldrache betrat die Bühne.

»Danke, dass Sie alle heute gekommen sind«, begann sie schwach.

Drachenschwingen

»Wie fühlt es sich an, zu wissen, dass Mister Black, der kriminelle Drahtzieher, der diese Stadt fast ins Chaos gestürzt und Sie fast getötet hätte, immer noch da draußen ist?«, rief ein Reporter von hinten.

Sie seufzte, unsicher, wie sie mit diesem Ausruf umgehen sollte. Sie hasste es, dass er immer noch da draußen war. Es war ein wenig tröstlich, dass sie ihn an seinen Plänen gehindert und entdeckt hatte, dass er sie auf seine Seite ziehen wollte. Aber sie hasste es mehr denn je, dass er frei herumlief und noch mehr Ärger verursachen konnte. Mehr als alles andere wollte sie ihn gemeinsam mit dem Drachen-SWAT jagen. Sie wollte das Loch finden, in das er sich verkrochen hatte und ihn ausräuchern wie die Pest, die er nun einmal war.

Aber das waren keine geeigneten Gesprächsthemen.

Laut Captain Hansen hatte das SWAT seine Arbeit getan und Mister Black alias Sebastian Shadowstorm erwischt – Kristen sollte beide Namen für die Öffentlichkeit außerhalb Detroits verbinden – und der Stadt ging es dadurch besser. Die Statistiken gaben dem Captain sicherlich recht. Es hatte weniger Schießereien gegeben und weit weniger Aktivitäten mit Sturmgewehren und Sprengstoff, die den Beginn von Kristens Karriere gekennzeichnet hatten.

Dem Captain war es egal, dass Mister Black noch da draußen war. Was sie betraf, so lag der Drache außerhalb ihres Zuständigkeitsbereichs, einfach, weil er ein Drache war und keine Gesetze in der Stadt brach. Aber Kristen wusste, dass das nur vorübergehend sein würde.

Sie wusste, dass Shadowstorm nur abwarten würde. Er war mehr als ein Jahrhundert in Detroit gewesen. Die Möglichkeit, dass er die Stadt verlassen würde, stand nicht zur Debatte. Er hatte sicherlich Verstecke und Kontakte in der gesamten Motor City. Wenn man bedachte, dass er Menschen nur als Vieh sah, war sie absolut sicher, dass, selbst wenn sie einen seiner Lakaien fangen sollten, das Monster ihn einfach töten und das undichte Ende entsorgen würde.

Aber der Captain wollte nicht, dass sie über diese Details sprach. Sie wollte, dass Kristen über neue Zebrastreifen, Radarfallen und eine Spendengala der Polizei sprach. Während der Polizeibeamte in ihr erkennen konnte, worauf ihr Kommandant hinaus wollte, kümmerte sich der Stahldrache nicht darum. Sie war bei mehr als genug dieser Veranstaltungen gewesen.

Es war an der Zeit, dass sie die Fragen der Menschen zu den Themen, die ihnen am Herzen lagen, aufgriff. Das bedeutete, dass sie ihre Meinung sagen musste. Es war an der Zeit für die Welt, den Stahldrachen wirklich zu hören.

Sie räusperte sich und es entstand sofort eine Rückkopplung. Selbst das war den lästigen Fragen, die so viele Reporter normalerweise stellten, vorzuziehen.

Kristen öffnete den Mund, um dem Reporter zu sagen, dass der Stahldrache für ihre Stadt kämpfen wollte. Bevor sie jedoch sprechen konnte, verspürte sie einen Schmerz in ihrer linken Schulter.

Erschrocken blickte sie zu der Stelle, an der klirrende Glasscherben wie fallende Sterne das Licht einfingen. Das obere Fenster ihr gegenüber war zerbrochen, bevor sie einen Schuss gehört hatte.

KAPITEL 3

Kristen wurde ausgestreckt zurückgeworfen, ihre Haut hatte sich bereits in Stahl verwandelt, aber der Schmerz ging nicht weg.

Sie hatte angenommen, der Moment der Verletzung hätte am meisten schmerzen müssen. Obwohl auf sie bereits dutzende Male geschossen worden war, hatte ihre Stahlhaut sie immer geschützt. Damit fühlten sich Kugeln an wie nichts weiter als Mückenstiche. Dennoch hatte sie immer den Eindruck, dass der Moment, in dem die Kugel auftraf, am meisten wehtat. Scheinbar hatte sie sich geirrt.

Als das Projektil in ihre Schulter eindrang, hatte es wehgetan, aber jetzt, ausgestreckt auf dem Boden, fühlte es sich weitaus schlimmer an – als ob sich etwas in der Wunde krümmen und verdrehen würde, wie ein Tausendfüßler, der nach ihrem Fleisch hungerte. Es war nicht nur die Schulter, die schmerzte. Der gesamte linke Arm und ein Teil ihrer Brust schmerzten ebenfalls. Besonders ihr Arm fühlte sich an, als wären die Nerven durch Schwefelsäure aus einer Autobatterie verätzt und ihre Hand verkrampfte sich in der Stahlhaut. Der Anblick ihrer eigenen zuckenden und zitternden Metallhand erinnerte sie daran, wo sie sich befand und dass ihr Schmerz in dieser Situation keine Rolle spielen dürfte.

Der Stahldrache durfte nicht an sich selbst denken, wenn Menschen in Gefahr waren.

Zaghaft befühlte sie die Wunde, zog die rechte Hand weg und schaute auf die Handfläche. Da war kein Blut. Trotz der Tatsache, dass die Kugel offensichtlich viel tiefer in ihren Körper eingedrungen war, konnte ihre Fähigkeit, sich in Stahl zu verwandeln, den Blutfluss stoppen. Selbst das Berühren der Wunde war nicht sonderlich spürbar.

Der Schmerz kam von innen, aus dem geschädigten Gewebe.

Aber wenn sie nicht bluten würde, könnte sie auch nicht verbluten, was bedeutete, dass sie diese Menschen beschützen konnte und musste.

Grimmig drückte sie sich auf die Beine und bereute sofort den Einsatz ihres linken Armes. Sie schwankte leicht, aber kaum hatte sie ihr Gleichgewicht wiedergefunden, traf ein weiterer Schuss sie direkt in die Brust. Das Geschoss wurde diesmal von ihrer kugelsicheren Panzerung aufgehalten und sie bemerkte es kaum.

Kristen trug nur noch selten kugelsichere Panzerung. Das war angesichts ihrer Fähigkeiten unnötig und mit ihrer Angewohnheit, feindliches Feuer auf sich zu ziehen, beschädigte sie die Westen oft viel stärker, als es ein normaler Polizist tun würde.

Heute trug sie die Weste nur, weil Butters darauf bestanden hatte, dass es den Kindern gefallen würde. Er hatte sich geirrt. Alles, was sie sehen wollten, war Kristens Stahlhaut, aber jetzt war ein Teil von ihr doch dankbar, dass sie die Weste angezogen hatte. Die Kugel in ihrer Schulter schmerzte doch sehr viel mehr als erwartet. Kristen wusste nicht, ob es daran lag, dass das

Drachenschwingen

Gewehr so kraftvoll war oder die Kugel mehr als die typische Bleilegierung enthielt.

Einen Moment später erreichte der Knall der Schüsse das Krankenhaus. Wo auch immer sich der Schütze befand, er war verdammt weit weg und doch hatte er es irgendwie geschafft, sie nicht nur einmal, sondern zweimal zu treffen.

»Butters, Schüsse aus Richtung Südost«, meldete sie über Funk. »Das Arschloch muss weit draußen sein. Die Kugeln sind da, bevor das Geräusch zu hören ist.« Sie musste brüllen, um sicher zu sein, dass er sie über die Lautstärke der schreienden Gäste des Krankenhauses hören würde.

Drew und Hernandez leiteten bereits die Evakuierung ein und führten die Menschen vom zerborstenen Fenster weg. Kristen sah sich nach Anzeichen von Verletzten um, sah aber kein Blut. Der Scharfschütze hatte ausschließlich sie im Visier.

»Ich bin auf dem Dach, Kristen. Ich habe ein paar mögliche Standorte. Ich halte dich auf dem Laufenden.«

»Sei aber vorsichtig. Der Typ ist verdammt gut. Wenn du aus der Deckung gehst, trete ich dir persönlich in den Arsch«, sagte Kristen. Er hatte zwar einen höheren Dienstgrad als sie, aber sie musste ihm einfach sagen, er solle sich in Sicherheit bringen.

»Geht es dir gut? Drew hat gesagt, du wurdest getroffen.«

»Mir geht's gut«, log sie und schaute sich die Schulter an. Da war ein kleines Grübchen an der Stelle, wo die Kugel eingedrungen war, aber kein Blutbad. Trotzdem berührte sie ihren Rücken und fühlte nur glatte Haut. Eine Austrittswunde gab es nicht und sie zog eine Grimasse. Das würde später höllisch wehtun.

»Hall, verpiss dich«, befahl Drew.

Kristen ignorierte ihn. Der Raum war fast leer, aber ein oder zwei Zivilisten stolperten noch immer panisch Richtung Ausgang. Sie selbst war offensichtlich das Ziel des Gegners, aber das bedeutete nicht, dass die Leute sicher waren. Wenn sie weg wäre, könnte der Scharfschütze in Erwägung ziehen, Unschuldige zu verletzen, um sie wieder herzuholen.

Das war nicht einmal annähernd eine Option.

Die erste Kugel hatte getroffen, kurz bevor sie den Schuss hören konnte. Der Scharfschütze musste darüber Bescheid gewusst und die Entfernung des Angriffs entsprechend geplant haben.

Aber jetzt wusste Kristen, dass da draußen ein Scharfschütze war und sie würde ihren Schutz nicht fallen lassen.

»Kristen, ich glaube, ich weiß, wo der Heckenschütze ist«, meldete Butters über Funk. »Siehst du das neunstöckige Gebäude von da, wo du stehst? Es hat ein großes Schild auf der Vorderseite, auf dem steht: ›Sofort einziehen‹.«

»Ja, ich sehe es. Geradewegs durch das zerbrochene Fenster. Er muss dort sein.«

»Super. Gut und jetzt verschwinde aus seinem verdammten Sichtfeld. Er mag ein guter Schütze sein, aber es gibt kein anderes Gebäude, von dem aus er schießen könnte. Wenn du außer Sicht bist, solltest du in Sicherheit sein.«

So etwas würde sie niemals tun.

Stattdessen wandte sie sich dem Fenster zu und blickte trotzig auf den Scharfschützen in der Ferne, obwohl er viel zu weit weg war, als dass sie ihn sehen könnte.

Drachenschwingen

Nach einem Lichtblitz aus einem der Räume im achten Stockwerk – das dritte Fenster von rechts – hielt sie ihre rechte Hand zwischen sich und den Schuss, der abgefeuert wurde. Ohne ihre Drachengeschwindigkeit hätte es vielleicht nicht funktioniert. Aber Kristen hatte sie und konnte ihre Hand in Position bringen, bevor die Kugel die Hunderte von Metern zurückgelegt hatte.

Sie traf Kristen in der Hand und es tat höllisch weh. Sie schaute sich die Wunde nicht an. Stattdessen senkte sie einfach ihre Hand, machte die Schultern breit und starrte weiter entschlossen zum Fenster, während die letzten Nachzügler aus dem Saal in den Flur gingen.

Erst dann bewegte sie sich und griff langsam nach ihrem Funkgerät, während sie ihre Augen auf das Fenster gerichtet hielt, das sie als Ursprung des Blitzes ausgemacht hatte. Ein weiterer Schuss fiel nicht, also aktivierte sie das Gerät. »Achter Stock, drittes Fenster von rechts. Er muss alle Schüsse von dort abgegeben haben.«

»Kann ich so bestätigen. Ich habe den letzten Schuss gesehen«, sagte Butters.

»Du meinst den Schuss, bei dem Hall zu dumm und zu stur war, auszuweichen«, schrie Drew ins Funkgerät. »Jetzt verschwinde von der Bühne, Hall. Hoffst du, dass er als Nächstes eine Rakete an dir ausprobiert? Geh in Deckung. Das ist ein Befehl!«

Sie schüttelte den Kopf. Ein Gefühl war über sie gekommen – ein Gefühl, das sie schon einmal empfunden hatte, aber erst, nachdem sie ein Drache geworden war. Eine Art Besessenheit, wenn jemand versucht hatte, ihr das zu nehmen, was vermeintlich ihr gehörte. Für sie war es Loyalität, die sie den Menschen gegenüber empfand, die ihr dienten. Zumindest hatte Shadowstorm es so beschrieben. Sie war aber immer noch ein Mensch, also konnten ihr Menschen nicht dienen. Es war ihre Aufgabe, sie zu verteidigen.

»Hall. *Hall!* Verschwinde von dort!«, befahl Drew erneut.

Energisch schüttelte sie noch einmal den Kopf, erinnerte sich aber, dass Drew ihr Vorgesetzter war und verließ die Bühne, um in Deckung zu gehen.

Das Auditorium war völlig zerstört. Anscheinend hatten reiche Spender die Stühle umgedreht und Chaos verursacht, weil sie genauso erschrocken waren wie die weniger Wohlhabenden.

Als sie aus dem Auditorium in den Flur trat, war Drew am Funkgerät und bestätigte, dass Einheiten bereits auf dem Weg waren, um zu versuchen, den Schützen zu fassen. Sie konnte an seinem Tonfall erkennen, dass er wusste, was sie getan hatte – bis zur Ankunft der Polizei von Detroit wäre der Scharfschütze aber längst verschwunden. Die Möglichkeit, dass jemand mit dieser Art von Talent und Erfahrung darauf warten würde bis die Polizei dorthin gefahren wäre und acht Stockwerke zurückgelegt hätte, um ihn zu fassen, war ausgeschlossen.

Kristen überlegte, ob sie ihn nicht selbst festnehmen sollte. Sie war schnell – verdammt schnell – denn ihr Training mit Stonequest, dem Anführer vom Drachen-SWAT, hatte ihre Fähigkeiten verbessert. Wenn der Feind ebenfalls ein Drache war, konnte sie vielleicht seine Aura so spüren, wie es ihr Shadowstorm beigebracht hatte.

Aber im nächsten Moment stand Keith in ihrem Gesichtsfeld und sie wusste, dass ihr Team ihr folgen

Drachenschwingen

würde, wenn sie losrannte. Keiner von ihnen hatte Stahlhaut, also war dies das Letzte, was sie wollte.

»Heilige Scheiße, Kristen, bist du okay?« Die Augen ihres Teamkollegen waren riesig und er starrte auf die Verletzung an ihrer linken Schulter.

»Ja. Wir haben Glück, dass er nur auf mich geschossen hat. Es geht mir gut.«

»Bist du sicher? Es sieht so aus, als wäre da etwas durchgekommen.« Er zog eine Grimasse, als hätte er die Aufgabe, ein überfahrenes Tier vom Bürgersteig zu entfernen, anstatt ihre Verletzung zu beurteilen. Dieser Blick war zu viel für sie. Es war so verdammt menschlich.

Erst brachte es sie zum Lächeln, dann zum Lachen. Sie ließ ihre harte Fassade fallen. »Nein, Keith, ich bin mir nicht sicher. Eigentlich tut es verdammt weh, wie die Hölle.« Sie versuchte vergeblich, das Lächeln beizubehalten und fühlte die Tränen in ihren Augen aufsteigen. Die Realität hatte sie eingeholt. Sie war schwer verletzt worden – von jemandem, der dachte, er könne den Stahldrachen töten. Ihr schlimmster Albtraum war zurückgekehrt und hatte sie heimgesucht.

Keith grinste. »Erwarte nicht, dass ich Mitleid mit dir habe. Du wurdest vielleicht öfter angeschossen als der Rest von uns, aber das zählt nicht, außer es geht unter die Haut.« Er legte eine Hand auf ihre andere Schulter – die unverletzte – und hielt ihren Blick für eine Sekunde fest. Seine Augen sagten weit mehr als seine Worte, denn er wusste, dass sie sich um sich selbst, ihre Freunde und die Stadt sorgte. Dass er wusste, dass er nichts sagen musste und dass sie beide sich für diesen verrückten, selbstlosen Job gemeldet hatten, weil klar war, dass sie solchen Gegnern gegenüberstehen würden.

Dennoch war es unmöglich, sich auf solche Situationen vorzubereiten. Er hatte nichts davon laut gesagt, weil es nicht gut wäre, wenn das ganze Team in Tränen ausbrechen würde. Also musste stattdessen seine Hand auf ihrer Schulter genügen und anstatt zu weinen, musste sie bei der Antwort witzeln.

»Die letzte Verhaftung, bei der eine Kugel deinen Hals gestreift und eine Verbrennung hinterlassen hat, zählt nicht?« Die eigene Angst ließ sie scherzen. Er hätte sterben können, alle wussten es und doch hatte er überlebt. Wenn du beim SWAT warst, bedeutete das, dass du über solche Dinge scherzen musstest, so beängstigend es auch war.

»Ich hatte im Nacken eine Verbrennung von einer Kugel! Natürlich zählt der Scheiß.«

Kristen lachte wieder, ein großer Fehler. Der Schmerz in ihrer linken Schulter und im linken Arm flackerte auf und sie musste die Augen schließen und die Zähne zusammenbeißen.

»Heilige Scheiße, Kristen.« Keith schluckte. Der Mangel an Blut hatte ihn glauben lassen, dass sie weniger verletzt war, als sie es in Wirklichkeit war. Jetzt verstand er. »Einen Arzt! Wir brauchen einen Arzt!« Er sprang ihr zur Seite, als sie zusammensackte.

Kein Mensch – wirklich kein Mensch – konnte Kristens Gewicht tragen, wenn sie ihren Stahl aktiviert hatte, aber Keith versuchte es. Das bedeutete einfach, dass sie auf ihm zusammenbrach, nicht auf dem Boden.

»Einen Arzt! Ich brauche einen Arzt!«, brüllte er unter ihrem Körper heraus.

Drew war vor den Ärzten da. Kristen schaute ihn an und schüttelte den Kopf, weil sie den Tunnelblick, der

Drachenschwingen

durch den intensiven Schmerz ausgelöst wurde, zu klären versuchte.

»Drew. Mir geht es gut ... ich brauche nur ... ich brauche etwas Luft«, murmelte sie und hoffte, dass es ihr gut gehen würde. Eine andere Möglichkeit gab es nicht. Sie musste in Ordnung sein, weil sie für ihre Freunde und für die Stadt da sein musste.

»Hör auf zu reden, Hall. Du wurdest angeschossen. Du stehst wahrscheinlich unter Schock.«

Ein Arzt rannte mit zwei Krankenschwestern herbei. Zu fünft gelang es ihnen, ihren stählernen Körper auf eine Bahre zu wuchten und sie den Flur hinunter zu schieben.

»Es tut weh, Drew«, sagte sie.

»Ich weiß, Hall. Angeschossen werden tut immer weh«, antwortete er ruhig.

»Es tut wirklich weh«, wiederholte sie. Der Schock, den er erwähnt hatte, ergab für sie Sinn. Sie konnte nur daran denken, dass sie in ernsten Schwierigkeiten steckte.

»Ich weiß, aber schau, Hall – es wird noch schlimmer, bevor es besser werden kann.« Er biss die Zähne zusammen. »Der erste Schuss hat dich getroffen, Kristen. Das war gezielt. Der Feind muss gewusst haben, dass du die Bühne betreten würdest und hatte seine Position im Voraus so geplant.«

»Offensichtlich.« Sie lachte. Oh, das war ein Fehler. Ein frischer Schmerz schoss in ihre Schulter. Ihre Augen schlossen sich, dass sie nichts mehr sehen konnte, nur noch die ruhigen, schnellen Stimmen der Ärzte und Schwestern hörte, das Geräusch der Bahre, die durch das Krankenhaus rollte und das Quietschen der Schuhe auf dem Fliesenboden.

Ein roter Fleck erschien vor Kristens Augen und ihre Wahrnehmung kehrte zurück. Zuerst sah sie nur gleißende Helligkeit, bis sie sich in etwas Rundes auflöste, was mit einer Art Arm verbunden war – eine an der Decke montierte Leuchte.

Als Kristen endlich klar sehen konnte, drehte sie ihren Kopf, um ihre Umgebung zu erfassen. Sie hatten sie in einen Raum mit viel zu vielen Lichtern geschoben. Alles war hell und weiß, die Kittel der Ärzte und Krankenschwestern die einzige Farbe, die sie in dem fluoreszierenden Licht erkennen konnte. Sie vermisste die Kinderstation mit dem Teppich und der bunten Bettwäsche. Hier war das Gefühl spürbar, dass die Zeit drängte. Jeder Monitor an den Wänden schien unverzichtbar und jede Maschine wartete darauf, angeschaltet zu werden.

Eine Krankenschwester hatte bereits eines dieser Geräte aktiviert, an der Patientin angebracht und geflucht. Kristen hatte genug medizinische Sendungen gesehen, um zu wissen, dass dieses Gerät ihren Puls und ihren Blutdruck anzeigen sollte, aber es war auf Menschen ausgelegt, nicht auf Drachenstahl.

»Du brauchst etwas Stärkeres als das«, murmelte sie der Frau zu, die zur Seite hüpfte, als sie sie hörte. Offensichtlich dachte sie, ihre Patientin sei bewusstlos.

»Kristen, sei still und hör mir zu. Wer auch immer diese Person war, sie war offensichtlich ein Profi. Die Entfernung ist … na ja, verrückt. Sieht aus, als wären es über zweitausend Meter gewesen. Er musste gewusst haben, dass die Kugel dich vor dem Geräusch erreichen würde und hatte es so geplant. Außerdem ist die Erste an deiner Kevlarweste vorbeigegangen. Das mag für ihn reines Glück gewesen sein oder es war genau das, was er sich erhofft hatte. Ein Gewehr wie dieses hätte auch deine Rüstung durchschlagen können. Wir wissen es einfach nicht.«

»Das hat es nicht«, sagte sie und zeigte auf die Stelle, an der das zweite Geschoss durch ihre Körperpanzerung gestoppt worden war.

Sie dachte auch an die Hand, die sie hochgehalten hatte, um eine Kugel aufzuhalten. Sie vermutete zwar nicht, dass die Kugel ihre Stahlhaut durchschlagen hatte, aber davon, dass sie keinen Schaden verursacht hatte, ging sie auch nicht aus. Der Aufprall könnte einen der Knochen in ihrer Hand gebrochen haben. Dann hätten die Schüsse, die sie in die Brust getroffen hatten, weitaus schlimmer sein können.

»Holt euch das Arschloch«, murmelte sie und sah sich im Raum um. Das Krankenhauspersonal wusch sich die Hände und setzte Masken auf. Eine Krankenschwester zog einen Tisch heran und legte eine Art Tasche darauf. Sie rollte ein langes Stück Stoff mit Fächern aus, um Dutzende von Stahlwerkzeugen – Zangen, Skalpelle, Messer und Klammern – zu enthüllen. Mit geübten Bewegungen schob sie einige dieser Geräte ein paar Zentimeter aus ihren Taschen, ohne Zweifel um sie schneller greifen zu können. Kristen mochte das Aussehen der Pinzette nicht, auf die sich die Krankenschwester zu konzentrieren schien. Sie würden in ihr herumfummeln müssen und das war ein schmerzhafter Gedanke.

»Hall, hör auf, dich zu bewegen. Du musst die Ärzte arbeiten lassen.«

»Ich komme schon klar.«

»Natürlich tust du das, wenn du sie arbeiten lässt. Denk darüber nach. Wenn der Heckenschütze all diese

Vorbereitungen getroffen hat, könnte er auch eine andere Art Kugel benutzt haben.«

»Wovon sprichst du?« Aber innerlich wusste sie es. Es erschreckte sie, aber sie wusste es.

»Er könnte eine Kugel benutzt haben, die einen Drachen töten kann. Weißt du nicht mehr, was Shadowstorm gesagt hat? Blei würde ihn nicht töten. Dieser Kerl könnte die gleiche Vorsichtsmaßnahme getroffen haben. Wer auch immer er war, er zielte auf einen Drachen und schien zu wissen, wie man unter seine Haut gelangt.«

»Ja, aber es hat nicht funktioniert«, sagte Keith und zwang ein Grinsen auf sein Gesicht. Kristen hatte ihn völlig vergessen und aus den Augen verloren, als ihre Sicht kurz verblasst war. Dankbarkeit für ihre Teamkollegen erfüllte sie.

»Die Kugel könnte aber immer noch ihren Zweck erfüllen«, blaffte Drew den Frischling. »Hall, es gibt keine Austrittswunde ... Verstehst du mich? Die Kugel ist immer noch da drin. Sie muss da raus. Das habe ich auch den Ärzten gesagt und sie stimmen mir zu. Sie sind mit deiner äh ... Physiologie nicht vertraut, aber das heißt nicht, dass sie die Auswirkungen nicht erkennen können. Dein linker Arm ... nun ... es sieht so aus, als würden deine Venen rosten.«

Kristen schaute sich im Raum um, in dem es vor Aktivität nur so wimmelte. Eine Krankenschwester brachte weiterhin Sensoren an ihr an, aber das Gerät, an das sie angeschlossen war, lieferte keine nützlichen Informationen. Es zeigte ihren Blutdruck mit über dreihundert an und ihren Puls mit null Schlägen pro Minute. Zwei Ärzte stritten mit gedämpfter Stimme, während sie Drew beobachteten, wie er mit Kristen sprach. Ein

Drachenschwingen

paranoider Gedanke schoss durch ihren Kopf. Was wäre, wenn sie es auf sie abgesehen hätten? Aber das war verrückt.

Drew hatte recht. Da war eine Kugel in ihrem Körper – vielleicht etwas Schlimmeres als eine Kugel. Sie musste heraus.

»Ja, gut, holt sie raus«, willigte Kristen ein.

»Du bist immer noch aus Stahl, Kristen. Die Ärzte kriegen nicht mal einen Zugang rein, obwohl sie es versucht haben. Genau das meine ich. Du musst das medizinische Personal an dir arbeiten lassen.«

Sie sah ihren rechten Arm an, als eine Krankenschwester ihr eine Nadel in die Vene stechen wollte. Die Nadel zerbrach wie ein Zahnstocher.

»Nein!«, knurrte sie und zog den Arm weg. Sie konnte nicht wissen, was in dem Beutel mit der Flüssigkeit war. Es könnten Drogen sein oder es könnte etwas sein, das ihre Kräfte aufhalten würde oder sogar etwas, das ihre Kräfte die Kontrolle über sie übernehmen lassen könnte. Diese Leute – diese Menschen wussten es nicht! Sie war ein Drache, der Stahldrache. Wie konnten die Menschen denken, sie könnten ihr helfen? Die Arroganz dieser Gedanken machte sie wütend.

Ein Hitzeschwall ließ alle Krankenschwestern und Ärzte erschrocken ein paar Schritte von ihr zurücktreten.

Nur Drew war in der Nähe geblieben. Sie vertraute ihm. Er war einer von ihr, also hatte sie ihre Aura nicht auf ihn wirken lassen. Aber sie wollte auch nicht, dass die Ärzte davon betroffen waren. Sie verlor die Kontrolle und hatte Angst, dass die Drogen oder die Medizin oder was immer die Ärzte ihr geben würden, sie noch mehr die Kontrolle verlieren lassen würde.

»Kristen, hör mir zu. Diese Leute müssen dir helfen. Die Kugel muss raus, aber das geht nicht, wenn du eine Rüstung trägst. Du musst sie fallen lassen.«

»Nein!« Ihre Stahlhaut war das Einzige, was sie beschützte und gerade jetzt war sie am verwundbarsten. Selbst als sie gegen den Shadowstorm gekämpft hatte – einen ausgewachsenen Drachen – war es ihre Stahlhaut gewesen, die sie am Leben gehalten hatte.

Ihre Aura stieg in ihr auf, eine ungebetene Kraft, eine Flutwelle der Angst, die sie auf Drew entfesseln konnte, um seinen Willen wegzuspülen und ihn dazu zu bringen, sie in Ruhe zu lassen. Sie kämpfte gegen diesen Drang an. Drew war ihr Freund, nicht ihr Diener oder ihr Lakai, dem sie nach Belieben Befehle erteilen wollte.

»Kristen, wenn wir die Kugel nicht herausholen, ist nicht abzusehen, was sie dir antun könnte. Lass deine Panzerung jetzt fallen. Das ist ein Befehl.«

Seltsamerweise half es ihr, dass er sie herumkommandierte. Sie war von Menschen aufgezogen worden und selbst auch ein Mensch und Drew war nicht nur ihr Freund, sondern auch ihr Chef. Das gab ihr den Anstoß und erinnerte sie daran, wer sie war und woher sie kam. Sie würde ihre Kräfte nicht gegen ihn einsetzen.

»Er wird mich holen kommen! Verstehst du das nicht? Das ist es, was er will. Er will, dass ich mich vor meinen eigenen Kräften fürchte.«

»Nein, Kristen. Shadowstorm kann dir nichts anhaben. Wir haben ihn aus der Stadt vertrieben.«

»Wer hat wohl den Scharfschützen angeheuert?«, wehrte sie sich heftig.

Ein Blick in Drews Gesicht zeigte ihr, dass er bereits den gleichen Gedanken hegte. »Selbst wenn er es getan hätte, haben wir Männer, die das Gebäude bereits durchkämmen, während wir hier sprechen. Du bist jetzt in Sicherheit. Ich beschütze dich.«

Sie schüttelte den Kopf. Sprechen wurde schwieriger. Ihre Kehle und ihr Hals begannen noch schlimmer zu brennen als ihr linker Arm. Sie wollte sehen, ob das, was Drew gesagt hatte, wahr war – sie wollte sehen, ob sie tatsächlich rostete – aber sie traute sich nicht. Sie brauchte jeden Funken Selbstkontrolle, um bei Bewusstsein zu bleiben. Wenn sie schon an ihrer Panzerung scheiterten, wollte sie nicht einmal daran denken, was ihre Aura den Menschen antun konnte, die versuchten, ihr zu helfen. Sie musste aus ihrer stählernen Haut kommen, aber wenn sie das tun würde, wäre sie so schwach wie jeder andere Mensch auch. In diesem Moment der Schwäche konnte sie das nicht. Sie konnte ihr Leben nicht riskieren.

»Kristen, wenn du deine Stahlhaut nicht fallen lässt, könntest du sterben. Wenn das passiert, wissen wir beide, dass wir Shadowstorm vollständig ausgeliefert wären. Wir brauchen dich, Kristen. Wir brauchen deine Kräfte, um uns zu schützen, aber wenn du mich dich nicht beschützen lasst, während die Ärzte ihre Arbeit tun, wirst du uns nie wieder beschützen können. Wir werden alle sterben.«

Verdammt, das hatte funktioniert. Der Gedanke, liebgewonnene Menschen zu verlieren, drang zu ihr durch. Sie konnte den Scharfschützen nicht gewinnen lassen und wenn er irgendeine seltsame Kugel benutzt hatte, die sie vergiften würde, musste sie die Ärzte helfen lassen, sonst gäbe es niemanden mehr, der ihr Team, ihre Familie oder ihre Stadt beschützen könnte. Wenn sie sterben würde, hatte sie keine Illusionen darüber, was mit Detroit passieren würde. Die Verwüstung, die sie verhindert hatte, würde zurückkehren. Die Motor City würde ohne sie zu Schrott werden. Nichts würde überleben, außer Schrottplatzhunde.

Kristen konnte das nicht zulassen. Sie biss die Zähne zusammen, atmete ein paar Mal tief durch die Nase ein, nickte und ließ ihre Stahlhaut fallen.

Die Schmerzen verdoppelten, verdreifachten sich und wuchsen auf zehnfache Stärke an. Sie fühlte einen Stich in ihrem rechten Arm und kämpfte mit aller Kraft, die sie noch hatte, um nicht wieder zu Stahl zu werden. Das war kein Gift, sondern Medizin. Nur eine Infusion. Trotzdem biss sie die Zähne zusammen, als die Krankenschwester sie mit Medikamenten vollpumpte und der Arzt ihre Schulter ansah.

»Skalpell«, sagte er und seine Hand bewegte sich außerhalb ihres Sichtfeldes.

Danach hörte sie nichts mehr. Schwärze nahm sie gefangen und sie gelangte an einen Ort voller Albträume.

KAPITEL 4

Es war herrlich kühl, wenn man über den Wolken flog. Sie benetzten ihre Wangen mit Tau und Kristen versuchte, sie zu umarmen oder stürzte sich in die wogenden, weißen Kissen wie ein Kind, das in einen Swimmingpool sprang.

Sie konnte die Kühle mit ihren Fingern fühlen, nur um zu entdecken, dass sie nicht zwei, sondern vier Arme hatte. Zwei waren ihr vertraut – der Oberarm, der Unterarm, das Handgelenk und die Hand – nur die Finger waren länger, geschuppt und hatten Krallen. Das waren keine menschlichen Arme mehr, sondern die eines Drachen. Sie hob sie an und pflügte wie eine Schwimmerin durch die Wolken. Ihre Schuppen waren silbern und zart, eher vergleichbar mit denen eines Fisches statt eines Reptils.

Es überraschte sie, dass die anderen beiden Arme eigentlich keine Arme waren, sondern Flügel. Sie bestanden aus Ober- und Unterarm, nur die Finger streckten sich von der Handfläche zu langen, zarten Versionen ihrer selbst aus. Wie bei den Flügeln einer Fledermaus spannte sich silbernes Gewebe dazwischen. Sie stellte fest, dass sie ihre Flügel nicht so kontrollieren konnte wie ihre Drachenarme.

Es bedurfte keiner bewussten Überlegung, um sie flattern oder einfach gleiten zu lassen. Kristen musste sie nicht an winzige Luftdruckänderungen anpassen. Sie musste nur schneller, tiefer denken und ihre Flügel reagierten einfach. Sie arbeiteten so automatisch wie ihre Lungen, eine Erweiterung ihres Körpers, die ihr den Himmel schenkte.

Es war ein erheiterndes und befreiendes Gefühl, ja sogar ein berauschendes. Sie wollte – ihre Drachenform wollte – immer schneller und schneller werden und ihr Körper gehorchte den Befehlen. Die Arme und Beine an ihren geschuppten Körper gepresst, schlugen ihre Flügel immer schneller und stärker, bis sie durch die Spitze einer Wolke in den blauen Himmel brach, von dem aus der Boden nicht mehr als eine Erinnerung darstellte.

Die Wolkenberge bewegten sich in Zeitlupe. Sie schwebte über allem.

Vor ihr schien eine einzige Wolke ... anders zu sein. Größer als der Rest erhob sie sich aus dem flauschigem Weiß wie ein Monster, das aus einem Wasserbecken auftauchte. Die Wolke war riesig, so viel größer als sie. Sie ragte immer höher hinauf und verdunkelte die Sonne mit ihren dicken, grauen, wogenden Schatten. Es blitzte, aber Kristen konnte keinen Donner hören, nur den Wind, der immer mehr auffrischte.

Obwohl ihre Flügel nur wenige Augenblicke vorher perfekt funktioniert hatten, schienen sie nun dem Wind nicht mehr standhalten zu können. Starke Böen trafen auf ihren Drachenkörper, aber sie kamen nicht aus der Wolke. Stattdessen bewegte sie sich darauf zu. Sie war von dem schrecklichen Gefühl erfüllt, dass sie verschlungen wurde – dass diese Wolke den Stahldrachen so leicht verschlucken würde, wie ein Blauwal den Krill.

Drachenschwingen

Das war der Feind, gegen den starke Rüstungen nichts ausrichten konnten, eine Kraft, die nach Metall suchte, wie Tiere nach Wasser. Sie konnte Wasser, Wind und Blitz nicht mit Stahl besiegen und entkommen konnte sie auch nicht.

Ausläufer des Windes zogen sie in das Innere des Wolkenriesen.

Alles war dunkel. Der Wind warf sie einfach hin und her, sodass sie sofort die Orientierung verlor. Kristen konnte den Weg nach draußen nicht finden und als sie versuchte, mit den Flügeln zu schlagen, wehten starke Böen ihre silbernen Schuppen weg. Jede hinterließ ein winziges Stück freiliegende Haut – menschliche Haut – und sie fühlte Schmerzen. Sie knirschte mit den Zähnen und war entschlossen, sich nicht vom Schmerz verzehren zu lassen.

Der Blitz ergänzte ihre Qual hervorragend. Es krachte immer lauter und riesige Blitze schossen vertikal und diagonal durch die Wolke wie Nervenimpulse im Gehirn.

Kristen konnte die Absichten der Wolke fühlen – schreckliche, bösartige Absichten, die sie ängstigten. Die Wolke versuchte, ihr die Flügel vom Körper zu reißen, wie ein grausames Kind einem Insekt und sie auf die Erde zu werfen.

Sie musste fliehen!

Trotz ihrer vielen Versuche, in allen möglichen Richtungen einen Ausweg zu finden, kam sie nicht heraus. Stattdessen tauchte ständig Sebastian Shadowstorm in den Wolken auf. Er lächelte sie an, bedachte sie mit falscher Höflichkeit und süßen kleinen Lügen, während seine Drachenkrallen den Blitz lenkten und den Wind dazu benutzten, ihre zarten Schuppen wegzublasen.

Ein Blitz traf sie. Sie erwartete Hitze und Schmerzen wie bei dem Schuss, aber stattdessen war er eiskalt. Statt Schmerz fühlte sie sich einfach nur kraftlos.

Im nächsten Moment hatte sie Menschengestalt und stürzte Richtung Erde. Sie hörte zwei Geräusche – das Rauschen des Windes in ihren Ohren und Shadowstorms Lachen.

Träume vom Fallen aus großer Höhe waren für sie nicht neu, also erwartete sie auch diesmal, aufzuwachen bevor sie den Wohnblock erreichte, auf den sie zu rauschte. Aber entweder hielten die Drogen oder die Lebendigkeit des Traums sie darin fest und anstatt aufzuwachen, stürzte sie in das Gebäude.

Ihr Schwung ließ sie Etage für Etage durchbrechen. Jede zerbarst unter dem Gewicht ihrer Stahlhaut und Beton, Fliesen und Metallträger zerrissen wie Papier. Nichts davon verlangsamte jedoch ihren Sturz. Sie fiel gewaltsam durch alle Stockwerke des Gebäudes bis sie den Keller erreichte und in einem Schwimmbad landete.

Es reichte nur ein paar Zentimeter über ihren Kopf, aber sie konnte nicht aus dem Wasser steigen. Sie versuchte zu schwimmen, aber sie war zu schwer. Ihre Lungen begannen zu brennen und sie hatte fast aufgegeben, als ein rot-weißer Schwimmreifen über ihr aufs Wasser klatschte. Sie hielt sich daran fest und zog sich weit genug aus dem Wasser, um ihren Bruder Brian zu sehen, der das daran befestigte Seil hielt.

Er zog daran, aber trotz seiner massiven Statur flog er in den Pool. Im nächsten Moment war da kein Pool mehr, sondern der Detroit River und Kristen kämpfte darum, das Seil, in dem sie sich verfangen hatte, zu lösen. Als

Drachenschwingen

sie immer tiefer im Dreck versank, riss sie Brian mit. Trotz ihrer brennenden Lungen ertrank sie nicht. Ihr Bruder dagegen hatte nicht so viel Glück.

Ihre Arme zogen seinen aufgedunsenen Körper zu sich und sie schrie und schrie und schrie und schrie. Sie konnte fühlen, wie ihre Aura alles in der Umgebung beeinflusste. Die Fische flohen, die Menschen verließen das Ufer des Flusses und die ganze Stadt Detroit leerte sich, alles ihretwegen. Ihr Schmerz war deren Schmerz und ihr Tod würde deren Tod sein. Aber anstatt die Geschöpfe ihres Reiches mit sich untergehen zu lassen, zwang sie diese zur Flucht und zur Aufgabe ihrer Beschützerin.

Niemand blieb vor Ort für das Monster, das sie war – der Stahldrache.

Da war niemand mehr, der der einzigen Person, die die Stadt verteidigen wollte, helfen würde. Sie lauschte, aber niemand rief ihren Namen.

★ ★ ★

»Kristen! Kristen, wach auf. Du hast einen Albtraum.«

Abrupt erwachte sie und setzte sich kerzengerade auf. Ihr linker Arm schmerzte wegen der Anstrengung, aber ihr Nacken und ihre Brust fühlten sich besser an. Sie sah ihre Stahlhaut und ließ sie unter Anstrengung fallen. Die Transformation hatte bereits die Infusionsnadel aus ihrem Arm gedrückt. Sie lag neben ihr und wässrig aussehendes Blut sickerte heraus. Sie wünschte sich, die Stahlhaut hätte die Kugel auf die gleiche Weise herausdrücken können, wie sie jetzt die Nadel herausgedrückt hatte.

»Toll gemacht, Mädel. Du hast deinen Stahl an- und abgeschaltet, immer und immer wieder. Wahrscheinlich hast du all ihre Geräte durchbrennen lassen.«

Kristen sah sich um, um den Sprecher zu identifizieren. Wonderkid Jim lehnte sich gegen den Türrahmen. Er deutete auf die nun nutzlose Infusion auf dem Bett. Sie atmete tief durch und legte sich wieder in das Krankenhausbett.

»Toll gemacht, wirklich? Wie alt bist du? Sieben?«, brachte sie heraus. Es klang höhnisch, obwohl sie immer noch den Schrecken des Albtraums in ihrem Hals spüren konnte. Aber so ging das SWAT mit Terror um – sie lachten ihm ins Gesicht.

»Wow, ich muss sagen, ich bin beeindruckt, dass du immer noch Scheiße reden kannst. Ich dachte, nachdem das große böse Drachenmädchen durch eine klitzekleine Kugel flachgelegt wurde, wärst du jetzt ganz ruhig und sanftmütig.«

»Das hättest du wohl gerne, Washington.«

Er lächelte. »Hätte ich nicht. Ganz sicher nicht. Und nenn mich nicht Washington, nicht mehr. Dafür kennen wir uns zu gut.«

Kristen lächelte anerkennend. Er hatte natürlich recht. »Danke, dass du hier bist, Jim.«

»Kein Problem. Wie auch immer, denkst du wirklich, ich würde das verpassen wollen? Hast du eine Ahnung, wie viel Geld ich bei den Boulevardblättern verdienen könnte, wenn ich verkaufen würde, was der Stahldrache murmelt, wenn sie einen schlechten Traum hat?«

»Das würdest du nicht tun.«

Jim zuckte die Achseln, trat ganz in den Raum und setzte sich auf einen Stuhl neben ihrem Bett. »Vielleicht

Drachenschwingen

doch. Vielleicht möchte ich einfach zehn Riesen verdienen und ein bisschen Urlaub machen. Ich bin mir sicher, dass die Drachen, die diese Welt hinter den Kulissen regieren, damit keinerlei Probleme hätten. Schließlich respektieren sie Menschenleben und all das ja so sehr.« Seine Worte trieften vor Sarkasmus.

Bevor sie protestieren konnte, dass nicht alle Drachen so sind, änderte sich sein Tonfall. »Natürlich würde ich den einzigen Drachen, den ich je getroffen habe, der sich wirklich um Menschen kümmert, nicht verärgern wollen, also ist dein Geheimnis bei mir sicher. Aber ich bin neugierig. Wer ist Brian? Du hast seinen Namen mehr als einmal gerufen.«

Sie nickte. Natürlich hatte sie im Schlaf geredet, das tat sie immer. Obwohl sie ein Drache mit Kräften wie kein anderer war, murmelte sie immer noch im Schlaf. Kein Wunder, dass die anderen Drachen sie nie gesucht hatten. Sie mussten sie für viel zu menschlich gehalten haben. Sogar ihre Träume endeten wie menschliche Träume. »Brian ist mein Bruder.«

»Oh, richtig, natürlich. Drew hatte so etwas erwähnt.« Da war etwas in seiner Stimme, das sie nervös machte – als wäre Brian mehr als nur ein Name, vielleicht ein Detail, an das man sich erinnern sollte, ein Teil eines Falles.

»Warum hat Drew meinen Bruder erwähnt?«

Jim zuckte unbeholfen die Achseln. Offensichtlich verheimlichte er ihr etwas.

»Jim, warum hat dir Drew von Brian erzählt?«

Ihr Teamkollege atmete tief durch. »Er hat vorsichtshalber eine Einheit zu deinem Elternhaus geschickt, keine große Sache. Als klar war, dass es der

Scharfschütze auf dich abgesehen hatte und die Identität des Stahldrachen nicht unbedingt ein Geheimnis ist, war das vernünftig. Du warst bewusstlos, also dachten Drew und der Captain, es wäre besser, sofort Vorsichtsmaßnahmen zu treffen. Du weißt, wie das ist.«

»Ist etwas passiert?«, erkundigte sich Kristen und durchschaute seine Versuche, die Situation herunterzuspielen. Sie setzte sich wieder auf und eine neue Schmerzwelle in der Schulter überrollte sie.

»Ja, es ist etwas passiert. Ein Scharfschütze hat dir in die verdammte Schulter geschossen. Wenn du dich wieder so hinsetzt, kugelst du dir noch den Arm aus. Mach also langsam.«

Jim lehnte sich nach vorne und berührte ihre Wunde vorsichtig. Sie war verbunden, aber er schien immer noch in der Lage zu sein, etwas über die Wunde zu erzählen. Er war immerhin ein Veteran, erinnerte sie sich. Er hatte wahrscheinlich schon viele verbundene Wunden gesehen.

Sie ignorierte seine Bedenken. »Ich muss nach meiner Familie sehen.«

Er schüttelte nur den Kopf. »Nein, das tust du nicht, noch nicht.«

»Doch, das tue ich« Ihre Aura stieg unweigerlich an, bereit, ihn dazu zu bringen, ihren Wünschen zu gehorchen und zu fühlen, was sie wollte, dass er fühlte. Sie schob diese Macht beiseite, entschlossen, sie nicht zu nutzen, nicht jetzt und erst recht nicht gegen ihre Freunde.

»Hör zu, ich kenne deine tollen Kräfte, also gib mir eine Sekunde, dass ich sehen kann, wie toll sie sind. Setz dich langsam auf und dann schauen wir, wie es dir geht.«

Drachenschwingen

Etwas besänftigt nickte sie und setzte sich mit seiner Hilfe auf. Es hatte nicht geschmerzt wie vorher, als sie einfach hochgerumpelt war.

»Jetzt dreh deine Schulter langsam ... gut, genau so. Jetzt schau, ob die Schmerzen andauern oder nur phasenweise vorhanden sind.«

Sie bewegte die Schulter noch einmal. »Es tut weh, aber ehrlich gesagt, fühlt es sich um Welten besser an.«

»Gut. Das ist wirklich gut, Kristen. Das heißt, du bist auf dem Weg der Besserung. Deine freakigen Drachenkräfte tun ihr Ding, um auf dein freakiges Selbst aufzupassen.«

»Redest du immer so respektlos mit Drachen?«

»Nur wenn sie verletzt sind«, erwiderte er grinsend. »Dann können sie mich nicht mehr so gut jagen.«

Kristen fragte sich, ob er sich des Ernstes dieser Aussage bewusst war. Ihr war klar, dass es vieles gab, was Shadowstorm ihr verschwiegen hatte, aber Heilkraft war eine Fähigkeit, mit der sie sich längere Zeit beschäftigt hatten. Sie rief sie jetzt herbei und zwang ihren Körper, sich auf die Wunde zu konzentrieren und all die inneren Ressourcen zu nutzen, das zerrissene Fleisch und die Haut zu heilen. Ihr Teamkollege hatte wahrscheinlich nicht bemerkt, wie kurz das Zeitfenster war, in dem die Drachen tatsächlich als verletzt eingestuft werden konnten.

»Ich habe deinen kleinen Feldtest bestanden. Jetzt lass mich nach meiner Familie sehen. Wo ist mein Telefon?«

»Ich habe es genau hier.« Er klopfte auf die Tasche seines Hemdes. »Aber es gibt noch mehr, was du wissen solltest. Du warst zwar nicht lange außer Gefecht, aber es hat sich etwas getan.«

Sie starrte ihn ein wenig erschrocken an, bevor der gesunde Menschenverstand einsetzte. Natürlich war sie bewusstlos gewesen, aber der Gedanke, dass die Welt sich einfach weitergedreht und sich um andere Aufgaben gekümmert hatte, erfüllte sie mit einem plötzlichen Anflug von Angst. Das war ihre Stadt, gefüllt mit ihren Leuten. Sie konnte doch nicht einfach so herumliegen. »Wie lange?«

»Nur ein paar Stunden. Das Morphium hätte dich mindestens acht Jahre lang ruhig stellen können, aber ich hatte das Gefühl, dass der Stahldrache nicht zur Ruhe kommen wollte.«

Gut. Das war schon besser. Wenigstens hatte sie keinen vollen Tag verpasst. »Haben sie das Arschloch erwischt?«, fragte sie mit viel zu viel Hoffnung in der Stimme.

Jim schüttelte den Kopf und sie nickte. Sie war nicht so naiv zu glauben, dass jemand, der so geschickt war wie dieser Scharfschütze, auf seine Verhaftung durch die Polizei gewartet hatte.

»Aber sie haben sein Versteck gefunden. Es war tatsächlich der Raum den du und Butters vermutet habt. Sie durchkämmen ihn jetzt, suchen nach Beweisen, fragen die Leute auf dem Stockwerk, ob sie etwas gesehen haben – das Übliche, nichts, worüber ein Drache sich Sorgen machen müsste.«

»Toll. Also lass mich nach meiner Familie sehen.« Sie wusste, dass es viele Dinge gab, die sie im Gegensatz zu normalen Polizisten tun konnte, aber das Sammeln von Beweisen war ein Bereich, in dem sie keinerlei Erfahrung hatte. Wenn der Scharfschütze überhaupt etwas hinterlassen hatte, war sie zuversichtlich, dass

Drachenschwingen

ihr Team und die Polizei von Detroit es finden würden. Darüber musste sie sich also keine Sorgen machen.

Es war Brian, der ihr ständig in den Sinn kam, Brian, den sie immer wieder unter Wasser und in die Dunkelheit des Flusses zog.

Ihr Teamkollege sah sich verschwörerisch um, als wollte er nicht belauscht werden. Er rückte seinen Stuhl näher und griff in die andere Hemdtasche – die, in der sich kein Telefon befand. »Da ist noch mehr, Kristen. Schau, ich könnte in Schwierigkeiten geraten, wenn ich dir das sage, aber ... na ja, du und ich haben auf dieser letzten Mission außerhalb des Gesetzes gearbeitet und es ist gut, dass wir das getan haben.«

»Ich habe dich verfolgt und du denkst, das war gut?«

Er zuckte die Achseln. »Hätte ich diesen Kontakt nicht hergestellt, hätten wir Shadowstorm nie aufgedeckt und wenn du mir nicht gefolgt wärst, wäre ich tot. So wie ich es sehe, war es ein Fehler, dass ich dir vorher nichts gesagt habe. Ich werde diesen Fehler nicht noch einmal begehen.«

Kristen grinste. Wie seltsam war es doch, so eng mit dem Wonderkid verbündet zu sein. Als er beim SWAT aufgetaucht war, hatte er sie einfach wegen dem, was sie war, gehasst und jetzt wollte er sie für eine geheime Operation rekrutieren? Fast gemeinsam zu sterben machte wirklich etwas mit Menschen. In ihrem Fall hatte es sie näher zusammen gebracht.

Jim zog einen Plastikbeutel mit Beweisen aus seiner Hemdtasche und legte ihn auf den Tisch neben ihr. Er enthielt etwas, das wie eine Kugel aussah, nur ähnelte sie keiner, die Kristen je gesehen hatte. Die Form war die gleiche, aber darüber hinaus sah sie aus als käme sie aus einem Avengers-Film.

Zunächst einmal war sie nicht aus Metall, sondern aus einem orange-roten Material, das sie an Lavagestein denken ließ. An den Seiten befanden sich Risse und Spalten und die Spitze des Geschosses war leicht deformiert, ansonsten war es bemerkenswert intakt. »Ist es das, was ...«

Er nickte. »Das da haben sie aus dir rausgeholt.«

»Was zum Teufel ist das?«

»Es ist eine Kugel, aber eine, die ich noch nie zuvor gesehen habe. Ich habe aber von denen gehört. Sie ist aus Drachenschuppen gemacht.«

»Du machst Witze.«

»Ich finde das ganz sicher nicht lustig.«

»Wie bist du da rangekommen?«

»Nachdem sie dich aus dem OP gerollt hatten, haben sie es eingetütet und alles der Polizei zur sicheren Verwahrung gegeben. Es ist gut, dass man der Polizei vertrauen kann... du weißt schon, so wie mir.«

»Das soll ein Beweisstück sein?« Sie schaute ungläubig. Natürlich hatte sie von Polizisten gehört, die etwas aus der Asservatenkammer stahlen, aber nie vom Detroit SWAT. Captain Hansen führte ein strenges Regiment.

Jim zuckte die Achseln. »Niemand weiß, dass es fehlt und es ist ja nicht so, dass du es behalten darfst.«

Sie rieb sich über das Gesicht, nicht sicher, was sie darüber denken sollte, wenn sie Beweise vorenthielt oder ob es ihr überhaupt etwas ausmachen würde. Das hier war größer als SWAT. »Warum Drachenschuppen?«, fragte sie nach einem Moment.

»Du weißt, dass ich ... äh, früher ziemlich besessen davon war, Drachen zu hassen.« Er wirkte verlegen.

Drachenschwingen

»Nun, man sagt, Drachen können nicht mit Blei getötet werden. Ihr Körperbau ist ... na ja, anders. Ich bin sicher, dass, wenn jemand genug Kugeln direkt in das Herz oder das Gehirn eines Drachens abschießen würde, das den Job schon erledigen sollte, aber man würde eine Tonne Blei dafür benötigen. Diese Teile hier unterbrechen den Heilungsprozess oder stören das Immunsystem oder so etwas. Was auch immer es ist, das Internet ist sich verdammt sicher, dass eine Kugel aus Drachenmaterial der beste Weg ist, einen Drachen zu töten«.

»Was zum Teufel soll das heißen?«

»Es bedeutet, dass dieser Typ nicht nur wusste, wo du warst und was du bist, sondern auch eine verdammt gute Idee hatte, wie man dich eliminieren könnte.«

»Habt ihr die anderen beiden Kugeln, die mich getroffen haben, wiedergefunden?«, fragte sie.

»Ja, aber ich habe sie nicht mitgebracht, sie sind nutzlos, nicht interessant genug.«

»Sie sind nicht so?«

»Aus Drachen? Nein. Aber es waren panzerbrechende Kugeln und auch zwei verschiedene Typen, ob du es glaubst oder nicht. Das Arschloch wollte dich mit einem einzigen Schuss töten, aber er war auch vorbereitet, falls es nicht funktionieren sollte. Die anderen beiden Schüsse dienten wahrscheinlich dazu, deine Stahlhaut zu testen.«

Kristen schaute unter die Decke und sah sich ihre Brust an. Es gab leichte Blutergüsse, aber nichts Ernstes. Die kugelsichere Panzerung hatte ihre Aufgabe erfüllt. Sie hielt ihre rechte Hand hoch – die, mit der sie die dritte Kugel blockiert hatte – und schaute auf ihre Handfläche. Da blühte ein riesiger lilafarbener Bluterguss. Die

Kugel war fast durchgekommen, was bedeutete, wenn der Scharfschütze stärkere Geschosse nehmen würde, könnte er es schaffen.

Sie konzentrierte ihre Heilkraft auf den Bluterguss an ihrer Hand statt auf ihre linke Schulter. Wenn sie eine Waffe verwenden müsste, bräuchte sie die rechte Hand. Das Violett begann zu verblassen, als ihr Blut durch ihren Körper strömte, um den Schaden zu beheben.

Die Wunde an ihrer Schulter war hartnäckiger, zweifellos wegen des Materials, aus dem die Kugel bestanden hatte.

»Nun ... das ist doch besser als drei Drachenkugeln.«

Jim schüttelte den Kopf. »Ich glaube nicht. Ich denke, wenn es drei Drachengeschosse gewesen wären, wüssten wir, dass Shadowstorm einem Schützen einfach ein paar davon gegeben hat. Sie sind verdammt teuer – wir reden von Zehntausenden von Dollar pro Stück – aber ich bin sicher, Shadowstorm könnte sich das leisten, es sei denn, es gibt ein Drachengesetz, dass sie die nicht benutzen dürfen.«

Er schaute Kristen an und seine alten Vorurteile flackerten in seinem Blick, bevor er sie mit einer Grimasse vertrieb. »Nein, was mich beunruhigt ist, dass dieser Typ mit Drachengeschossen vertraut genug ist, um zu wissen, dass sie nicht besonders gut durch Metall gelangen können. Ich habe einige Erwähnungen darüber gefunden, aber es ist schwierig, solide Informationen zu bekommen. Ich bin besorgt, dass unser Scharfschütze seinen Vorrat von diesen hier schonen will, also hat er nach anderen Schwachstellen bei dir gesucht.«

»Es ist gut, dass er sie nicht gefunden hat.«

Drachenschwingen

Sein Stirnrunzeln blieb an Ort und Stelle. »Das ist wahr, aber er hat auch bestätigt, dass er unter deine Haut kommen kann, wenn er die Kugel anbringt, bevor du den Knall hörst und die Panzerung unterbewusst auslöst. Er hat auch zwei Arten von panzerbrechender Munition verwendet, um das zu versuchen. Das gefällt mir überhaupt nicht, Kristen. Ich glaube, wir haben es mit jemandem zu tun, der sich mit dem Töten von Drachen auskennt.«

»Es ist gut, dass du so viel nachgeforscht hast, unsere Art zu töten. Hoffentlich kann man ein Profil von diesem Drecksack erstellen.«

»Deine Art, wirklich?« Er hob eine Augenbraue.

Kristen seufzte. »Ich habe das nicht so gemeint. Das ist mir so rausgerutscht. Meine Art mag Pizza mit Schinken und Ananas und spielt viel zu oft Videospiele.«

»Was redest du da? Ananas auf Pizza? Das klingt fürchterlich.«

»Das ist der Lieblingsbelag meines Bruders, Jim. Jetzt gib mir mein Telefon, damit ich ihn anrufen kann, bitte.«

»Richtig, tut mir leid. Bitte sehr.« Er zog das Telefon aus seiner anderen Tasche und legte es auf den Tisch neben die Drachenkugel. »Machst du dir immer noch Sorgen um ihn, obwohl der Typ wahrscheinlich ein Drachenmörder ist? Ihm sollte es doch gut gehen, oder? Ich dachte, deine Familie wäre normal.«

»Sie ist definitiv normal, aber wenn dieser Typ sich mit Drachen auskennt, könnte er sie holen kommen. Deshalb hat Drew eine Einheit zu mir nach Hause geschickt. Er kennt Stonequest gut genug, um zu wissen, dass ... Nun, du dürftest wissen, dass Drachen Menschen als Eigentum betrachten?«

Der finstere Blick des Mannes hätte nicht schlimmer sein können. »Ja, ich weiß. Manchmal frage ich mich, ob die reichen Weißen meine Vorfahren versklavt hätten, wenn sie nicht diese Scheiß-Drachenvorbilder gehabt hätten.«

Kristen konnte nur mit den Achseln zucken. Es war unmöglich, darüber zu spekulieren, wie eine Welt ohne eine unglaublich mächtige, egozentrische herrschende Klasse aussehen würde. »Nun, die Familie gilt als der wichtigste Besitz des Stahldrachen. Wenn diese Person es wirklich auf mich und nicht auf die Polizei von Detroit abgesehen hat, könnte sie meine Familie ins Visier nehmen.« Sie zwang sich ruhig zu bleiben und wollte nicht erwähnen, dass sie auch geträumt hatte, dass ihre Fähigkeiten ihren Bruder töten würden. Das war ein Traum gewesen. Drachen konnten nicht in die Zukunft schauen, aber deshalb war der Albtraum auch nicht leichter zu verdauen.

Sie entsperrte ihr Telefon, öffnete ihre Favoriten und berührte das Foto ihres Bruders, auf dem er sich zwei Pizzastücke in den Mund stopfte. Er ging nicht ran, also rief sie wieder an.

»Es ist Essenszeit. Ich wette, sie futtern diese eklige Pizza. Ich bin sicher, dass es ihnen gut geht«, meinte Jim.

Kristen ging vom Gegenteil aus. Ihre Mutter hatte ihren Vater immer besucht, wenn er nach einem Polizeieinsatz im Krankenhaus war. Sie war immer dort, bevor er aufgewachte, immer. Aber jetzt war sie nicht hier. Wieso nicht?

»Hat Drew ihnen gesagt, was passiert ist?«, fragte sie, während das Telefon weiter klingelte. Jeder Piepton hatte ihre Beinahe-Panik um einige Grade erhöht.

Drachenschwingen

»Ja, jedenfalls das Wichtigste.«

Etwas abgelenkt nickte sie und versuchte, ruhig zu bleiben, scheiterte aber kläglich. »Sie sollten hier sein. Meine Mutter kommt seit 30 Jahren durch Polizeiabsperrungen.«

»Versuch es in ein paar Minuten nochmal bei deinem Bruder, vielleicht ist er im Bad.«

»Nein. Wir haben ein geheimes Zeichen. Zwei Anrufe innerhalb einer Minute bedeuten Notfall. Und Brian hat sein Handy immer bei sich ... immer. Außerdem findet er es lustig, in den Lautsprecher zu furzen, also geht er auch im Bad ran.«

Ihr Bruder nahm nicht ab.

Sie versuchte es am Festnetz, auch keine Antwort.

Irgendwas stimmte nicht. Da war etwas faul, sehr faul.

»Wir müssen gehen, jetzt sofort!« Ein Gefühl der Dringlichkeit trieb sie aus dem Bett. Sie legte ihre Hand auf den Tisch, um sich zu beruhigen und ihre Handfläche legte sich auf den Beweisbeutel mit der Drachenkugel. Sie schloss ihre Hand um sie herum ohne nachzudenken.

Jim hatte es sicher nicht bemerkt. Er war zu sehr damit beschäftigt, sein Lächeln zu verbergen, als sie aufstand und fühlte wie eine kühle Brise ihre Beine und ihren Rücken hinaufwehte.

»Verdammte Krankenhauskittel.« knurrte sie irritiert. In diesem Moment war es ihr egal. Sie schämte sich nicht für ihren Körper und außerdem drängte die Zeit, also hielt sie einfach die Hand auf. »Meine Klamotten, jetzt!«

»Kristen, ich ...« Irgendwie schaffte er es, seinen Mund zu schließen, ihre Kleider aufzusammeln und ihr zuzuwerfen.

Sie drehte ihm den Rücken zu, löste das Band am Krankenhauskittel, ließ ihn fallen und zog sich an.

»Wenn du das Keith gegenüber erwähnst, stirbst du. Erwähne das gegenüber Hernandez und du wirst dir wünschen, du wärst tot«, sagte sie, während sie BH, Hemd und Hose anzog. Als sie sich umdrehte, konnte sie sehen, dass das vermutlich ein Fehler war. Er hatte ihr offensichtlich auf den Hintern gestarrt, aber es hatte auch eine Krankenschwester den Raum betreten.

»Ma'am, Sie sollten im Bett bleiben«, erklärte die Frau, die offensichtlich eher daran gewöhnt war, fast nackte Menschen zu sehen als das Wonderkid.

»Nein«, antwortete Kristen schnell und ließ ihre Aura aufblitzen. Die Krankenschwester wurde eindeutig nervös wegen der Fähigkeit ihrer Patientin, war aber immer noch entschlossen, einen Arzt zu rufen. Eine Aura konnte die Natur eines Menschen nicht ändern, nur verstärken und eine verängstigte Krankenschwester rannte nun einmal direkt zu einem Arzt.

»Vielleicht solltest du tun, was sie sagt. Deiner Familie geht es bestimmt gut. Ich kann nach ihnen schauen, wenn du dich dann besser fühlst.«

»Wenn es ihnen gut ginge, würden sie ans Telefon gehen.«

Jim hielt seine Hände in scheinbarer Kapitulation hoch. »Hör zu, lass mich die Polizei anrufen. Sie gehen sicher ran. Es ist ihr verdammter Job.«

Kristen nickte. »Okay. Okay, gut, ruf sie an.«

Er fügte sich schnell und es folgte ein langer, peinlicher Moment der Stille, in dem sie sein normalerweise ruhiges Lächeln entgleiten sah, während das Telefon immer weiter klingelte. Schließlich legte er auf.

Drachenschwingen

Sein Gesichtsausdruck bestätigte, dass niemand abgenommen hatte.

»Wir müssen gehen, jetzt!« Sie wandte sich zur Tür.

Eine Ärztin erschien – eine junge Frau mit einem unaussprechlichen Nachnamen und leichtem Akzent.

»Ma'am, Sie müssen sich hinlegen. Ihre Physiologie ist anders als die eines normalen Menschen und wir müssen sie weiter beobachten ...«

Kristen verwandelte ihren Körper einfach in Stahl und schob sich an ihr vorbei.

»Ma'am! Ma'am, Sie sollten auf mich hören«, protestierte die Frau, aber sie bewegte sich nicht, um Kristen aufzuhalten. Sie musste eingesehen haben, dass es keinen Sinn hatte.

Als sie den Flur betrat und zum Ausgang marschierte, wünschte sie sich nicht zum ersten Mal, dass sie Flügel hätte. Sie war sich nicht ganz sicher, ob sie in dem Krankenhaus war, wo sie angeschossen worden war und hatte sich nicht die Mühe gemacht zu fragen, aber auch das war egal. Keiner ihrer Teamkollegen hatte ihren Wagen von der SWAT-Station herübergebracht. Sie musste ein Taxi nehmen oder, je nach Standort, einfach den ganzen verdammten Weg laufen. Mit ihren Kräften wäre das an sich kein Problem, außer dass sie eine verletzte Schulter hatte. Mehrere Meilen zu laufen, wäre vielleicht nicht das Klügste, was sie im Moment tun könnte.

»Miss, Sie müssen noch auschecken«, versuchte eine übergewichtige Empfangsdame ihr zu sagen, aber Kristen ignorierte sie genauso, wie sie die Rufe von weiter hinten im Flur ignorierte.

»Hey! Hall! Verdammt, Kristen, warte auf mich.« Jim rannte ihr nach, ein Lächeln auf seinem Gesicht.

Er sollte nicht rennen – nicht in Uniform, nicht, wenn es nicht unbedingt sein musste. Ein Polizist, der durch ein Krankenhaus rannte, konnte Panik auslösen. Es war ihm aber im Moment trotz seiner Professionalität scheinbar egal.

Kristen warf ihm einen kurzen Blick zu, aber er wurde nicht langsamer. Sie hatte nicht die Absicht, auf irgendetwas zu warten und trat aus den Glasschiebetüren heraus in den kühlen Nachmittag. Dieses Jahr hatte es noch nicht geschneit, aber das würde bald passieren. Sie schaute in alle Richtungen, aber da warteten keine Taxis. Schlimmer noch, sie erkannte die Fassade des Krankenhauses nicht sofort, was bedeutete, dass es definitiv nicht zu denjenigen gehörte, die dem Haus ihrer Eltern in Dearborn am nächsten lagen.

Die Türen öffneten sich hinter ihr und ihr Teamkollege kam heraus.

»Du wirst mich nicht aufhalten, Jim, das weißt du doch. Ich kann deinen Arsch umhauen, wenn ich will.«

Er hielt seine Hände hoch, was sie als Kapitulation interpretierte bis sie die Schlüssel von seinem Finger baumeln sah. »Es gibt keinen Grund, mich zu töten, Fräulein Drache. Wenn du meine Reifen willst, kannst du sie haben, aber ich komme mit.«

Nach einem Moment nickte sie. Sie hoffte, sie würde Wonderkid nicht so sehr brauchen wie ihre Familie den Stahldrachen.

KAPITEL 5

Die Fahrt zu ihrem Elternhaus dauerte schmerzhaft lang. Jim hatte leider kein Polizeiauto, sondern nur sein eigenes, sodass sie, obwohl er das Tempolimit nicht beachtete, ohne Sirenen nicht einfach über rote Ampeln fahren konnten. Stattdessen mussten sie stehen bleiben, während aus dem Autoradio leise Jazzmusik erklang und Kristen gezwungen war, darüber nachzudenken, was mit ihrer Familie womöglich geschehen war. Sie hatte es noch viermal bei Brian versucht und keine Antwort bekommen, nicht ein einziges Mal. Es erforderte ihre ganze Konzentration, sich selbst davon abzuhalten, völlig auszuflippen.

Ihr Begleiter konnte ihr dabei nicht helfen. »Also ... äh, diese Aura-Sache. Ich habe gespürt, dass du etwas mit der Krankenschwester getan hast.«

»Ja, was ist damit?«, rastete sie aus.

Er war Polizist und gewohnt, dass die Leute ihn anblafften, also reagierte er nicht auf ihre Feindseligkeit. »Machen das alle Drachen?«

Nach einem Moment zuckte sie die Achseln und nickte. »Im Grunde genommen, ja.«

»Hat Stonequest dir gezeigt, wie man das benutzt?«

»Nein.« Sie seufzte. »Nein, hat er nicht. Shadowstorm hat es mich gelehrt und sich hauptsächlich darauf konzentriert, wie man die Aura anderer Drachen lesen und wie ich meine unter Verschluss halten kann oder nicht. Das ist einer der Gründe, warum ich mir Sorgen mache, dass er noch hier ist. Er konnte seine Aura so gut kontrollieren, dass er sich vor mir verstecken konnte. Aber, Jim, das ist mir im Moment nicht so wichtig. Ist es für meine Familie relevant?«

»Nein. Nicht unbedingt. Es ist nur ... nun, wenn du es tust, kann ich es wirklich fühlen. Du hast die Krankenschwester damit verdammt nervös gemacht.«

»Das war das Ziel.«

»Sicher. Ja, ich verstehe das ...«

»Aber?«

Die Ampel wurde grün, er fand eine Lücke zwischen den beiden vor ihm fahrenden Autos und nahm diese. Obwohl er wie bei einer Verfolgungsjagd fuhr, war sein Tonfall immer noch lässig. »Nun, ich habe bemerkt, dass du es getan hast. Ich denke, das sagt im Grunde alles aus.«

»Die Krankenschwester hat das nicht so gesehen.«

»Richtig, ja, das verstehe ich. Du wolltest ihr Angst machen und sie hatte Angst, aber ... Na ja, ich weiß nicht. Wenn du etwas subtiler vorgehen würdest, könnte es besser funktionieren. Die Leute wären eher bereit zu reagieren, wenn sie nicht mitbekommen würden, dass sie manipuliert werden.«

Als er seine Gedanken ausgesprochen hatte, schlich sich ein Lächeln auf ihr Gesicht, trotz der Angst um ihre Familie. »Warte, gibt mir tatsächlich Jim Washington, der selbsternannte Drachenhasser, Ratschläge, wie ich ein besserer Drache werden kann?«

Er kicherte unbeholfen, als er an einem Postzusteller vorbeiraste. Sie waren jetzt in der Nähe ihres

Drachenschwingen

Elternhauses, weniger als fünf Minuten entfernt. »Ja, nun, du hast meine gesamte Sichtweise auf Drachen verändert. Offensichtlich sind nicht alle schlecht.«

»Ach ja? Wie viele von uns schaffen den Sprung?«

»Nun, du bist okay, schätze ich. Und Stonequest scheint auch in Ordnung zu sein. Drew vertraut ihm jedenfalls.«

»Wow. Wonderkid hat sein Herz geöffnet und vertraut zwei Drachen. Dir ist klar, dass zwei die zweitkleinste Zahl ist, die es gibt? Zwei Drachen zu vertrauen ist nicht gerade großmütig.«

»Ich habe nie gesagt, dass ich großmütig gegenüber allen Drachen sein möchte«, spuckte er sarkastisch aus, Hernandez wäre stolz auf ihn. »Nur, wenn wir schon einen auf unserer Seite haben, möchte ich, dass er so geschickt wie nur möglich mit seinen Fähigkeiten umgeht. Du solltest so stark werden wie nur möglich, damit du den Rest dieser schuppigen, Feuer speienden Salamander aufhalten kannst.«

»Mein Bruder hatte mal einen Salamander als Haustier.« Sie hatte es als Witz gemeint, aber die Erwähnung ihres Bruders hatte den Effekt, dass ihr übel wurde. Es musste ihnen gut gehen. Wenn etwas falsch gelaufen war – wenn sie ihretwegen verletzt worden waren – dann würde die Hölle losbrechen.

»Ja, ich glaube, die meisten Drachen denken an Menschen bei diesen Begriffen. Haustiere, die man nicht von der Leine lassen kann.« Da war er wieder, der alte Jim – der Marine mit dem Abzeichen auf der Schulter und der Soldat, der gesehen hatte, was Drachen den Menschen in einem Kriegsgebiet wirklich antun konnten.

»Und du willst immer noch, dass ich lerne, meine Aura zu kontrollieren? Du weißt, dass sie bei Drachen nicht wirklich funktioniert, oder? Das ist eine Fähigkeit, die wir zur Kontrolle von Menschen nutzen. Wenn ich lernen würde, sie besser zu kontrollieren, würden Menschen darunter leiden.«

»Nein, das würden sie nicht, Kristen. Nicht bei dir. Natürlich mögen es die Leute nicht, wenn man sie manipuliert, aber man könnte es für das Gute nutzen. Wenn du einen Gegner dazu bringen könntest, sich zu ergeben, ohne jemanden zu verletzen oder einen Täter zu einem Geständnis bewegst, nun, das würde den Menschen helfen. Denk darüber nach. Dieser Scharfschütze ist wahrscheinlich ein Mensch. Die meisten Drachen fummeln nicht allzu gern an Feuerwaffen herum. Stonequest kann nur irgendwie mit einer Waffe umgehen, aber nicht wirklich. Drachen benutzen Menschen als Zwischenglied oder als Haustier oder was auch immer. Wenn du diese Fähigkeit kontrollieren kannst, kannst du sie befreien.«

»Oder ich könnte Hansen dazu bringen, die ganze verdammte Truppe zu meinen Eltern zu schicken, nicht nur ein paar lausige Autos.«

Jim wirkte verblüfft. Er sagte nichts, aber sie sah Misstrauen auf seinem Gesicht aufblitzen. Er konnte doch nicht wirklich glauben, dass sie jemals so etwas Dreistes mit ihren Kräften tun würde, oder? Die Kontrolle über eine ganze Polizeitruppe zu übernehmen, würde ihrer Stadt nicht helfen, sondern ihr schaden. Und doch wollte Kristen in diesem Moment nichts mehr, als die volle Einsatzkraft der Motor City zu ihrem Elternhaus zu bringen.

Drachenschwingen

Der Scharfschütze – wer auch immer er war – hatte sie im Visier. Er war hinter dem Stahldrachen her. Das war schmerzhaft offensichtlich. Die Kugel, die sie eingesteckt hatte, war Beweis genug. Und nach dem, was sie unter Drachenkultur verstand, würde ihre menschliche Familie allenfalls als Kollateralschaden betrachtet werden.

Er hatte allerdings auch recht. Wenn ihrer Familie ihretwegen etwas zustieße, würde sie alles in ihrer Macht Stehende tun – jede winzige Spur ihrer Drachenfähigkeiten und jedes kleine Druckmittel, das sie beim Detroit SWAT einsetzen konnte um Rache zu nehmen und sicherzustellen, dass derjenige, der ihre Stadt in Angst versetzte, dies garantiert nicht wieder versuchen würde.

Ihr Teamkollege wurde langsamer, als sie die Straße ihrer Eltern erreichten.

»Was machst du da?«, zischte sie ärgerlich. Das eben würde sie wertvolle Sekunden kosten.

»Das Überraschungselement könnte der Schlüssel sein. Wir fahren einmal vorbei und schauen mal, parken ein paar Häuser weiter und gehen von dort aus zurück.«

»Du glaubst also auch, dass etwas nicht stimmt?«

»Du hast sehr oft versucht deinen Bruder anzurufen. Es wäre dumm, so zu tun, als hätte das nichts zu bedeuten.«

Sie nickte. Zumindest waren sie auf derselben Seite.

Sie fuhren am Haus vorbei. Zwei Polizeiautos parkten vor dem Haus, das Licht war aus. Der Umriss jeweils einer Person auf dem Fahrersitz war zu erkennen. Einer von ihnen hatte einen roten Punkt in der Nähe seines Gesichts – offensichtlich eine Zigarette.

»Wilson raucht immer. Das ist gut«, kommentierte Jim.

»Ach ja?«

»Tote Menschen rauchen nicht.«

Sie nickte, aber sie hatte dem Haus ihrer Eltern mehr Aufmerksamkeit geschenkt. Das Licht im Wohnzimmer war an, die Jalousien waren geschlossen und das Licht auf der Veranda war aus. Nichts davon war ungewöhnlich. Es war früh am Abend, sodass ihre Mutter zweifellos kochen würde und sie schlossen oft die Jalousien, weil das ältere Paar von gegenüber sich regelmäßig darüber beschwerte, dass ihr Vater ohne Hemd herumlief.

Jim hielt ein paar Häuser weiter vor Mrs. Ciskowskis Haus an. Sie war eine alte polnische Frau, die für Kristen und Brian kleine, in Kohl gewickelte Teigtaschen gebacken hatte. Es war schon merkwürdig, was einem in Stresssituationen ungebeten ins Gedächtnis kam.

Sie stiegen schnell aus. Er zog seine Waffe und sie verwandelte sich in Stahl. Wenn sie in eine Falle tappen würden, wäre sie wenigstens bereit zu kämpfen.

Leise und vorsichtig gingen sie im verblassenden Licht der Abenddämmerung den Bürgersteig hinunter. Es wehte eine kühle Brise. Sie fühlte sie durch ihre Stahlhaut, aber sie war nicht schneidend und konnte, wie Kristen annahm, auch mit dem Wintereinbruch zusammenhängen. Obwohl sie mit jeder Faser ihres Wesens glaubte, dass etwas nicht stimmte, fühlte sie plötzlich Hoffnung aufkeimen, dass ihre Familie nicht ans Telefon gegangen war, weil sie alle in der Küche standen und heiße Schokolade tranken.

Sie näherten sich den Polizeifahrzeugen und Jim räusperte sich. Das an sich harmlose Geräusch hätte unbedingt die Aufmerksamkeit der beiden Polizisten auf sich ziehen müssen.

Dennoch bewegte sich keiner von beiden.

Sie ging auf das Fahrzeug mit dem rauchenden Mann zu. Ihr Blick durchdrang die aufkommende Dunkelheit und sie runzelte die Stirn. Seine Augen waren geschlossen und die Zigarette steckte in seinem Mund, sie schwelte noch.

»Scheiße, Jim! Wilson ist bewusstlos.«

Als sie sich umdrehte, sah sie seinen Arm im Polizeiwagen, die Hand am Hals des anderen Mannes. »Anders auch. Er hat noch Puls, Gott sei Dank. Scheiße, Kristen. Du hattest recht.«

Er schnappte sich das Funkgerät des Fahrzeugs und rief nach Verstärkung. »Wir haben verletzte Beamte am Hall-Wohnsitz und Grund zur Annahme, dass eine Geiselnahme vorliegt. Erbitte sofortige Verstärkung. Wir wollen Drew und Butters hier haben, wenn möglich.«

»Ich höre dich laut und deutlich, Wonderkid. Wurde geschossen?«

»Noch nicht. Die Beamten sind bewusstlos, scheinen aber ansonsten unverletzt zu sein. Wir gehen rein.«

»Negativ, Wonderkid. Hansen will, dass ihr auf Verstärkung wartet. Bitte wiederholen. Betretet die Hall-Wohnung nicht ohne Verstärkung.«

»Willst du damit sagen, dass ich den Stahldrachen allein hineingehen lassen soll?«

Kristen war bereits auf dem Weg zur Tür. Ihre Ohren waren schärfer als je zuvor, als sie sich nur für einen Menschen gehalten hatte – sie konnte die wütenden Proteste des Beamten in der Leitstelle über Funk hören, aber die Beschwerden stießen auf taube Ohren. Jim folgte ihr eilig und sie bewegten sich schweigend über den Rasen.

»Kristen, warte«, flüsterte er.

»Du träumst wohl.«

»Nein, schau.«

Sie blickte hinter sich, frustriert über die Verzögerung, aber er hatte einem der bewusstlosen Polizisten die Pistole und das Funkgerät abgenommen. Nach kurzem Zögern griff sie danach. Die Pistole war ein Werkzeug, das in ihren Händen genauso gefährlich war wie ihre Stahlhaut. Es wäre töricht, wenn sie keine hätte.

»Wir gehen es langsam an, Kristen. Die Kerle haben die Beamten nicht getötet, obwohl das wahrscheinlich die einfachere Option gewesen wäre. Es besteht eine gute Chance, dass deine Familie noch lebt und unverletzt ist.«

»Blödsinn.«

»Nein. Denk darüber nach wie ein Mensch, nicht wie ein verdammter Drache. Entweder sind die Typen um ihr Image oder so besorgt oder sie werden nicht für Polizistenmord bezahlt. Warum auch immer, es war besser diese Beamten am Leben zu lassen, als sie zu töten. Wenn du da einfach reinplatzt und versuchst, die Leute in zwei Hälften zu reißen, könntest du diese Arschlöcher in Panik versetzen. Wenn Leute in Panik geraten, machen sie Mist. Es muss doch eine Hintertür oder so was an eurem Haus geben, oder? Gehen wir dort hin und sehen, ob wir etwas erkennen können.«

Angespannt wegen einer Mischung aus Angst und Wut, knirschte sie mit den Zähnen und blickte ihn an, aber es ergab Sinn. Anstatt also die Vordertür aus den Angeln zu reißen, wie sie es wollte, schlichen sie hinten herum. Es würde sowieso nicht länger als eine Minute dauern, sonst hätte sie wahrscheinlich nicht zugestimmt.

Kristen bewegte sich in diese Richtung, aber er legte ihr eine Hand auf die Schulter. »Willst du dich so etwa leise bewegen?«

Sie verstand, dass er von ihrer Stahlhaut sprach. Wenn sie versuchte, damit zu schleichen, würde sie zweifellos Äste abbrechen und könnte sogar ein Stück aus der Betoneinfahrt treten, wenn sie nicht vorsichtig genug wäre.

Aber sie konnte auch nicht ganz menschlich werden. Wenn das eine Falle war – und sie begann zu glauben, dass es eine war – dann wäre derjenige, der sich darin befand, bereit, ihr wehzutun. Wenn sie ihre Stahlhaut komplett abschalten würde, wäre sie in Gefahr.

Offensichtlich brauchte es einen Kompromiss, also hielt sie inne, konzentrierte sich auf einige der Lektionen, die Stonequest ihr gegeben hatte und ließ ihre Beine zu Fleisch werden. Dasselbe tat sie mit ihren Händen. Sie zu ändern war einfach, die Aufrechterhaltung des gepanzerten Zustandes ihres Körpers war da schon schwieriger. Trotzdem hatte sie geübt und es gelang ihr, sich zu stabilisieren. Ihr Oberkörper und ihr Kopf blieben aus Stahl, während ihre Hände und Beine normal waren.

Jim nickte und sah beeindruckt aus. Sie gingen weiter.

Das kleine Tor war geschlossen – ein weiteres gutes Zeichen – und sie öffnete es gerade so weit, dass sie sich hindurchzwängen konnten. Noch mehr und es würde quietschen.

Sie gingen an den Azaleenbüschen ihrer Mutter vorbei, am rußverschmutzten Grillrost ihres Vaters und die vier Stufen zur Hintertür hinauf.

Trotz ihrer sorgfältigen Beobachtungen hatten sie noch immer nichts gesehen. Alle Jalousien waren geschlossen und wenn jemand im Haus war, so hielt er ausreichend Abstand zu den Fenstern.

Kristen legte ihr Ohr an die Tür.

Einen Moment lang hörte sie nichts, dann sprach plötzlich ihr Vater und Gott sei Dank klang er verärgert.

»Nimm deine verdammten Füße von der Couch«, meckerte Frank Hall. Eine Welle der Erleichterung überflutete sie. Das hörte sich an, als ob ihr Vater ihren Bruder wegen Missachtung der Hausregeln schimpfen würde, eine weitere normale Nacht im Haus der Halls also.

Sie beugte sich vor und erlaubte sich ein Lächeln, als sie sich das Geschehen im Haus vorstellte, Kristen wartete darauf, dass Brian entweder etwas darüber sagte, dass die Couch zwanzig Jahre alt war oder ihre Mutter Frank für das Fluchen in die Schranken wies.

Aber das bekam sie nicht zu hören.

»Bitte tun Sie ihm nicht weh. Er wollte nicht respektlos sein«, rief ihre Mutter, die Stimme hoch und schrill vor Angst.

Ein dumpfer, fleischiger Schlag folgte und in Kristen erwachte die Wut.

Im Handumdrehen verwandelten sich ihre Hände und Füße in Stahl. Sie lehnte sich zurück, bereit, die Tür einzutreten und zu einer Rache nehmenden Abrissbirne zu werden, aber wieder legte sich eine Hand auf ihre Schulter und sie zögerte.

»Warte, Kristen. Das war nur ein Schlag. Sie verprügeln ihn nicht allzu schlimm.«

»Nicht zu schlimm? Hörst du dir überhaupt zu?«

Drachenschwingen

»Vielleicht sagen diese Arschlöcher etwas, das wir wissen müssen. Gib ihm zehn Sekunden.«

Alles in ihr protestierte gegen jede weitere Verzögerung, aber zehn Sekunden später musste sie erkennen, dass das Wonderkid tatsächlich erfahrener war als sie.

»Wir wollen euch nicht verletzen, verstanden?«, erklärte die raue Stimme eines Fremden.

»Wir sind nur hier, um euch zu beschützen, bis wir euch an einen sichereren Ort bringen können.« Die zweite Stimme klang höher und gehässig. Sie fragte sich, ob da mehr waren als nur die beiden.

»Wir sollen glauben, dass Ihr uns beschützt, wenn ihr die Polizisten draußen umbringt?«, forderte Frank mit kratziger Stimme. Kristen ging davon aus, dass er von dem Schlag eine geschwollene Lippe hatte. Sie schwor sich, das Gleiche mit jeder Person da drinnen zu tun.

Die Stimme, die sie an ein Wiesel erinnerte, meinte: »Die Bullen sind korrupt, kapiert? Man kann ihnen nicht mehr trauen, aber keine Sorge, wir haben sie auch nicht getötet. Nun, ich würde es begrüßen, wenn wir alle einfach nur still hier sitzen würden, während wir auf die Ankunft unserer Kollegen warten. Es sollte nicht mehr lange dauern.«

Im Haus der Halls kehrte Stille ein.

Jim lehnte sich näher zu Kristen. »Es gibt keinen Grund, die lilafarbene Tür deiner Mutter einzuschlagen. Ist sie abgeschlossen?«

Sie betätigte die Türklinke. Das war sie nicht.

»Wir gehen zusammen rein, auf drei. Wie sieht es drinnen aus?«

»Die Hintertür führt in die Küche, der offene Grundriss verbindet sie mit dem Wohnzimmer. Da sind noch zwei Schlafzimmer und ein Bad auf der rechten Seite. Es klingt, als wären mein Vater und meine Mutter im Wohnzimmer. Brian ist wahrscheinlich auch da. Wo anders sollte er eigentlich nicht sein. Ich höre mindestens zwei Gegner, aber ich schätze, da sind noch mehr. Wenn wir Glück haben, stehen sie mit dem Rücken zu uns.

»Das war's? Kann man sich irgendwo verstecken?«, fragte er.

»In der Küche ist eine kleine Speisekammer, aber ich glaube nicht, dass sich da jemand verstecken würde. Es wäre verdammt eng. Außerdem klingt es so, als warten sie darauf abgeholt zu werden oder so, nicht als würden sie ausgerechnet mich erwarten.«

»Wirklich?«

»Ja, wirklich. Warum?«

»Ich dachte, der Stahldrache käme aus einem besseren Umfeld, nicht aus einer Zweizimmerwohnung.«

»Später, Wonderkid. Im Moment will ich Schädel knacken lassen.«

»Gut. Wir gehen rein. Du natürlich voraus. Wenn jemand in der Küche ist, ignorierst du ihn und nimmst den ins Visier, der auf deine Eltern angesetzt ist. Ich gebe dir Deckung und schalte jeden aus, an dem du vorbeigehst.«

»In Ordnung. Bist du bereit?«

Jim nickte.

»Gut. Los geht's, bei drei. Eins ... zwei ... drei.«

Kristen öffnete die Tür und sie schlüpften hinein.

KAPITEL 6

Trevor Styx war an sich kein schlechter Kerl. Er hatte lediglich ein paar schlechte Entscheidungen getroffen.

Das war praktisch eine Definition dafür, in der Innenstadt jeder großen, amerikanischen Metropole in Armut aufgewachsen zu sein. Nicht, dass er wütend oder verbittert wäre. Es war einfach so, dass er erkannt hatte, dass ihn viele Faktoren hierhergeführt hatten, auf die er keinen Einfluss hatte.

Hätte er zum Beispiel nicht versucht, mit einer Gruppe von Kriminellen in dasselbe Haus einzubrechen, hätte er seine derzeitige Crew nie getroffen. Es war ein merkwürdiger Zufall und zu der Zeit hätte das auch fatal enden können. Die Leute hatten sich als Kriminelle, nicht als Polizisten erwiesen, das war also schon mal etwas.

Und sie hatten so viel mehr gewusst als er. Rückblickend gesehen hätte ihm das allein schon genügen müssen, ihn auf die Art der Einsätze hinzuweisen, die sie durchführten.

Zum Beispiel war das Haus, in das sie zur gleichen Zeit eingebrochen waren – Villa beschrieb es besser – nicht nur das Sommerhaus eines reichen Arschlochs, sondern die Residenz eines echten Drachen.

Tatsächlich hatte er davon keine Ahnung gehabt, aber die anderen drei Typen waren schnell bereit, ihm die Situation zu erklären, nachdem sie ihm eine kleine aber schmerzhafte optische Veränderung verpasst hatten. Sie wussten, was das für ein Ort war und kannten sogar den Namen des Drachen – Ironclaw oder so einen Scheiß. Während er hinter dem Silberbesteck und vielleicht auch hinter Schmuck oder antiken Münzen her war, wussten die anderen über das geheime Versteck des Drachen Bescheid.

Sie hatten sich mit Trevor angefreundet, nachdem er deutlich gemacht hatte, dass er nicht mit dem Drachen, der in dem Haus lebte, zusammenarbeiten würde. Das fiel ihm nicht schwer, da er schon immer gut mit Worten konnte. Tatsächlich war der Umgang mit Worten das Einzige, was er gut konnte.

Die Schlägertypen hatten ihn damals sprichwörtlich unter ihre Drachenflügel genommen und sie hatten sich zum Safe vorgearbeitet, um eine Ansammlung der seltsamsten Scheiße zu finden, die er je gesehen hatte.

Krallen, Zähne, Schuppen – es war, als hätte jemand den Mülleimer aus dem Drachenbad unter Verschluss genommen. Seine neuen Teamkollegen hatten alles mitgenommen, waren aber besonders begeistert von einem Finger – einem waschechten Finger – der aus Gusseisen zu sein schien.

Er hatte einfach versucht, nicht zu viel über all den Mist nachzudenken.

Als sie die Flucht ergriffen und zu ihrem Wagen zurückkehrten, nahm er ihre Einladung mitzufahren an. Sein ursprünglicher Fluchtplan wäre der Stadtbus gewesen, also schien ihm diese Möglichkeit eine Verbesserung zu sein.

Drachenschwingen

Er hatte sich aber so was von geirrt.

Sie trafen den Chef der Truppe im obersten Stockwerk eines schicken Hotels. Anfangs hatte Trevor gedacht, dass er mehr als Glück hätte. Ihr Boss war verdammt heiß, mit tollem Körper, hautengem, schwarzem Kleid und allem was dazugehört. Schwarze Haare hingen über einem ihrer Augen und sie trug dunkelroten Lippenstift.

Sie hatte ihm zugewunken und ihn mit einer so kratzigen Stimme wie Bob Dylan gebeten, näher zu kommen. Auch das reizte ihn. Er hatte ihr erzählt, was passiert war und dass sie den gleichen Ort ausrauben wollten. Ha, ha. Was für ein toller Zufall und so.

Die Frau hatte ein wenig gelächelt und Trevor hätte es fast nicht gesehen. Da traf er ein kriminelles Superhirn und sie mochte ihn!

Sie bat ihn auf den Balkon und Trevor spielte einige Fantasien in seinem Kopf durch. Vielleicht brauchte diese Frau einen richtigen Mann, einen Mann für alle Fälle in ihrem Team. Vielleicht würde sie ihn als Handlanger oder sogar Liebhaber aufnehmen und ihn für diese anderen Schlägertypen und vielleicht auch für ihre Finanzen verantwortlich machen. Er war sicher, dass er ihr ein besseres Angebot im Hotelzimmer hätte unterbreiten können.

Seine Hoffnung auf eine königliche Nacht mit ihr verschwand, als er sah, was sie auf dem Balkon gelagert hatte. Ein ganzes verdammtes Arsenal – mehr Waffen unterschiedlichster Art, als er je gesehen hatte.

Nun, das war nicht ganz richtig.

Es waren hauptsächlich Gewehre und die Art von Zielfernrohren, die man braucht, um das Arschloch einer Motte aus einer Meile Entfernung sehen zu können. Sie nahm eines davon, reichte es ihm und sagte, er solle jemanden finden, der der Stadt Schaden zufügte.

Trevor legte sein Auge auf das Zielfernrohr und versuchte nicht zu zittern, während er durch die Linse blickte. Offensichtlich hatte diese Frau eine Art Moralkodex, der mit seinem zumindest ein wenig übereinstimmte. Sie beraubte Villen – oder Villen von Drachen – und schien zu glauben, dass Waffen ein nützliches Werkzeug seien. Aber was sollte das bedeuten? Jemanden, der der Stadt Schaden zufügte?

Sorgfältig beobachtete er den Boden weit unter sich, während er versuchte zu entscheiden, was als Schaden gewertet werden könnte. Ein Junkie hatte sich in einer Seitengasse versteckt. Detroit hatte in letzter Zeit eine höllische Wachstumsphase hingelegt, aber Junkies gab es immer noch. Jede Stadt hatte ihre Junkies, aber jetzt blieben sie wenigstens in den Hinterhöfen.

Aber, so wertlos dieser Kerl auch war, er hatte der Stadt keinen Schaden zugefügt. Er nahm kaum Platz weg und störte niemanden. Der Kerl sah so fertig aus, dass er nicht mal mehr um Kleingeld betteln würde. Seine Gasse roch wahrscheinlich nach Pisse, aber das war schließlich nicht strafbar.

Seine Suche ging also weiter.

Für einen Moment blieb er an einer Familie hängen. Er hatte seine Mutter geliebt, Gott habe sie selig. Natürlich wollte er dieser da nichts antun.

Ein Feuerwehrauto fuhr vorbei und er suchte weiter.

Eine Bewegung erregte seine Aufmerksamkeit und er hielt inne. Ein Polizist trat aus einer Bank und unterhielt sich angeregt mit jemandem. Er beobachtete das

Drachenschwingen

Gespräch und ein Stirnrunzeln entstand auf seinem Gesicht.

Die Worte konnte er natürlich nicht hören, aber das Verhalten machte ihm klar, was vor sich ging. Der Polizist bekam etwas von dem Banker, etwas, das ihn überaus glücklich machte. Er nahm die Hand des anderen Mannes und grinste, als wäre er in ein Haus eingebrochen und hätte ein Versteck mit Smaragden gefunden.

Der Banker sah nicht mehr ganz so unschuldig aus. Er nickte wissend und schien Ermutigungen auszusprechen. Offensichtlich steckten die beiden unter einer Decke.

»Vor der Bank. Da stehen ein korrupter Bulle und ein korrupter Bankmitarbeiter.«

Die Frau nahm ihm das Gewehr ab und richtete es auf die beiden. Jetzt ahnte er zum ersten Mal, dass etwas nicht stimmen konnte. Sie trug Handschuhe und ging viel geschickter mit der Waffe um als er. Er hatte angenommen, sie hätte ihm die Waffe nur gegeben, damit er das Zielfernrohr benutzen konnte, aber jetzt ... nun, wenn etwas passieren würde, wären seine Fingerabdrücke darauf, nicht ihre.

»Woher willst du wissen, dass der Polizist der Stadt schadet?«, fragte die Frau und betonte jedes Wort sorgfältig. Sie hatte einen schwachen Akzent – vielleicht etwas Osteuropäisches? Er wusste es nicht, aber Akzent + Figur + dunkler Lippenstift brachten ihn dazu, ihr unbedingt gefallen zu wollen.

»Hast du schon mal mit einem Banker gesprochen? Die helfen niemandem, der es wirklich braucht und sind nur an ihren verdammten Aktionären interessiert. Weißt du, was Aktionäre für dieses Land tun? Nichts. Gar nichts. Wenn er mit einem Polizisten arbeitet, muss dieser Polizist weggucken, wenn er etwas findet – kranke Dinge, die Banker in ihren Hinterzimmern tun. Hast du jemals von diesen Sex-Ringen gehört, die Politiker und ihre Unterstützer betreiben? Offenbar sind kleine Kinder nicht gerade unbeliebt. Ich wette, der Bulle liefert entweder jemanden aus oder lässt einen durchschlüpfen, irgendetwas Schreckliches.«

Sie nickte nach seiner Erklärung und er lächelte innerlich. Er war immer gut mit Worten gewesen und es schien, als ob sie seinem Charme ebensowenig widerstehen konnte wie jede andere.

»Ich vertraue deinem Urteil«, bestätigte sie und sein Herz klopfte schneller. Niemand vertraute ihm, nicht einmal seine eigene Schwester. Das war einfach kein Wort, mit dem man Trevor Styx umschreiben konnte. Einige Leute hörten ihm zu und begleiteten ihn sogar zeitweise, aber Vertrauen war nicht das Wort, das sie benutzten.

»Vertraust du meinem?«

»Deinem Urteil?«, fragte er. »Sicher.«

Die Frau feuerte das Gewehr ab, als der Wagen des Polizisten in eine Kreuzung fuhr. Sie waren so verdammt weit weg, dass es tatsächlich einen Moment dauerte, bis die Kugel einschlug. Als es soweit war, atmete er erleichtert auf. Sie hatte danebengeschossen. Gott sei Dank, sie hatte ihn verfehlt. Sie hatte den Vorderreifen getroffen, anstatt ein Loch in die Windschutzscheibe zu bohren.

Seine Erleichterung schwand, als das Auto des Polizisten schleuderte, weil ein Vorderreifen platt war und vor einen Bus geriet, der vielleicht vierzig Meilen pro Stunde fuhr.

Drachenschwingen

Er sah die Kollision und die Art und Weise, wie die kleine, grüne Limousine wie eine Bierdose nach einer Party zerknautscht wurde. Der Mann war tot. Daran hatte er keinen Zweifel. Jesus Christus selbst hätte auf dem Beifahrersitz sitzen müssen, damit jemand so etwas überleben konnte.

»Du hast mein Vertrauen, Trevor. Diese Stadt ist ein besserer Ort, weil du Urteilsvermögen hast.«

»Urteilsvermögen? Du hast ihn umgebracht, davon habe ich kein Wort gesagt!«

»Nicht ich war das. Du hast es getan.« Sie drückte ihm das Gewehr in die Hand.

Er nahm es an, statt es auf den Boden fallen zu lassen. Das war vermutlich das, was er am meisten bedauerte. Warum war er in dem Moment nicht einfach weggerannt?

»Aber ich wusste nicht, dass du ihn töten würdest.«

»Das ist nicht mehr relevant, Trevor. Wichtig ist, dass ich dir vertraut habe und jetzt bist du mir etwas schuldig.«

Das Gespräch war nicht wirklich zu seinen Gunsten ausgegangen. Anscheinend hatte die Frau ihre Crew in die Stadt gebracht und – glücklicher Trevor – sie arbeiteten an einem Ziel bei der Polizei.

Der Raubüberfall, bei dem sie ihn entdeckt hatten, war nur nötig gewesen, diese seltsamen Drachenstücke zu beschaffen und gegen etwas einzutauschen. Die Einsätze dieser Partnerschaft machten Trevor Angst. Er war davon ausgegangen, mit einem Team von Dieben zu arbeiten, das so professionell war, regelmäßig Drachen ausrauben zu können.

Es stellte sich allerdings heraus, dass das ihr erster Versuch gewesen war, etwas Größeres als ein Pfandhaus auszurauben und dass ihr Boss – die Frau in Schwarz – normalerweise auch nicht diese Art von Geschäft betrieb. Sie hatte den Auftrag nur angenommen, weil ihr Kontaktmann gewusst hatte, dass der Drache, dem die Villa gehörte, in dieser Nacht beschäftigt sein würde.

Zu allem Überfluss hatte sie erklärt, dass ihre Mission darin bestand, den Stahldrachen zu töten. Anscheinend war der Raubüberfall, der ihn in das Team gebracht hatte, nur ein Teil dieses Puzzles gewesen.

Das hatte ihm eine Scheißangst eingejagt, aber als er herausfand, dass es nicht nur ein dreckiger Bulle war, den diese Attentäterin im Visier hatte, sondern der gottverdammte Stahldrache, was hätte er tun sollen? Kündigen?

Das Schlimmste war, dass sie immer zusah. Bei jedem Einsatz gab es einen verdammt verrückten Moment, in dem eine Kugel aus dem Nichts kam und das Schloss einer Tür aufschoss oder eine Kamera zu Schrott wurde, unmittelbar bevor sie sich in seine Richtung drehte.

Er hatte keinen Zweifel daran, dass eine Kugel in seinem Kopf ihn gestoppt hätte, wenn er versucht hätte zu fliehen.

Was seine gegenwärtige Situation umso beunruhigender machte.

Die Schläger – wie Trevor seine ruhigen, mürrischen Kollegen gerne nannte – hatten die beiden Polizisten in ihren Autos ausgeschaltet, bevor er überhaupt wusste, was zum Teufel los war.

Im nächsten Moment waren sie im Haus, verprügelten einen fetten Mann und sein fettes Kind. Die Mutter hatte sie angebrüllt, dass sie den Teppich nicht mit Blut beflecken sollten und dass ihr Mann ein Ex-Cop und ihre kleine Crew ohnehin am Arsch sei.

Drachenschwingen

Trevor schlug Frauen nicht besonders gerne. Er verstand, dass einige Männer einen echten Kick davon bekamen, wenn sie eine großmäulige Schlampe zum Schweigen brachten, aber er nahm es den Frauen nicht übel, dass sie redeten. Er war ja selbst gesprächig. Aber verdammt, es hatte sich gut angefühlt, sie mit seinem Handrücken zum Schweigen zu bringen.

Nach kaum einer Minute waren sie mit den drei fetten Ärschen fertig und hatten sie mehr oder weniger ruhig auf der Couch. Alles schien in Ordnung zu sein, aber jetzt warteten sie. Das war es, was ihn an der ganzen verdammten Operation am meisten störte. Eigentlich hätte es einfach sein sollen ... Geht rein, überwältigt die Familie – er hatte nichts von den Bullen gewusst, aber nach seinen wenigen Gesprächen mit den Schlägern fand er heraus, dass den meisten von ihnen selten die ganze Geschichte erzählt wurde – und wartet auf Abholung.

Es waren jetzt mehr als fünf Minuten vergangen. Das war eine lange Wartezeit mit Polizisten vor der Tür, die jeden Moment aufwachen konnten.

Einer der Schläger hatte sich neben dem fetten Vater des Kindes niedergelassen. Er war eigentlich kein Kind mehr, sondern ein neunzehnjähriges, privilegiertes Stück Scheiße. Er sagte sich, dass er sich einen Dreck um einen Fettsack scherte, der noch bei seinen Eltern lebte, ein Dach über dem Kopf hatte und gut ernährt wurde. Das war mehr als vielen Leute zur Verfügung stand.

Alles war in Ordnung, bis der Idiot – Martin war sein Name – seine Füße auf die Couch gelegt hatte.

»Nimm deine Scheiß-Füße vom Sofa!«, hatte sich der Dicke beschwert, als hätte er ein verdammtes Recht etwas zu sagen.

Martin hatte ihn einmal angeschaut. Er stand auf, staubte den Dreck von der Couch ab, dann trat er dem dicken Mann so fest in den Schritt, dass Trevor tatsächlich gesehen hatte, wie dessen Augen wie in einem Cartoon herausquollen.

»Bitte tun Sie ihm nicht weh! Er wollte nicht respektlos sein«, hatte die Frau gejammert.

»Wir wollen euch nicht verletzen, verstanden?«, hatte einer der anderen Schläger der Frau gesagt, aber das hatte sie nicht beruhigt. Sie schaute sich im Raum um, ohne Zweifel nach einer Waffe oder einem Telefon oder etwas, das ihre Situation ändern könnte. Trevor hatte den Blick in ihren Augen erkannt – eine Mischung aus Verzweiflung und Entschlossenheit.

Es war kein guter Blick für eine alte Schlampe, die ruhig auf ihrer Couch sitzen sollte.

»Wir sind nur hier, um euch zu beschützen, bis wir euch an einen sichereren Ort bringen«, sagte er.

Das waren schließlich ihre Missionsparameter. Er war zunächst froh gewesen, diese Mission übernehmen zu dürfen. Diese Befehle hatten sie nicht von der Frau in Schwarz bekommen, sondern von einem anderen Mann – nun, nicht von einem Mann, sondern von einem Drachen. Er war größer und offensichtlich einschüchternder als die Attentäterin und musste ihr Partner sein oder so etwas. Die Gorillas hatten seine Befehle befolgt, also nahm er an, sie wüssten, wer er war. Es war schön gewesen, rauszukommen und etwas zu tun. Selbst eine Entführung war besser als sich zu langweilen.

»Wir sollen glauben, dass ihr uns beschützt, wenn ihr die Polizisten draußen umbringt?«, sagte der dicke Mann, seine Stimme war sowohl schwach von dem

Drachenschwingen

Treffer im Schritt als auch etwas undeutlich vom zerschlagenen Gesicht.

»Die Bullen sind korrupt, kapiert?«, erklärte Trevor und ging in Richtung Küche, um sich ein Bier oder eine Limo zu holen. „Man kann ihnen nicht mehr trauen, aber keine Sorge, wir haben sie auch nicht getötet. Nun, ich würde es begrüßen, wenn wir alle einfach nur still hier sitzen würden, während wir auf die Ankunft unserer Kollegen warten. Es sollte nicht mehr lange dauern.«

Was dann geschah, war der Moment, der sein Leben veränderte. Am Ende beschrieb er ihn öfter als jedes andere Ereignis und doch würde er es nie ganz glauben.

Das Erste was ihm auffiel, war, dass sich der Türknauf extrem langsam drehte.

Er ging ein paar Schritte zurück und an einem der Schläger vorbei, der in der Küche stand. Es war ein bisschen feige, aber er fühlte keine Loyalität zu diesen Typen und außerdem war er das Maul, nicht die Muskeln. Er musste nicht so nahe an der Tür stehen.

Trotzdem dachte er, dass er sie vielleicht warnen sollte und wollte gerade etwas sagen, als die Tür aufschwang.

»Jetzt seid ihr am Arsch!«, rief das dicke Kind und alle drei Schläger drehten sich zu ihm um statt zur offenen Tür.

Trevor alleine sah den silbernen Fleck ins Haus eindringen, an dem Mann vorbeirasen, der sich in der Küche befand. Eine Handfläche schlug hart genug in Trevors Brust, um ihn über den Esstisch zu katapultieren.

Ein schneller Schuss traf den Mann in der Küche. Noch bevor er am Boden lag, kam ein Polizist durch die offene Hintertür herein. Das Arschloch hatte einen Mann mehr oder weniger kaltblütig getötet.

Verdammt, Trevor hasste die Bullen.

Aber der silberne Fleck war es, der seine Aufmerksamkeit verlangte. Er raste ins Wohnzimmer, schnappte sich den dritten Gorilla – er hieß Dorson – und hob ihn in die Luft.

Jetzt erst sah er, dass es kein Fleck war, sondern eine Frau. Sie war nicht mehr in dieser unglaublichen Geschwindigkeit unterwegs, weil sie sich Dorson greifen wollte. Die Frau hatte Stahlhaut und besaß offensichtlich übermenschliche Kräfte. Sie hob den Mann hoch und schleuderte ihn mit solcher Wucht durch das Wohnzimmerfenster, dass das Holz beim Aufprall seines Kopfes auf den Fensterrahmen einfach zerbrach.

Das hier war nicht irgendeine Frau, sondern der verdammte Stahldrache.

Trevor setzte sich, hob die Hände hoch und spreizte die Finger auseinander. »Ich bin unbewaffnet!«, schrie er.

Martin wandte eine ganz andere Taktik an. Statt sich zu ergeben, riss er das fette Kind auf die Beine und hielt ihm eine Waffe an den Kopf.

»Ich weiß, du bist schnell, aber so schnell bist du nicht«, meinte er zum Stahldrachen und der ganze Raum erstarrte.

»Lass ihn gehen«, verlangte ihr Partner, ein Schwarzer mit einem dünnen Schnurrbart.

»Eine verdammt fette Möglichkeit für mich«, antwortete der Schläger, griff dem Jungen an den Hals und drückte ihm die Waffe fester an die Schläfe.

»Wir werden euch alles erzählen«, bat Trevor. »Namen, Orte, alles Mögliche. Aber tötet uns nicht! Bitte. Niemand sollte verletzt werden. Wir haben nicht einmal die Polizisten da draußen getötet.«

Drachenschwingen

»Sieh dir das Gesicht meines Vaters an«, brüllte der Stahldrache. »Schau, was ihr ihm angetan habt.«

Panische Angst überflutete ihn. In ihre Augen zu sehen war wie in die Hölle zu schauen. Da war nichts als Feuer, Wut und Zorn und er fühlte, wie seine Blase sich entleerte. Trotzdem redete er weiter. »Das waren nicht wir! Ehrlich! Das war Dorson, das Arschloch, das du aus dem Fenster geworfen hast. Bitte, Ma'am, ich sage die Wahrheit. Wir sollten diese Leute nur abholen und an einen sicheren Ort bringen. Ich schwöre es.«

»Das ist Kidnapping«, sagte der schwarze Polizist.

»Ihr zwei müsst verdammt noch mal hinten wieder raus gehen, wenn ihr wollt, dass der Junge am Leben bleibt«, forderte Martin und hielt Brian immer noch fest.

»Alle sollten sich beruhigen«, rief Trevor. Seine Hände hatte er immer noch oben. Der schwarze Polizist richtete nun die Waffe auf seine Brust, während der Stahldrache Martin und seine Geisel unheilvoll anstarrte.

»Er hat recht, Kristen. Wir sollten nichts Unüberlegtes zu tun.«

»Hör auf den verdammten Bullen«, mischte sich Trevor ein.

Sie schaute Trevor verächtlich an, was sie kaum hinter ihren silbernen Gesichtszügen verbergen konnte, dann zog sie ihre Waffe und legte sie auf den Boden. Im Gegensatz zu ihrer Kleidung war die Waffe nicht silbern. Er nahm an, dass das bedeutete, dass sie immer noch funktionierte.

»Schaut. Wir wollen nicht, dass noch jemand verletzt wird«, sagte sie und hob ihre eigenen Hände in die Luft. »Wir wollen euch helfen. Es klingt, als hätte euch jemand reingelegt, oder?«

»Verdammt richtig«, antwortete er schnell. »Wir sollten vom Chef abgeholt werden. Wir dachten, die Familie wollte der Polizei entkommen. Im Ernst, das ist alles ein Missverständnis. Wir wollen deine Familie genauso wenig verletzen wie dich.« Eine seiner Gaben war, dass er genauso leicht lügen konnte, wie die Wahrheit sagen. Er hatte sogar einmal einen Lügendetektor-Test bestanden. Die meisten Leute fühlten etwas, wenn sie logen, aber nicht er. Die Aussagen wurden nicht in Wahrheit und Erfindung eingeteilt, sondern in Dinge, die er sagen konnte, weil sie ihm helfen würden und solche, die er nicht sagen würde.

»Hör auf zu reden.« Der schwarze Polizist gestikulierte mit der Pistole, die immer noch auf seine Brust gerichtet war und nickte. Trevor hatte seinen Teil kund getan und hoffte, es würde reichen.

Plötzlich hatte er das Gefühl, alles wäre in Ordnung. Eine Welle der Erleichterung schwappte über Trevor. Seine Sorge schien sich langsam in Luft aufzulösen.

»Wir wissen nicht, was hier vor sich geht, aber wir wollen wirklich nicht, dass jemand verletzt wird – nicht unsere Leute und nicht deine Leute«, erläuterte der Stahldrache Martin und machte einen Schritt auf ihn zu.

»Schwachsinn«, sagte Martin, obwohl seine Stimme nicht überzeugend klang.

»Es ist wahr, wirklich«, beruhigte sie. »Wir wissen, dass ihr beide nicht der Drahtzieher der ganzen Sache wart. Wir haben Fragen und ihr habt Antworten. Lasst uns etwas ausarbeiten, was für beide Seiten von Vorteil ist. Wie ihr gesagt habt, ist niemand gestorben, also gibt es bisher keine Anklagepunkte, die nicht durch einen

Drachenschwingen

Deal im Strafverfahren geklärt werden können. Entspannen wir uns alle und reden darüber.«

Zu Trevors großer Überraschung nickte der andere Mann zunächst zögerlich, dann aber mit mehr Nachdruck. Er hoffte, dass der Gorilla die große Erleichterung und Ruhe empfinden konnte, die er fühlte und dass diese Polizisten nicht gekommen waren, um ihnen wehzutun, sondern um sie zu beschützen. Sie wollten die Wahrheit wissen, aber das war nur fair. Er wusste sehr wenig über diese ganze Operation und auch er wollte mehr darüber wissen, was überhaupt vor sich ging. Vielleicht könnte er der Polizei ja auch wirklich helfen.

»Also nimm die Waffe von Brians Kopf, lass sie fallen und wir alle sind in Sicherheit.«

Martin zögerte und für einen Moment meinte Trevor, dass der Mann gegen das beruhigende Gefühl ankämpfen würde. Schließlich lenkte er aber doch ein und senkte die Waffe.

Das dicke Kind atmete aus und fiel in Ohnmacht. Sein Entführer schaffte es noch, den Sturz zu verlangsamen, damit Brian sich nicht den Kopf am Kaffeetisch aufschlug. So würde er, Trevor, die Situation beschreiben, wenn er jemals vor einer Jury stehen würde. Sobald Trevor diese Entscheidung getroffen hatte, glaubte sein Gehirn, dass es die Wahrheit wäre.

»Es kommen noch mehr Polizisten, also müssen wir euch beiden Handschellen anlegen. Es ist zu eurem eigenen Wohl. Wir wollen nicht, dass jemand die Polizisten sieht, die ihr da draußen verletzt habt und deshalb einen falschen Eindruck bekommt.«

»Ja, Officer. Danke, Officer.« Trevor streckte dem schwarzen Polizisten die Arme entgegen. Der Mann zog ihn auf die Beine und fesselte die Handgelenke hinter dem Rücken. Selbst das fühlte sich für Trevor seltsam beruhigend an. Er hatte das Gefühl, dass selbst die Möglichkeit für Gewalt der Vergangenheit angehörte. Er war mehr als erleichtert. »Wir haben diesen Polizisten übrigens nichts getan. Es war Dorson – das ist der Typ, den du aus dem Fenster geworfen hast – und Hector. Das ist der Kerl, den du ... Das ist der Kerl in der Küche.« Er wollte nur behilflich sein. Martin musste dafür den Kopf nicht hinhalten. Sie hatten lediglich Befehle befolgt.

»Du auch«, sagte Kristen zu dem Gorilla, der nickte und ließ sich von ihr Handschellen anlegen.

KAPITEL 7

Der Geruch von starkem Kaffee und nervösem Schweiß durchzog das Revier. Kristen hatte niemals zuvor so viele Beamte in dem Gebäude gesehen. Sie alle hätten nicht in den Aufenthaltsraum gepasst, also standen sie stattdessen um die Schreibtische herum, diskutierten, wer der Schütze und welches Monster hinter der Familie eines Cops her sein könnte. Alles in Allem bereiteten sie Frank Hall eine höllisch harte Zeit.

Sie fragte sich, ob sich die meisten Familien, die in Schutzhaft genommen wurden, so fühlten wie vermutlich ihr Vater. Er war dreißig Jahre lang Polizist gewesen und obwohl er nie beim SWAT gearbeitet hatte, kannte er immer noch eine ganze Reihe Beamten dort. Obwohl er in seinem eigenen Zuhause ins Visier genommen worden war, tat er so, als wäre er im Revier daheim, war fröhlich und fragte nach den Familien der Beamten. Wenn man ihn so sah, konnte man leicht übersehen, dass er vor weniger als einer Stunde beinahe von einem unbekannten Feind entführt worden wäre.

Der Rest der Familie ging mit dem Stress auf eher typische Weise um. Ihre Mutter trank trotz der späten Stunde eine Tasse Kaffee und starrte Löcher in die Luft. Brian war in ein Spiel auf seinem Handy vertieft – typisch für ihn, aber Kristen wollte später noch mit ihm reden.

Captain Hansen kam aus ihrem Büro, stieg auf einen Schreibtisch und wartete darauf, dass es still wurde im Raum. Lange dauerte es nicht. »Gut, also zuerst das Wichtigste – Officer Hall und Officer Washington, die Truppe schuldet euch Dank. Ihr habt zwei Beamten das Leben gerettet. Wegen euch können die beiden heute Abend nach Hause zu ihren Familien gehen. Außerdem sind wir auch froh darüber, dass ihr einen Ruheständler gerettet habt. Einige von uns wären traurig gewesen, ihn nicht wiederzusehen.«

Die Frau nickte Frank zu, während die Menge lachte, applaudierte und jubelte. Sie wartete, bis sich alle beruhigt hatten bevor sie weitersprach. »Folgendes kann ich sagen. Vor drei Stunden versuchten vier Feinde, die Familie unseres Drachen als Geiseln zu nehmen. Sie hat es nicht zugelassen.«

Es folgten weitere Beifallsbekundungen.

»Kristen Hall und Jim Washington riefen im Revier an, nahmen Befehle entgegen und machten sich auf den Weg zu Halls Wohnhaus – zumindest ist das die Geschichte, wenn irgendwelche Reporter fragen sollten. Sie haben drei der vier Gegner festgenommen. Einer wurde verletzt, scheint aber stabil zu sein, also gute Arbeit.«

»Der, den Hall aus dem Fenster geworfen hat, ist entkommen?«, fragte Wonderkid.

»Sieht so aus. Aus diesem Grund werden die Halls eine Zeit lang unter unserer Beobachtung stehen. Wir können ja nicht den Stahldrachen selbst über ihnen schweben lassen, während dieser Scharfschütze sie jagt. Was mich direkt zu meinem nächsten Punkt führt. Kristen Hall, Innendienst bis das alles geklärt ist.«

Drachenschwingen

Der Jubel und die Freude im Raum versiegten sofort.

»Was? Aber das ist doch lächerlich!«, protestierte Kristen.

»Ganz sicher ist das ein Befehl. Und ich tue es hier öffentlich kund, damit jeder versteht, dass er sein eigenes Leben und seinen Job riskiert, wenn Hall mit rausgenommen wird. Zu wem sie auch ins Fahrzeug steigt, muss sich vor mir verantworten.«

»Das ist Schwachsinn.« Kristen war wütend. Ein paar andere Beamten – sie standen neben ihr – stimmten ihr zu.

»Wenn ihr ein Problem habt, kommt zu mir ins Büro. Eigentlich ist das ein Befehl. Du, Wonderkid und Drew – in mein Büro. Jetzt! Alle anderen, zurück an die Arbeit.«

Kurz brandete halbherziger Jubel auf, wurde aber schnell durch allgemeine Nörgelei über Papierkram ersetzt.

Im Büro stellte Kristen schnell fest, dass nicht jeder so nachsichtig mit ihr war, wie der Captain.

Normalerweise zeigte Drew nicht viel Gefühl, aber jetzt tat er es. Er bewegte sich wie ein Wolf, der hinter Gittern eingesperrt war.

»Hey ... Drew«, begann sie zögernd.

»Fürs Protokoll, ich habe ein volles Disziplinarverfahren gegen euch beide empfohlen. Der Captain will vielleicht keinen Fleck auf der Weste des Stahldrachen sehen, aber ich bin anderer Meinung. Abhauen war fahrlässig, dumm und mehr als gefährlich.«

»Ja, aber wenn wir es nicht getan hätten, wäre Halls Familie tot«, antwortete Jim.

Das brachte ihm lediglich ein Knurren und ein widerwilliges Nicken des anderen Mannes ein. »Ich weiß und ich weiß wirklich nicht, was zwei normale Polizisten gegen vier bewaffnete Kriminelle hätten tun können. Es ist nur ... Siehst du nicht, dass du manipuliert wirst, Kristen?«

»Und was wäre die Alternative?« Sie war jetzt auf den Beinen. »Meine Familie gefangen nehmen lassen?«

»Natürlich nicht.« Captain Hansen saß mit gefalteten Händen an ihrem Schreibtisch. »Wir werden deine Vorgehensweise nicht auseinandernehmen, aber wir werden auch nicht zulassen, dass sie sich wiederholt. Dieser Scharfschütze jagt dich, Kristen. Von jetzt an bist du ein normaler Polizist.«

»Ein normaler Mensch wird diesen Mörder nicht stoppen können.«

»Kristen, ich verstehe, dass der Schutz der Menschen, die du liebst, eine wichtige Aufgabe für dich ist.« Drews Stimme klang nicht mehr wütend, sondern eher flehend, womit Kristen nicht so recht etwas anzufangen wusste. »Bis jetzt habe ich es als eine große Stärke betrachtet.«

Jim lachte. »Ich hab's gehört. In ein Feuergefecht zu geraten und zu wissen, dass der Stahldrache deinen Rücken deckt, ist ein tolles Gefühl.«

Der Teamleiter lächelte eine halbe Sekunde, dann kehrte sein Stirnrunzeln zurück. »Nicht zuletzt, weil wir wissen, dass du alles tun würdest, um uns zu beschützen. Aber genau das ist das Problem.«

»Wieso ist es plötzlich ein Problem, meine Freunde und Familie zu schützen?«, wollte Kristen wissen.

»Dieser Gegner ist offensichtlich klug und wird versuchen, deine Stärken in Schwächen zu verwandeln«, antwortete Captain Hansen. »Soweit wir wissen, war der Schuss auf deinen Arm gerichtet, um dich ins

Drachenschwingen

Krankenhaus zu bringen – nicht dich zu töten – damit sie deine Familie entführen können.«

»Ist das nicht ein wenig paranoid?« Jim hob eine Augenbraue.

»Nein, ist es nicht, Wonderkid. Ganz sicher nicht. Tatsächlich denke ich, das Klügste, was wir tun können ist, so paranoid wie möglich zu sein. Ein Beweisstück ist bereits verschwunden, was an sich schon beunruhigend ist. Ich denke, das Sicherste ist, dass wir Kristen komplett hier rausnehmen. Ich möchte, dass du in ein Krankenhaus in einem Vorort gehst, bis die Schulter verheilt ist.«

»Mit Respekt, Ma'am, das wird nicht nötig sein«, widersprach Kristen und entschied sich, die Drachenschuppen-Kugel in ihrer Tasche nicht herauszugeben.

»Es liegt in meiner Macht, dich krankschreiben zu lassen.«

»Auch wenn ich unverletzt bin?« Sie riss sich den Verband von der Schulter.

Das Keuchen der beiden Männer bestätigte ein weiteres Mal, dass Kristen kein Mensch mehr war.

»Mach dich nicht lächerlich, Hall. Es ist weniger als 24 Stunden her ...« Captain Hansen verstummte und der Mund stand ihr offen.

»Die Wunde ... sie ist schon geschlossen?«, sagte Drew ungläubig.

Kristen nickte. »Sie ist noch etwas steif, aber bis morgen früh nicht mehr.«

Der Captain fing sich zuerst. »Das ändert nichts. Es gab mehrere Angriffe auf dich und deine Familie. Wir müssen herausfinden, wie sie zusammenhängen, bevor du oder deine Familie wieder verletzt werden.«

»Wissen wir schon etwas über die Entführer?«, fragte Jim.

Drew nickte. »Sie sind nur ein kleiner ›Schlägertrupp‹, den man mieten kann. Wir kennen sie schon und denken, dass etwa die Hälfte noch auf freiem Fuß ist, aber wir haben Leute, die nach ihnen suchen. Wir kriegen sie.«

»Der Schütze ist etwas anderes«, sagte Captain Hansen.

»Hat man Hinweise in seinem Unterschlupf gefunden?«, erkundigte sich Jim.

Der Teamleiter antwortete zuerst. »Haben wir, aber es wird dir nicht gefallen. Zum einen, diese Schüsse wurden aus etwa zweitausendsechshundert Metern Entfernung abgegeben.«

Wonderkid pfiff anerkennend. »Verdammt«.

»Die meisten Scharfschützen arbeiten aus maximal tausendachthundert bis zweitausend Metern. Zweisechs ist ... Bist du sicher?«, fragte Kristen.

»Positiv«, bestätigte Drew. »Und ich wusste nicht, dass du dich damit auskennst.«

»Ich nicht, aber mein Bruder spielt jede Menge Videospiele. Er kann dir die Spezifikationen von fast jeder Waffe, die jemals hergestellt wurde, runterbeten, ob du ihn fragst oder nicht. Aber selbst in Spielen ist so etwas nicht möglich!«

»Unser Schütze kann es. Sie hat es drauf«, warf Captain Hansen zähneknirschend ein.

»Moment, wir wissen, wer der Schütze ist? Das ist gut!« Rachegelüste flammten in Kristen auf. Sie sah, wie dieselbe Emotion in den Gesichtern aller anderen ebenfalls hochkam und erinnerte sich sofort daran, dass sie das wirklich unter Kontrolle bringen musste.

Drachenschwingen

»Das ist es nicht.« Die Frau suchte in ihrem Schreibtisch und zog einen silbern glänzenden Halbkreis von der Größe eines Vierteldollars heraus. »Sie hat ihre Visitenkarte dagelassen.« Sie warf Kristen das Überbleibsel zu.

Sie fing es auf und drehte es der Hand. »Das ist ... eine Drachenschuppe?«

Drew schüttelte den Kopf. »Nein, nur ein bisschen Silber, das so aussieht wie eine.«

»Der Name des Attentäters ist ›der Todesengel‹. Die meisten unserer Quellen sagen, dass er eine ›sie‹ ist, aber wirklich sicher sind wir nicht. Das Gleiche wurde an mehreren Tatorten auf der ganzen Welt gefunden. Fast jedes Mal, wenn in den letzten zwanzig Jahren ein Drache erschossen wurde, war eine dieser silbernen Schuppen vor Ort.«

»Und niemand hat sie jemals erwischt?« Kristen war erstaunt, dass so ein winziges, schönes Ding weltweit Morde symbolisieren sollte.

»Niemand hat es bisher wirklich versucht«, seufzte der Captain. »Das Töten von Drachen liegt weltweit außerhalb der menschlichen Zuständigkeit. Du weißt, wie sie sind und wie sehr sie es hassen, wenn wir in ihrem Leben herumschnüffeln. Wir wissen nur, dass der Todesengel eine beeindruckende Tötungsliste hat. Wenn die Drachen mehr wissen sollten, so sagen sie es uns nicht.«

In diesem Moment öffnete sich die Tür zum Büro und Stonequest trat ein.

Er blickte auf die Schuppe in ihrer Hand, dann auf sie. »Also war es der Todesengel.« Er schien ebenso wenig erfreut zu sein, den Schützen zu kennen, wie der Captain.

»Sag uns bitte, dass du uns Informationen vorenthältst«, bat Drew und ein schwaches Grinsen glitt auf sein Gesicht.

Stonequest schüttelte den Kopf und zerschlug damit jede Hoffnung, die sich vielleicht aufgebaut haben könnte. »Wir wissen nur Eines, wenn der Todesengel ein Ziel gewählt hat, macht sie weiter, bis sie erfolgreich war. Sie ist verdammt einfallsreich und mehr als gefährlich. Kristen, das bedeutet, dass dein Training nicht mehr in deinem Tempo erfolgen kann.«

»Was meinst du damit?«

»Ich meine, dass du alle Drachenfähigkeiten haben musst, die dir zur Verfügung stehen könnten. Wenn der Todesengel dich jagt, weiß sie zweifellos, was du kannst und was nicht. Du hast deine Drachenform immer noch nicht angenommen. Ich habe keinen Zweifel, dass sie das weiß und entsprechend handelt. Wir müssen deine Fähigkeiten auslösen, wenn du das hier überleben willst. Wir hatten noch nie einen Stahldrachen. Das könnte die Gelegenheit sein, auf die wir gewartet haben.«

»Was soll das bedeuten?«

»Es bedeutet, dass du jetzt mit mir kommst.«

Er nickte Captain Hansen und Drew zu. Beide erwiderten das Nicken, als Anerkennung der Vormachtstellung des Drachen-SWAT über den menschlichen Angelegenheiten.

»Was passiert mit meiner Familie?«, fragte Kristen.

»Wir bringen sie in eine sichere Unterkunft, bewaffnete Wachen in ihren Zimmern, alles, was dazugehört«, versicherte der Captain.

»Das könnte nicht genügen«, protestierte Kristen.

Drachenschwingen

»Bei allem Respekt, wenn du nicht mehr deiner Fähigkeiten aktivieren kannst, weiß ich genau, dass diese Menschen nichts dafür tun können, dich zu schützen.«

Sie starrte den anderen Drachen unzufrieden an, aber sie folgte ihm aus dem Büro und in die Nacht.

Logischerweise ging Kristen davon aus, dass sie in ein Auto oder so steigen würden, weil Stonequest sie auf die oberste Ebene des Parkhauses brachte. Dort angekommen, näherte er sich jedoch der Kante und wandte sich ihr zu.

»Wir üben hier?«, fragte sie.

»Nein, aber es ist einfacher, einen Flug von oben zu starten.« Kaum hatte Stonequest zu Ende gesprochen, verwandelte er sich schon. Zuerst schien seine Haut abzublättern, um den Stein darunter zum Vorschein zu bringen, aber das war noch nicht alles. Immer mehr dünne Stein- und Staubfragmente fielen von ihm ab, während sich seine Größe mehrfach verdoppelte. Flügel bildeten sich aus seinem Rücken wie Knochen aus Lavagestein. Ein Schwanz brach aus seiner Wirbelsäule und verteilte noch mehr Steine und Staub über das Dach. Eine Membran, klar wie Kristall, verband die Knochen seiner Flügel. Er schlug einmal mit den Flügeln, Staub und Schutt verteilte sich über das Dach des Parkhauses, aber im nächsten Moment war alles verschwunden.

»Ich muss wirklich lernen, wie man das macht.« Kristen klang aufgeregt.

»Manche Drachen lernen es, indem sie einfach von einem Gebäude springen und ihre Kräfte in einem Moment der Not aktivieren.«

Vorsichtig schaute Kristen über den Rand. Das Parkhaus war schon hoch, aber nicht zu hoch. »Ich glaube, in meiner Stahlform könnte ich die Landung überleben.«

Stonequest seufzte; es klang merkwürdig in seiner Drachenform. »Es wäre einfacher, wenn du dich auch verwandeln könntest«, murmelte er. »Aber bis dahin, klettere rauf und halt dich fest.«

Der Flug über die Stadt war ein berauschendes und surreales Erlebnis. Obwohl er scheinbar aus Stein war, flog er anmutig und schlug kaum mit den Flügeln, weil er mühelos auf die Veränderungen der kühlen Luft reagierte.

Kristen sehnte sich danach, das auch zu können, aber nicht so sehr, um von seinem Rücken zu springen und die Theorie ihres Lehrers über ihre Möglichkeiten in Not zu testen.

Sie flogen fast eine Stunde lang und als sie das Ziel erreichten, war Kristen völlig erschöpft.

Es handelte sich um eine Art Herrenhaus. Stonequest sagte etwas über »unser schönstes palastartiges Anwesen«, bevor er sie zu Bett brachte. Er erklärte ihr, er würde sie im Morgengrauen abholen.

Sie nickte und schlief in dem Moment ein, als ihr Kopf das Kissen berührte.

KAPITEL 8

Kristen erwachte und starrte verwirrt an eine schöne Zimmerdecke. Das war ein wenig seltsam, denn sie hätte nicht im Traum daran gedacht, dass Zimmerdecken überhaupt schön sein könnten. Ihrer Erfahrung nach waren sie meistens weiß oder vielleicht noch mit schmuddeligen Platten beklebt wie in einer Grundschule. Das Dach über ihrem Bett allerdings war kastanienbraun gestrichen, bemalt mit goldener Spitze in einem zarten Muster. Sie rieb sich die Augen und vermutete sich in einem wunderschönen, aber langweiligen Traum, doch die Decke blieb.

Etwas munterer stützte sie sich mit ihrem linken Arm beim Aufsitzen ab, entdeckte aber schnell, dass das nicht mehr nötig war. Alles schien völlig abgeheilt zu sein. Das Zimmer selbst war ebenso schön wie die Zimmerdecke. Zwei antike Stühle und ein frei im Raum stehender Schreibtisch könnten als eines Präsidenten würdig bezeichnet werden.

Sie stieg aus dem Bett und entdeckte auf einem der Stühle einen Stapel ordentlich gefalteter Kleidung. Es schien sich um eine Art Trainingskleidung zu handeln, ähnlich der, die bei Kampfsportarten getragen wurde.

Frische Kleidung ließ sie an eine Dusche denken. Kaum hatte sich der Gedanke manifestiert, klopfte es an ihrer Tür. Sie antwortete.

»Möchten Sie ein heißes Bad, Ma'am?«, fragte eine kleine, schwarz-weiß gekleidete Frau mit einem Kopftuch, das ihr Haar völlig verbarg.

»Äh, ja, bitte? Aber ... ähm, wo ist Stonequest, und – ich will nicht unhöflich sein – wer zum Teufel sind Sie?«

»Stonequest trifft sich mit einigen seiner Verbündeten. Er sagte mir, ich solle Sie zu ihm schicken, wenn Sie sauber und gefüttert sind.« Scheinbar wollte die Frau noch mehr sagen. Kristen überlegte, ob Stonequest wohl etwas über einen stinkenden Menschen gesagt hatte, der auf ihm in seiner Drachenform geritten war. Bevor sie fragen konnte, räusperte sich die Frau. »Mein Name ist Farah. Ich bin eine Haushälterin in der Drachenzuflucht. Ich kann Sie ins Bad begleiten und Ihnen beim Haarewaschen helfen.«

Kristen nickte und folgte der Frau in das aufwendigste Badezimmer, das sie je gesehen hatte. Offensichtlich hatte sie niemals vorher ein Badezimmer, das diese Bezeichnung auch verdiente, betreten. Ihr Vater hatte ein treffenderes Wort für diese winzigen Räume mit Toiletten, die Kristen bislang als Badezimmer gekannt hatte, nämlich ›Scheißhaus‹.

Dieser Raum war völlig anders.

Die Kacheln waren eierschalenfarben, bemalt mit kleinen blauen, rosa und grünen Blümchen. Waschbecken und Dusche waren an den Wänden angebracht, aber was ihre Aufmerksamkeit am meisten auf sich zog, war der massive Pool in der Mitte.

Drachenschwingen

Es war rund mit einem Durchmesser von etwa drei Metern, außen herum befanden sich drei Wasserspeier. Dampfendes Wasser sprudelte aus dem Hals eines Wasserspeiers und zwei der schönsten Frauen, die sie je gesehen hatte, saßen im Wasser.

Eine von ihnen lehnte mit geschlossenen Augen am Rand, ihre Brüste lagen über dem Wasser, während eine andere Dienerin Shampoo in ihre Kopfhaut einmassierte.

Das Haar der zweiten Frau war bereits in ein Handtuch gewickelt und ihre Augen sandten tödliche Blicke auf den Neuankömmling.

»Ihre Kleidung, Lady Steel?«, erkundigte sich Farah.

Kristen zögerte nur einen Moment, bevor sie sich auszog. Sie mochte zwar neu in der Stadt sein, aber sie würde sich von dieser Frau – einem Drachen – nicht einschüchtern lassen.

Farah führte sie zu einer Dusche, in der sie sich den Dreck herunterwusch, den ihre Tätigkeit als Beamtin beim SWAT offensichtlich hinterlassen hatte. Sobald ihre Haut rosig geschrubbt war, kehrte sie zum Pool zurück.

Nachdem sie sich im dampfenden Wasser niedergelassen hatte, schmolzen die Spannungsknoten, die monatelang in den Muskeln geschmerzt hatten, einfach weg.

Während Farah Kristens Haare wusch – eine wahrhaft dekadente Erfahrung – starrte eine der Drachenfrauen sie weiterhin an. Ohne ihr ständiges Hohngelächter wäre der Moment vielleicht perfekt gewesen. Kristen wollte etwas sagen, aber die Frau sprach zuerst.

»Du bist also die Stahlschlampe, was?«

»Wie bitte?«, sagte sie, schockiert über das Verhalten dieser anderen Frau.

»Wir alle wissen, wer du bist. Du hast deine hübschen roten Haare aus jedem Fernseher gehängt, nicht wahr?«

»Das war nicht meine Idee ...«

»Du hast dich auch nicht vor den Kameras gedrückt. Wisse dies, Stahlschlampe. Du bist kein Drache. Du magst den kleinen Trick mit deiner Metallhaut beherrschen, aber soweit wir wissen, bist du nur ein Drachenkind, dessen Ei hätte zerbrochen werden müssen. Bis du dich verwandeln kannst, bist du nichts weiter als eine Kuriosität.«

Bevor Kristen antworten konnte, stand die Frau auf und das Wasser wich vor ihrem Körper zurück. Es wand sich selbst aus ihrem Haar, floss den nackten Körper hinunter und bildete Wellen wie eine Krone um ihre Beine.

»Wie hast du ...«, fing Kristen an.

»Du bist nicht die Einzige von uns mit ungewöhnlichen Fähigkeiten. Es gibt auch Magier, die kleine Zaubertricks wie deinen beherrschen. Tu dir und uns einen Gefallen und geh nach Hause, bevor Stonequest noch mehr Zeit auf dich verschwendet.«

Damit trat sie von ihrer Poolseite weg und das Wasser strömte zurück, um die Leere zu füllen, die sie mit ihren Fähigkeiten geschaffen hatte. Ein Diener brachte ihr ein Kleidungsstück, das einem Karate-Gi und dem ähnlich war, das Kristen in ihrem Zimmer vorgefunden hatte.

»Ich entschuldige mich für Lady Aqua«, sagte Farah und spülte die Haare ab. »Sie ist seit Jahrhunderten nicht nett zu einem neuen Drachen, aber sie wird sich wieder fangen, wenn sie sieht, wozu Sie fähig sind.«

Drachenschwingen

»Dann hat es keinen Sinn, das Training zu verschieben.«

»Ja, Mylady.«

Kristen trat aus der Wanne und Farah holte ihr ein Handtuch. Sobald sie abgetrocknet war, zog sie das Gi an und war erleichtert, dass es gut passte, aber immer noch locker genug saß, um ihr volle Bewegungsfreiheit zu ermöglichen. Das war ein wirklich perfektes Trainingsoutfit.

Vom Bad aus wurde sie in einen Speisesaal mit dem größten Frühstücksbuffet geführt, von dem sie sich je bedient hatte. Jede Frucht, die sie kannte, war vorhanden, plus ein paar weitere, die aus dem Süden importiert sein mussten. Es gab verschiedene Brotsorten, Speck, Wurst und Schinken und ein Koch bereitete Eier auf Bestellung zu, als Omeletts oder auch etwas anderes.

Kristen bemerkte mit wachsender Freude, dass jeder im Speisesaal mit der Begeisterung einer Hall frühstückte. Obwohl die Männer Arme wie gemeißelt hatten – ohne jegliches Körperfett – und die Frauen alle schlank waren, aßen sie, als ob jeden Moment die Nahrungsmittel auf dem Buffet ausgehen könnten. Das war ein Stück Drachenkultur, an dem sie gerne teilhaben wollte.

Ihre Begeisterung war wieder zurück und sie griff unverzüglich am Frühstücksbuffet zu. Sie aß sechs Avocado-Toast, ein Omelett aus vier Eiern mit Oliven und einem Topping aus einer absurden Menge Crème fraîche und reichlich Speck. Dazwischen probierte sie verschiedene Früchte und genoss den perfekten Reifegrad jeder einzelnen. Alles in allem war es das beste Frühstück, an das sie sich erinnern konnte. Sogar besser als die Platte mit den Frühstückstacos, die sie einmal gegessen hatte, im Urlaub mit ihrer Familie in Austin, Texas.

Die Drachen ignorierten sie während des Frühstücks und sie tat dasselbe. Kristen hoffte, dass außerhalb des Badezimmers ein gewisses Maß an Anstand vorhanden wäre und die Drachen schienen dies zu gewähren.

Endlich gesättigt, schob sie ihren Stuhl zurück und rülpste. Das zog einen missbilligenden Blick der anderen Drachen nach sich, aber das war Kristen egal.

»Lady Steel, wenn Sie bereit sind?«, sagte Farah und Kristen erschrak, weil sie Farah nicht hatte kommen sehen. »Stonequest erwartet Sie.«

»Oh, richtig, Entschuldigung! Ich dachte, mit dem Bad und dem Essen hätte ich länger Zeit.«

»Sein Befehl lautete, dafür zu sorgen, dass Sie gebadet und gefüttert werden. Wenn Sie mit beidem zufrieden sind, bringe ich Sie zu ihm.« In der Stimme der Frau lag ein Hauch von Angst. Kristen gefiel das nicht, aber sie fragte sich, ob das der Preis dafür war, für Wesen zu arbeiten, die einen Menschen so leicht fressen konnten wie einen Berg Speck.

»Lassen wir ihn nicht warten.« Sie stieß sich vom Tisch ab. Obwohl sie nicht glauben wollte, dass Stonequest Farah bestrafen würde – er schien sich mehr für das Wohlergehen der Menschen zu interessieren als die meisten Drachen – leitete er diesen Ort auch nicht. Sie würde sich schrecklich fühlen, wenn die Frau bestraft würde, weil sie sich die Zeit genommen hatte, in Ruhe eine Tasse Kaffee zu trinken.

Sie bewegten sich schnell durch die Gänge des Gebäudes, vorbei an Ölbildern und Marmorskulpturen. Viele von ihnen stellten Menschen dar – oder Drachen in

Drachenschwingen

Menschengestalt – aber einige der Bilder auch Drachen vor Burgen oder auf Schlachtfeldern. Wie alles dort war auch die Sammlung mehr als beeindruckend.

Ihre Begleiterin führte sie einen riesigen Flur entlang. Dieser hatte Marmorboden, keinen Teppichboden und schien der Eingangsbereich der Residenz zu sein. Ehrlich gesagt fehlten Kristen die Worte alles zu beschreiben. Der Raum war so groß wie ein Ballsaal, mit geschwungenen Treppen, die in die oberen Stockwerke führten. Ein großer Eingangsbereich? Ein Tanzsaal? Was auch immer es war, es war wunderschön, aber sie hatte keine Zeit, es zu würdigen, weil Farah sie zwischen den Treppenaufgängen zur Hintertür hinausführte.

Die Außenanlagen waren so schön und gepflegt wie das Schloss selbst. Perfekt geschnittenes Gras wurde trotz des kalten Wetters durch blühende Blumenbeete unterbrochen. Pavillons waren in der Landschaft verteilt, um Raum für ungestörte Gespräche zu schaffen. Auf einem Hügel im hinteren Teil des Geländes stand ein Säulenbau, der aussah, als gehöre er ins antike Griechenland und nicht nach Detroit. Zwischen dem Mini-Parthenon und dem Palast lag ein riesiges Rechteck aus Sand.

In ihm kämpften Drachen in Drachen- und Menschengestalt mit antiken und modernen Waffen. Sie sah Schwerter, Armbrüste und Pistolen. Sie setzten alles gegeneinander ein, ohne Angst zu haben. Es ließ die SWAT-Sporthalle und den Schießstand der Polizei von Detroit aussehen, als wären sie für Vorschulkinder gedacht.

»Leben Sie wohl, Lady Steel«, verabschiedete sich Farah und ging zum Gebäude zurück.

»Danke!«, rief Kristen Farah nach, was einige Drachen zu erzürnen schien, die ruhig über das makellose Gelände schlenderten.

»Kristen! Es wurde auch Zeit.« Stonequest kam aus dem sandigen Rechteck auf sie zu. Ein Diener warf ihm ein Handtuch zu und er trocknete sich ab, bevor er sich ein Hemd anzog. Das war auch gut so, entschied Kristen, denn er sah aus, als wäre sein menschlicher Körper von einer ebenso geschickten Hand aus Marmor gemeißelt worden wie die Skulpturen im Inneren der Residenz. Bekleidet lenkte er sie weniger ab.

»Guten Morgen, Stonequest. Entschuldige die Verspätung.«

»Es ist in Ordnung. Wir haben einen langen Tag vor uns, deshalb wollte ich, dass du gefüttert wirst. Bist du bereit, das Mittagessen ausfallen zu lassen?«

Sie nickte bevor sie wusste, was sie tat. Das erklärte vielleicht, warum die Drachen so viel gefuttert hatten. Halls würden ein Mittagessen eigentlich nicht auslassen.

»Gut. Gefällt es dir hier?«, fragte er und deutete ihr an, dass sie mit ihm gehen sollte.

»Äh ... größtenteils.«

»Meistens? Die meisten von uns sind erstaunt, wenn sie das erste Mal in die Drachenzuflucht kommen. Es ist schwer, den europäischen Stil in diesem Land hier richtig hinzubekommen.«

»Das Haus ist toll, im Ernst, aber alle sind ein bisschen ... kalt?«

Er zog eine Grimasse. »Versuch erst einmal, dir keine Sorgen zu machen. Sie werden alle ihre Meinung ändern, sobald du deine Flügel hast.«

Drachenschwingen

»Glaubst du wirklich, du kannst mir beibringen, wie man sich in einen Drachen verwandelt?«

»Du bist bereits ein Drache und hast alle Merkmale eines Drachen in menschlicher Gestalt. Wir brauchen nur noch das letzte Bisschen. Du hast große Fortschritte gemacht bisher. Ich bin sicher, du kannst es mit einem Lehrer erreichen, der deine Fähigkeiten auch wirklich freisetzen will.«

»Ich hoffe, es dauert nicht zu lange. Der Scharfschütze ist immer noch auf freiem Fuß. Hast du auch gehört, dass einige Schläger meine Familie im Visier haben?«

Stonequest nickte, sein Grinsen war verschwunden. »Ja, das habe ich. Was ein Grund mehr ist, zu trainieren, hart zu trainieren. Ich verstehe, wie ... zerbrechlich menschliche Familien sein können.«

Kristen wusste nicht wirklich, was sie dazu sagen sollte, also nickte sie nur.

»Ich hätte allerdings ein paar Fragen über die Ereignisse dieser Nacht. Kannst du mir deine Version der Ereignisse erzählen? Im Polizeibericht steht, dass sich der Schläger, der deinem Bruder eine Waffe an den Kopf hielt, ergeben hat. Ist das wahr?«

»Das ist es.« Sie erzählte ihm die ganze Geschichte, wobei sie peinlichst darauf achtete, alle Details ihrer Drachenfähigkeiten einzubeziehen – wie sie bewusst nur Teile ihres Körpers in Stahl verwandelt hatte, erhöhte Geschwindigkeit und Kraft, die Nachtsicht. Aber ihn interessierte vor allem, wie sie den Mann mit der Pistole hatte entwaffnen können.

»Es klingt, als hättest du deine Aura bei dem Typen aktiviert.«

Sie nickte. »Ich frage mich, ob es das war. Shadowstorm hat oft über das Wahrnehmen von Auren gesprochen, also habe ich einiges ausprobiert, aber ich bin mir immer noch nicht wirklich sicher, wie ich es direkt kontrollieren kann. Ich glaube, ich habe einige Male Leute wütend gemacht, weil ich wütend war oder so, aber na ja … Es ist nicht immer schön.«

»Unsere Aura ist eine unserer mächtigsten Fähigkeiten, zumal sie sich in erster Linie auf den Menschen bezieht. Auf Drachen findet die Aura in der Regel keine Anwendung, also wird sie nicht trainiert, aber die Auswirkungen auf andere Spezies können enorm sein.«

»Willst du damit sagen, dass der Mensch eine andere Spezies ist?«, fragte sie. Der Versuch, nicht auf Konfrontation zu gehen, scheiterte kläglich.

Stonequest zuckte unbeholfen die Achseln. »Wir sind verschieden, aber das habe ich nicht gemeint. Unsere Aura kann weit mehr tun, als einen wütenden Mob heraufzubeschwören oder zu unterdrücken. Schau einfach.«

Er schloss die Augen, holte tief Luft und hob beide Arme. Sie fühlte, dass etwas von ihm ausging, aber es war nicht wirklich eine Emotion, eher ein … Interesse? Es war schwer zu beschreiben.

Für sie ergab es keinen Sinn, bis ein Vogel auf seinem Finger landete. Es war ein prächtiger kleiner Kerl, rot mit einem dicken orangenen Schnabel, schwarzer Maske und einem kleinen Federbüschel am oberen Ende des Kopfes.

»Wow! Ist das ein Rotkehlchen?«, fragte sie.

»Was? Nein!« Er blickte sie spürbar verächtlich an. »Das ist ein nördlicher Rotkardinal. Im Ernst? Du

Drachenschwingen

dachtest, das wäre ein Rotkehlchen? Rotkehlchen sind der Staatsvogel von Michigan und haben eine rote Brust, einen gelben Schnabel und ...«

»Ist das Wissen über Vögel ein wichtiger Teil meiner Ausbildung?«

»Nein. Es ist nur ... du hast recht. Macht nichts. Das ist ein Rotkardinal. Ein Männchen. Ich benutze meine Aura, damit er mich als Freund erkennt. Wenn ich sie nur ein wenig verändere ...«

Der Vogel begann ein Lied zu zwitschern.

»Oder ich lasse ihn wegfliegen und wieder zurückkehren.«

Er flog etwa sechs Meter weit, kam zurück und sang wieder auf seinem Finger.

»Oder ich lasse ihn denken, du wärst ein Raubtier.«

Der Vogel schlug mit den Flügeln und griff Kristen wütend zwitschernd im Gesicht an. Sie hob ihre Hände, um ihr Gesicht zu verteidigen, aber der Vogel war bereits wieder auf Stonequests Finger gelandet.

»Der Trick mit den Auren ist, dass man dem Subjekt ein bestimmtes Gefühl vermitteln kann. Die meisten Tiere haben ohnehin einfachere Emotionen als wir – und lass mich nicht damit anfangen, eine Aura bei einem Pottwal einsetzen zu wollen – sie sind also leichter zu kontrollieren. Der schwierige Teil ist die Abstimmung der Emotion mit einer Handlung. Du kannst dem Vogel nicht einfach sagen, dass er auf deinem Finger landen soll. Du musst den Vogel dazu bringen, auf deinem Finger landen zu wollen, wenn das für dich Sinn ergibt.«

Kristen nickte. Theoretisch ergab das natürlich Sinn. »Also ist es keine Bewusstseinskontrolle, sondern Emotionskontrolle.«

Stonequest stimmte zu. »Ja ... na ja, irgendwie schon. Du kontrollierst nicht wirklich etwas, sondern schubst jemanden nur in die eine oder andere Richtung. Es ist einfacher, wenn du es selbst versuchst.«

Er wartete, während sie sich auf den Vogel konzentrierte. Auf den Rotkardinal? Sie versuchte, ihren Finger wie einen großen Barsch auf ihn wirken zu lassen. Da dies keinerlei Wirkung zeigte, sollte er vor Stonequest erschrecken. Schließlich versuchte sie etwas, das er bereits getan hatte, nämlich es so aussehen zu lassen, als wäre sie ein Monster.

»Du kannst es versuchen, wann immer du bereit bist«, ermunterte Stonequest.

»Ich versuche es bereits!«

»Oh. Entschuldigung. Normalerweise macht der Vogel etwas. Bist du wirklich sicher, dass du es versuchst?«

»Ja!« Sie konzentrierte sich stärker auf den Vogel und wollte, dass er sich glücklich, traurig und entsetzt fühlt – alles. Er zwitscherte einmal und legte seinen dummen kleinen roten Kopf zur Seite.

»Die meisten Drachen fangen damit an, sie einfach zu erschrecken. Stups ihn an als wärst du ein Falke.«

Wie eine Betrügerin versuchte sie es mit einem Stupser und er zirpte einfach süß.

»Hör zu, das ergibt für mich keinen Sinn.« Sie rieb sich über das Gesicht. »Vielleicht liegt es daran, dass ich nicht weiß, wie man den Verstand anderer Kreaturen kontrollieren kann.«

»Emotionen.«

»Wie auch immer. Ist es nicht Machtmissbrauch, die Kontrolle über das zu übernehmen, was im Kopf eines anderen Wesens vor sich geht?«

Drachenschwingen

»Die Aura zu benutzen, kann Machtmissbrauch sein. Im Laufe der Geschichte haben viele sie benutzt, um die Willensschwachen zu unterwerfen«, erläuterte Stonequest.

»Also ist es schlimm.«

»Nicht unbedingt«, konterte er. »Sie ist ein Werkzeug, wie ein Stift oder ein Hammer oder eine Pistole. Alle Werkzeuge können entweder für schreckliche Zwecke oder zur Verbesserung unserer Existenz verwendet werden. Die Art und Weise, wie etwas benutzt wird, bestimmt die Ethik.«

»Okay ... aber ist es nicht weitaus schlimmer, die Gefühle eines anderen kontrollieren zu wollen, als all diese Dinge?«

»Ich würde argumentieren, dass Handfeuerwaffen schlimmer sind als unsere Aura. Selbst in den Händen von Polizisten töten sie oft. Unsere Auren tun das nicht. Aber Tatsache ist, dass sie eine Fähigkeit ist, die Drachen besitzen. Sie ist für uns so wichtig wie Gift für eine Spinne. Wir benutzen sie seit Tausenden von Jahren und werden sie auch weiterhin anwenden. Ich verstehe, dass du dich dabei unwohl fühlst und ich denke, dass es aus menschlicher Perspektive gut wäre, wenn mehr Drachen darüber nachdenken würden, aber es ändert nichts an der Tatsache, dass sie ein Werkzeug ist, das du nichts verwenden kannst, wenn du es ignorierst. Es könnte sogar der entscheidende Faktor gegen den Todesengel sein.«

»Du glaubst also, der Scharfschütze ist ein Mensch?«

Er nickte. »So ist es. Ich kann mir nicht vorstellen, dass ein Drache eine solche Waffe beherrscht. Sie ist ein menschliches Werkzeug, nicht wirklich unseres.«

»Aber glaubst du, ich kann erlernen meine Aura zu nutzen?«

»Du bist kein Mensch.«

Sie zog eine Augenbraue hoch.

Stonequest kicherte. »Darum wollte ich, dass du herkommst, um zu trainieren. Deine Perspektive ist so interessant. Jetzt komm schon, lass den Vogel auf deinem Finger landen, bevor der große, böse Drache ihn noch ausnutzt.«

Kristen nickte. Auch wenn ihr diese Idee noch nicht ganz geheuer war, wenn sie ihre Aura beherrschen würde, konnte sie andere Drachen wenigstens davon abhalten ihre zu benutzen.

Wieder einmal konzentrierte sie sich auf den Kardinal, der auf seinem Finger saß. Er hatte gesagt, es würde funktionieren, wenn man seine Emotionen anstupsen würde, also versuchte sie es. *Sei glücklich, kleines Vögelchen. Sei so froh, dass du auf meinem Finger landen willst.*

Der Vogel zwitscherte freudig.

Vielleicht war es an der Zeit für einen anderen Ansatz. Sie versuchte, den emotionalen Zustand des Vogels zu erspüren. Nach einer Minute Sondieren mit einem inneren Bewusstsein, von dem sie nicht einmal wusste, dass sie es besaß, spürte sie ein klein wenig Gefühl. Das Wenige schien Zufriedenheit zu sein, weiter nichts. Wenn sie die Emotionen deuten sollte, würde sie meinen, dass Stonequest absolut vertrauenswürdig sei.

Okay, also war sie näher dran.

Sie versuchte, dieses Gefühl der Zufriedenheit auf sich selbst auszudehnen und der Vogel wandte sich ihr zu. Er hob sein Köpfchen und flog auf. Sie fluchte leise, aber sie versuchte den Vogel zu beruhigen und sich

Drachenschwingen

wie eine Verbündete darzustellen, jemand, der ihn beschützen würde.

Zu ihrer Freude umkreiste er sie einmal bevor er auf ihrem Finger landete.

»Oh, wow!« Für einen Moment verschwanden ihre Vorbehalte völlig aus ihrem Gedächtnis. Sie hatte tatsächlich mit einer anderen Spezies kommuniziert. Das war unglaublich!

Dann kackte der Vogel auf ihre Hand. »Ahh!« Sie ließ ihre Hand sinken, verlor die Aura und der Vogel flog weg, als sie die Kacke an ihrer Trainingskleidung abwischte.

»Warst du das etwa?«

»Wenn du deine Aura voll beherrschen würdest, wüsstest du die Antwort auf diese Frage bereits.«

Kristen bemühte sich, nicht mit den Augen zu rollen. Er klang ein bisschen zu mystisch für ihren Geschmack.

Dann grinste Stonequest plötzlich. »Aber genug davon für den Moment. Lass uns an die Arbeit gehen.«

KAPITEL 9

»Es ist ein Raubüberfall im Gange. Einheiten zur Comicbuchhandlung in der Library Street. Ich wiederhole, Einheiten bitte zum ›Vault of Midnight‹. Jemand hat sich mit seltenen Comics im Wert von vierzigtausend Dollar aus dem Staub gemacht.«

Kristen war seit einem Tag wieder auf dem Revier und musste eine Weile auf ihre nächste Trainingseinheit warten. Aus irgendeinem Grund bestand Stonequest darauf, dass sie abwechselnd Zeit bei ihrem menschlichen Team und beim Drachentraining verbrachte. Sie riss sich von ihrem Schreibtisch los und eilte in den Ausrüstungs-Raum. Diesmal musste sie einfach mit. Wenn Brian herausfinden würde, dass sie Comics gerettet hatte, wäre er mehr als begeistert. Es gab zweifellos auch Menschen in Gefahr und sie würde das nie vergessen, aber es war doch auch positiv, dass etwas passierte, bei dem es nicht darum ging, dass Menschen erschossen, in die Luft gejagt oder als Geiseln genommen wurden.

Sie rannte durch das Gebäude und erreichte den Ausrüstungsraum, um dort Drew vorzufinden, voll ausgerüstet und mit verschränkten Armen. »Du hast Hausarrest, du erinnerst dich?«

»Aber ... die Comics«, protestierte sie.

Drachenschwingen

»Besprich das mit dem Captain. Sie sagte, ich soll dich in ihr Büro schicken, wenn du hier aufschlagen solltest.«

»Okay. Okay.« Kristen seufzte. »Aber versuch bitte, nicht alle Comics zu ruinieren, okay?«

»Wie du willst, Hall.« Er lachte schnaubend, als sie in Richtung Büro des Captains stapfte.

»Wo wollten Sie denn hin?«, schrie Captain Hansen, als Kristen das Büro betrat. Viel schlimmer, als vom Captain angeschrien zu werden, weil sie versucht hatte ihren Job zu machen, war, dass sie vor Stonequests Augen getadelt wurde. Er saß in einem der Besucherstühle und lächelte breit.

»Ich wollte nur ... Comics können so gefährlich nicht sein. Das waren wahrscheinlich nur ein paar Nerds, die reich werden wollten. Weshalb wird wegen so etwas überhaupt das SWAT-Team angefordert?«

»Die Gauner sind mit der Erstausgabe von Spider Man auf und davon. Menschen würden für diesen Comic sterben – oder töten«, stellte der Captain nüchtern fest.

Sie zog eine Augenbraue hoch. »Ma'am, sind Sie ein Nerd?«

»Was ich in meiner Freizeit lese, geht Sie nichts an«, schnappte die Frau. »Tatsache bleibt, dass eine Attentäterin immer noch auf freiem Fuß ist. Und bis der Todesengel geschnappt ist, werden Sie Ihren Schreibtisch nicht verlassen. Ich will Sie nicht mal in der Nähe der Fenster sehen.«

»Sie haben mich also absichtlich an diesen Tisch gesetzt?«

»Natürlich habe ich das. Nicht jeder beim SWAT handelt instinktiv, so wie Sie das immer machen.«

»Aber Ma'am, ich sollte mit meinem Team unterwegs sein. Der Todesengel weiß offensichtlich wer ich bin, was bedeutet, dass sie vielleicht meine Teamkollegen aufs Korn nimmt. Oder, Stonequest?«

»Ich muss sagen, dass ich dem Captain zustimme. Der Todesengel hat bisher keine anderen Polizeibeamten ins Visier genommen, sodass der Gedanke, dass sie es tun würde, reine Vermutung ist. Außerdem ist dein Training nicht weit genug fortgeschritten, um mit einer so großen Bedrohung umzugehen. Heilige Drachenflamme, ich mach mir Sorgen, ob ich es zusammen mit meinem Team vom Drachen-SWAT mit ihr aufnehmen kann. Wenn sie dich alleine erwischt, besonders jetzt ohne deine Drachenform, würdest du getötet werden.«

»Aber ich habe doch meine Stahlhaut«, maulte sie.

»Worüber der Todesengel alles weiß. Tut mir leid, Kristen, ich bin der gleichen Ansicht wie der Captain.« Er verschränkte die Arme.

»Ugh. Schön. Kann ich dann zurück an meinen Schreibtisch?«

»Aber natürlich«, sagte Captain Hansen gezwungen freundlich.

Kristen fluchte innerlich, weil sie gehofft hatte, dass Stonequest gekommen war, um sie für weiteres Training abzuholen. Schlimmer noch, es schien, als hätten die beiden Captains einfach nur Erfahrungen über sie ausgetauscht. Die Möglichkeit, ihren Protestmonolog über diesen vermaledeiten Hausarrest loszuwerden, war auch vom Tisch. *Verdammt.*

Kristen hatte nie geglaubt, dass Zeit so langsam vergehen könnte, wie die folgenden drei Stunden. Viel grausamer jedoch war, dass ihr Team bei der Rückkehr

Drachenschwingen

fast im Dreieck sprang wegen der Geschichten, die sie zu erzählen hatten.

»Ich kann es immer noch nicht fassen, dass du den Kofferraum getroffen und das Schloss dadurch geöffnet hast«, meinte Hernandez zu Keith.

Er gab keine Antwort außer einem herzlichen Lachen.

Das Team ging in den Pausenraum, Kristen verließ ihren Schreibtisch und folgte ihnen.

»Es war wie Konfetti mit Zauberkarten«, erklärte Butters.

»Zauberkarten? Du meinst wohl ›Magic the Gathering‹-Karten?«, fragte Kristen.

»Genau die waren es.« Der Scharfschütze schnippte mit den Fingern, als er den Namen erkannte. »Sie hatten ihren Kofferraum mit diesen Dingern gefüllt. Anscheinend waren die Comics zu wertvoll, um sie aus den Augen zu lassen. Jedenfalls hat der Frischling einen Glückstreffer gelandet ...«

»Es war kein Glück«, protestierte Keith.

»Es war Zufall. Es ist nicht so, dass man solche Treffer normalerweise landen kann. Niemand kann das«, meinte Drew.

Keith schnüffelte ärgerlich und verschränkte die Arme. »Wie auch immer. Ich hatte auf den Kofferraum gezielt.«

»Jedenfalls ...«, erzählte Butters weiter. »Diese Karten lagen überall verstreut und was haben die Täter getan? Sie sind voll in die Eisen gestiegen und wollten das Zeug tatsächlich aufheben.«

»Nicht alle«, lachte Hernandez. »Einer von ihnen ist auf der Rückbank sitzengeblieben und hat Comics gelesen so schnell er konnte, bis wir ihm Handschellen angelegt haben.«

Alle lachten schallend, die Sprengmeisterin so sehr, dass sie sich eine Träne aus den Augen wischen musste.

»Also, Red und was hast du gemacht?«, fragte sie.

»Papierkram«, seufzte Kristen.

»Davon wird noch mehr kommen. Die vom Comicladen wollen uns zur Verantwortung ziehen. Anscheinend war der ganze Mist nicht versichert und sie argumentieren, dass wir, weil wir nicht schnell genug reagiert haben und dann die Gauner verfolgen mussten, ihre Existenzgrundlage gefährdet haben«, lächelte Drew. »Wenn du uns helfen willst, würden wir uns freuen.«

»Es macht mir nichts aus, mit denen im Comicladen zu reden«, grinste Keith. Er hatte einen Wischmopp in einer Ecke des Pausenraums gefunden und ihn Kristen in die Hände gedrückt. »Hall hat hier Dinge zu tun, die nützlicher sind. Das Revier putzt sich nicht von selbst.«

Alle lachten und sie machte mit, obwohl sie eher traurig gluckste.

Sobald sich der Mund des Frischlings geschlossen hatte und seine Zähne versteckt waren, fuhr ihm Kristen mit dem schmutzigen Mopp über das Gesicht.

»Wofür war das denn?« Er wischte sich Dreckbrühe vom Gesicht.

»Du hast gemeint, ich soll putzen. Ich habe einfach das Schmutzigste ausgesucht, das da war.«

Hernandez beugte sich vor und schnüffelte an Keith. »Tut mir leid, Frischling, aber Red hat recht, du stinkst.«

Drachenschwingen

KAPITEL 10

Der Einsatzbefehl kam und Drew stellte sein Team zusammen. Ein Teil von ihm fühlte sich schlecht, dass Hall nicht mit ihnen kommen durfte, aber er stimmte dem Captain zu. Der Todesengel war zu gefährlich, um sich mit ihm anzulegen. Abgesehen davon war es auch angenehm, Einsätze nur mit normalen Leuten durchzuführen.

Er war seit Jahren beim SWAT und gut in seinem Job. Verdammt gut sogar, wenn er ehrlich mit sich war. Und es war ja nicht so, dass Hall nicht auch gut wäre. Wirklich, er liebte sie wie eine Schwester und hielt sie für einen verdammt guten Cop. Aber es gab auch Zeiten, in denen es schön war, nicht nur die Unterstützung für den Stahldrachen zu sein.

Nun, nicht schön. Der Umgang mit bewaffneten Kriminellen war nie schön, aber er wusste was zu tun war und er machte es gut.

Alle stiegen in den Wagen und fuhren mit ihm am Steuer los.

»Worum geht es, Drew?«, wollte Butters wissen.

»Es ist ziemlich einfach.« Er erhob seine Stimme und sprach über die Schulter, damit die im Rückraum mithören konnten. »Ein paar Räuber haben einen Lebensmittelladen überfallen. Sie haben eine Geisel genommen, der Ort ist abgeriegelt und der verantwortliche Beamte behauptet, dass es gut aussehen würde, sie zum Aufgeben zu bewegen. Sie wollen uns nur als Verstärkung, falls es nicht so gut läuft.«

»Das schaffen wir dann auch ohne den Stahldrachen«, meinte Hernandez. »Sie würde wahrscheinlich da rein rennen und ihnen das Genick brechen, bevor sie sich auch nur einnässen könnten.«

Alle lachten, aber es klang gezwungen. Ohne Kristen fühlte sich ihr Team nicht vollständig. Allzu oft musste er sich daran erinnern, wie angenehm es war, ein Team mit normalen Menschen zu haben – genau wie ein paar Minuten zuvor – aber die Wahrheit war, dass er Kristen genauso vermisste wie sie. Er wusste nicht, wie zum Teufel sie den Todesengel erwischen sollten, aber er hoffte sie würden es, und zwar bald.

Drew schätzte es, dass sein Team härter arbeiten und präziser sein musste, weil Hall Hausarrest hatte, aber es gefiel ihm nicht, was sie in der Basis festhielt und dass es sich auf die Moral seines Teams auswirkte. Stahldrache oder nicht, sie war jetzt ein Teil von ihnen. Sie nicht dabei zu haben, fühlte sich genauso seltsam an wie Jonesy zu verlieren. Selten dachte er daran, dass sie auch Kristen verlieren könnten, wenn sie die Scharfschützin nicht bald erwischen würden.

Er gab die Standard-Grundbefehle aus – Butters und Beanpole im Scharfschützendienst, Wonderkid und Frischling nach hinten – und nach ein paar Minuten kamen sie beim Lebensmittelladen an.

Was war dran an diesen Einrichtungen, dass Kriminelle sie so liebten? Er würde es nie verstehen. Sie schienen die leicht verrückten und meist inkompetenten

Drachenschwingen

Leute geradezu anzulocken. Nachdem das Team angekommen war und das Szenario bewertet hatte, konnte Drew feststellen, dass diese Situation nicht anders war als die meisten.

Zwei Typen hatten versucht, Geld und vielleicht ein paar Rubbellose zu klauen und waren nicht schnell genug entkommen. Als die Bullen aufgetaucht waren, nahmen sie den Angestellten als Geisel. Es war fast schon erbärmlich, wie verbreitet diese Geschichte war, aber seine Aufgabe war es nicht, gesellschaftliche Missstände zu bewerten. Sie waren vor Ort um Leben zu retten.

Dass er das heute tun musste, war deutlich sichtbar. Einer der Gauner stand in der Türe, die Geisel vor sich und hielt eine Pistole an die Schläfe des Mannes.

»Wo ist der andere?«, fragte Drew über Funk.

»Drinnen hinter einem Regal. Man sieht seine Schulter ein wenig«, antwortete Butters.

»In Ordnung. Ich geh rein«, sagte er zu den Beamten, die die Situation gemeldet hatten. »Gib mir Deckung und mach dich bereit. Der Kerl würde nicht in der Tür stehen, wenn er nicht reden wollte. Ich schalte den Funk aus. Hernandez, wenn Keith und Jim einen Eingang finden, ist es Ihre Entscheidung ob sie reingehen.«

»Ja, Sir.«

Er nickte, zog seine Pistole aus dem Halfter, hielt sie hoch und legte sie dann zu seinen Füßen auf den Bürgersteig. »Ich bin unbewaffnet, siehst du? Sie haben mich hergeholt, weil ich so gerne rede«, sagte er zu dem Mann. Der Trick beim Reden mit Kriminellen in solchen Situationen war laut genug zu sein, um den eigenen Herzschlag in ihren Ohren zu übertönen, aber nicht so zu klingen, als würde man sie anschreien. Seine tiefe, dröhnende Stimme funktionierte gut.

»Deine Worte sind wertlos, Bullenschwein«, brüllte der Räuber als Antwort.

Typisch. Sie begannen oft gerne mit einer Zeile wie aus einem Hollywoodfilm, besonders wenn sie nicht alleine waren.

»Du hast recht. Ein Raubüberfall ist fast nichts wert. Mit dem richtigen Anwalt sitzt du vielleicht weniger als ein Jahr. Wenn du diesem Mann wehtust, wird es länger dauern. Niemand mag einen Mörder.« Während er sprach, näherte er sich langsam mit erhobenen Händen dem Laden.

»Ich bin kein Mörder.«

»Ich weiß, dass du es nicht bist. Glaub mir. Wir haben Monster gesehen und du wirkst nicht wie eines, nur wie ein Mann, dem sein Glück abhanden gekommen ist.« Er kam wieder ein paar Schritte näher.

»Du weißt nicht mal die Hälfte, Bullenschwein.« Die Stimme des Mannes klang verzweifelt. Das konnte helfen, wenn man es richtig einordnete, könnte aber auch extrem gefährlich werden.

»Zeiten ändern sich, auch deine können sich ändern. Wie ist dein Name?«, fragte er so beruhigend wie möglich.

»Fick dich! Ihr Arschlöcher werdet mich nur an euren verdammten Hausdrachen verfüttern.«

»Das ist nicht wahr.« Er machte einen weiteren Schritt nach vorn. »Und überhaupt, sie ist heute nicht dabei. Es sind nur wir Menschen da. Ich heiße übrigens Drew.«

»Keinen Schritt näher.« Der Mann drückte die Pistole fester gegen den Kopf seiner Geisel. »Man nennt mich Dogface.«

Drachenschwingen

Drew konnte den Grund dafür sehen. Das Gesicht des Mannes war so stark vernarbt, dass es wie ein Bart aussah und eines seiner Ohren war geschädigt. Die obere Hälfte hing runter wie die einer Bulldogge. Drew runzelte innerlich die Stirn. Dogface war wahrscheinlich nicht der beste Name, um mit ihm zu verhandeln, aber einen anderen hatte er nicht.

»Sieh mal, Dogface, ich will ehrlich zu dir sein.« Zum Glück musste er jetzt nicht mehr so laut werden, da er nur mehr etwa zehn Schritte entfernt war. »Du wirst nicht abhauen können. Wir haben dich umzingelt. Du wirst vor einer Jury stehen, die aus Leuten in deinem Alter besteht. Welche Geschichte willst du ihnen erzählen? Dass du dein Glück verloren und es vermasselt, aber in deinem dunkelsten Moment einen Mann am Leben gelassen hast? Oder dass du ein Killer bist?«

»Ich bin kein Killer.« Seine Pistole hob sich ein wenig von der Haut der Geisel ab und senkte sich leicht. Drew hatte ihn soweit. Der Mann wusste das allerdings noch nicht.

»Gut. Das ist gut, Dogface. Also, wir machen Folgendes. Du wirst die Waffe auf den Boden legen und zu mir schieben. Ich sage deinem Anwalt, dass das alles deine Idee war. Dann sagst du deinem Kumpel, er soll das Gleiche tun. Ihr kommt aus der Sache raus und steht da wie Opfer eurer persönlichen Umstände. Alles klar?«

»Alles klar«, stammelte Dogface. Er senkte seine Pistole noch etwas weiter.

Kaum hatte er die Waffe gesenkt, erschien ein rotes Loch in seiner Stirn und sein Gehirn flog aus der Austrittswunde durch den Laden.

Dogface fiel um, er war ganz klar tot.

Die Geisel schrie und stolperte nach vorne.

Einen Moment später hörte Drew einen Schuss in der Ferne.

Der Schock wich der Realität – Dogface war erschossen worden.

»Das ist der Scharfschütze! Findet sein Versteck. Das Arschloch ist hinter uns.« Drew ließ sich sofort auf den Bauch fallen. Es gab keine Deckung in der Nähe. Er befand sich auf dem Parkplatz zwischen den Polizeiautos und dem Laden. Dennoch war er an vorderster Front und er musste einsehen, dass die Kugel, die sein Leben beenden würde, bereits auf dem Weg sein könnte.

Er sah dorthin, wo die Polizisten hinter ihren Autos herumhuschten. Hernandez hatte sie auf die richtige Seite gebracht. Gott sei Dank.

Dem Geräusch von splitterndem Glas folgte ein Schrei aus dem Inneren des Lebensmittelladens eine Sekunde bevor der Knall des Schusses von hinten ertönte.

Drew wandte den Kopf, als der andere Räuber aus seinem Versteck im Gang taumelte, eine Hand um seinen Hals geklammert, um das Blut zu stoppen, das aus der Wunde strömte.

Die Scharfschützin hatte ihn erwischt. Durch ein Fenster, ein Regal und eine Tüte Chips hatte sie ihr Ziel gefunden.

Er erreichte den vorderen Bereich des Ladens, bevor seine Hand vom Hals rutschte und er neben seinem Partner zusammenbrach.

Die Geisel stolperte vorbei und schrie vor Angst, sodass Drew tat, was er jeden Tag bei der Arbeit tun musste. Er stand auf und half jemandem – er legte seinen

Drachenschwingen

Arm um den Mann und brachte ihn zu den Polizeifahrzeugen. Hinter einer Tür gingen sie in die Hocke und warteten.

Der Angestellte weinte, dankte seinem Gott, dankte Drew und dankte der Polizei. Der SWAT-Teamleiter hörte nichts davon. Er wartete auf einen weiteren Schuss. Er dachte zwar nicht, dass die Scharfschützin durch ein Polizeiauto hindurch jemanden verletzen könnte, aber nach dem Schuss durch das Fenster in den Lebensmittelladen war so gut wie nichts mehr unmöglich. Wenn sie schon das aus einer Entfernung tun konnte, die so groß war, dass es zu einer Schallverzögerung kam, schienen die normalen Regeln nicht zu gelten.

Nach ein paar Minuten und ohne weitere Schüsse war er zuversichtlich genug, hinter dem Polizeiauto hervorzutreten.

Er stand auf, schaute in die Richtung, aus der die Schüsse gekommen waren und suchte nach einem Lichtblitz. Wenn er einen sehen würde, hätte er eine Millisekunde Zeit auszuweichen, bevor ihn die Kugel töten würde und Sekunden, bevor er die Waffe hören würde.

Es fielen keine Schüsse mehr und alle schienen kollektiv erleichtert durchzuatmen.

»Ich glaube, wir haben das Schlimmste überstanden«, sprach Drew in sein Funkgerät. »Alle setzen die Helme auf und Butters, schau mal in die Richtung aus der die Schüsse kamen. Trotzdem denke ich, dass wir aus dem Schneider sind.«

»Das hast du schon gesagt, Sir«, meldete sich Wonderkid über Funk.

Er versuchte, sich ein Lächeln abzuringen. Das war eine neue Situation für ihn. Normalerweise operierte er unter der Annahme, dass er seinen Job machen könnte, weil er besser ausgebildet war als der gewöhnliche Kriminelle und ein Team hatte, das ihn schützen konnte. Mit dem Todesengel am anderen Ende des Scharfschützengewehrs war das nicht mehr der Fall. Das war ein zutiefst unbehagliches Gefühl.

Schlimmer war, dass sie etwas mit den Leichen tun mussten. Er rief einen Krankenwagen und das bedeutete, dass er in der Nähe bleiben und sicherstellen musste, dass niemand sonst verletzt würde.

Er schickte auch ein Team los, um zu untersuchen, wo der Scharfschütze gewesen sein könnte, aber in dieser Richtung lagen mehrere Wohnblocks. Es war im Grunde unmöglich, sie zu finden.

Sie hatten auch nicht ahnen können, dass der Todesengel einfach nur auf sie gewartet hatte, was zusätzlich Stress verursachte.

Aber sie gingen ihren Aufgaben nach, sperrten den Tatort für die Forensik ab und stellten sicher, dass der Rettungsdienst bekam, was er brauchte. Trotz aller Betriebsamkeit wurden glücklicherweis keine weiteren Schüsse mehr abgegeben.

»Was zum Teufel glaubst du, worum es hier ging?«, fragte Hernandez, als der Rettungsdienst mit den beiden Leichen wegfuhr. Sie war auch nervös. Ihr Blick wanderte ständig dorthin, wo sie die Schüsse gehört hatten.

»Ich glaube, das war ihre Art zu sagen, dass sie uns beobachtet.« Drew hatte nicht bemerkt, dass er schwitzte, bis er sich die Stirn abwischte und er die Feuchtigkeit an der Handfläche spürte.

Sie nickte. »Sie hätte auch uns statt der Räuber erledigen können.«

Drachenschwingen

»Ich weiß. Sie hat sich aber entschieden, uns am Leben zu lassen.«

»Was bedeutet das?«, fragte sie.

»Es bedeutet, dass sie glaubt, dass sie uns ohnehin am Wickel hat.«

»Und was zum Teufel sollen wir dagegen tun?«

Er seufzte. »Ich habe keine verdammte Ahnung.«

KAPITEL 11

„Oh, Gott sei Dank, es geht euch gut.« Kristen war noch nie so erleichtert gewesen, jemanden durch eine Tür kommen zu sehen, wie sie es war, als das Team den Aufenthaltsraum betrat. Sie hatte den Vorfall im Lebensmittelladen über Funk verfolgt. Es hatte ihr alles abverlangt, nicht hinter ihnen herzurennen, aber nach allem, was dort geschehen war, sah sie nun ein, dass es besser war, es nicht getan zu haben.

Die Scharfschützin hätte ihr in den Hinterkopf schießen und sie hätte es nicht verhindern können.

Aus irgendeinem Grund hatte der Todesengel ihr Team verschont. Dafür war sie dankbar, obwohl es sie verwirrte. Sie konnte jedoch damit umgehen. Sie rannte ihnen entgegen – scheiß auf die Fenster – und umarmte jeden einzelnen, auch Hernandez. Ihr Team sollte wissen, dass Kristen glücklich war, dass es ihnen gut ging.

»Schön, auch dich zu sehen, Red«, meinte die Sprengstoffexpertin lapidar. Diese beiläufigen Worte waren ein Eingeständnis ihrer Angst, das Kristen noch nie zuvor von dieser Frau gehört hatte. Lyn Hernandez war nie nett. Seinem eigenen Tod ins Auge zu sehen, ließ Leute wohl demütig werden.

»Hall, Drew, in mein Büro«, sagte Hansen.

»Ma'am?«, fragte Keith.

Drachenschwingen

»Oh, um Himmels willen. Bringt einfach das ganze Team mit.«

Einen Moment später drängten sie sich alle in Hansens Büro und sahen sich eine braune Aktenmappe an, deren Inhalt sicher weitaus wichtiger war als das unscheinbare Äußere vermuten ließ.

Der Captain schätzte ihre Beamten ab. »Offensichtlich müssen wir diese Attentäterin finden oder denjenigen, der sie angeheuert hat.«

»Das war Shadowstorm, er muss es einfach sein.« Kristens Tonfall ließ keinen Widerspruch zu.

Ihre Vorgesetzte hob frustriert die Hände. »Wenn du ihn finden kannst, Hall, schaff ihn unbedingt zum Verhör her. Es lief so gut, als wir das letzte Mal einen Drachen hier hatten.«

»Glauben Sie, der Scharfschütze ist ein Drache?«, erkundigte sich Kristen.

Captain Hansen schüttelte den Kopf. »Ich habe keine Ahnung. Ich will keine verdammten Vermutungen anstellen, aber ich kann mir beileibe nicht vorstellen, dass Drachen Menschen dafür bezahlen würden, Drachen zu töten.«

»Captain, bei allem Respekt, Sie haben uns nicht herbestellt, um über den Heckenschützen zu reden.«

»Scharfsinnig wie immer, Drew. Du hast recht. Wir wissen einen Scheiß über den Scharfschützen. Das Arschloch operiert auf einer ganz anderen Ebene. Es gab aber weitere Schwierigkeiten.«

»Worum geht es?«, hakte Kristen nach.

»Diese Schläger, die versucht haben, deine Familie zu entführen? Die haben keine Ahnung. Sie sagten, dass ihr Chef alle Kontakte hergestellt hätte und dass sie nur Befehle zu befolgen hatten.«

»Dann eben Business as usual.« Drew klang müde. Die Chefin schaute finster drein und nickte.

»Kann man dann nicht einfach den Chef festnehmen? Die Kröte kann doch nicht so schwer zu finden sein«, meinte Keith.

»Da hast du recht, Frischling. Tatsächlich haben wir ihn bereits – und auch den Rest des Teams.«

»Aber das ist doch toll!«, freute sich Kristen. »Ich kann Informationen aus ihnen herausholen und ihnen Angst vor dem Stahldrachen einjagen.« Plötzlich schien die Idee, den Menschen mit ihrer Aura Gefühle weitergeben zu können, gar nicht so schlecht zu sein.

»Nichts überstürzen, Hall. Wir haben das Team nur gefunden, weil sie alle tot sind. Jeder wurde mit einer einzigen Kugel aus einem Hochleistungsgewehr eliminiert. Verdammt perfekte Hinrichtungen.« Captain Hansen sah angewidert aus. »Niemand hatte die Polizei wegen dieser verdammten Verbrechen gerufen.«

»Und keiner von denen, die wir haben, redet?« fragte Wonderkid.

»Oh, einer von ihnen redet. Styx, der Dürre. Er hält eigentlich nie die Klappe. Ich habe das Gefühl, er würde uns die Sozialversicherungsnummer seines Kumpels nennen, wenn er sie kennen würde, aber genau das ist das Problem. Sie wissen einen Dreck und die Hälfte von dem, was er sagt, ist ohnehin falsch. Ich glaube, er merkt nicht einmal, dass er lügt. Ich vermute, dass der Todesengel es so befohlen hat, damit der Teil der Bande, der die Entführung durchführt, nichts über sie oder ihn weiß. Wenn es schiefgehen würde, dann ...«

Alle nickten. Es war genau so gelaufen, wie es der Todesengel gewollt hatte.

Drachenschwingen

»Ich glaube nicht, dass wir das mit normaler Polizeiarbeit lösen können«, sagte Kristen schließlich.

Der Captain seufzte. »Du hast wahrscheinlich recht. Es hat solche Attentate in einem Dutzend Ländern und auf unterschiedlichen Kontinenten gegeben. Wenn niemand sonst sie fassen konnte, weiß ich nicht, warum ausgerechnet wir es schaffen sollten.«

»Weil wir einen Drachen haben«, sprach es Keith aus und klang optimistisch trotz der Beweise, die darauf hindeuteten, dass er sich anders fühlen sollte.

Die Wahrheit traf Kristen wie ein Pfeil ins Herz.

»Wir sind nur in dieser Situation, weil Hall ein Drache ist«, stellte Drew klar.

»Nein, nein, Keith hat schon recht. Wenn ich mehr meiner Fähigkeiten freisetzen kann, von denen der Todesengel keine Ahnung hat, kann ich sie besiegen. Das ist der einzige Grund, weshalb ich mit Stonequest trainiere, aber ich muss mich noch intensiver damit befassen. Ursprünglich haben wir gedacht, das wäre ein Weg mich selbst zu schützen und das ist es auch, aber es könnte auch Fähigkeiten beinhalten, die es mir ermöglichen, sie aufzuspüren und zu besiegen, wenn ich sie denn finde. Ich muss einfach. Wir haben keine andere Wahl.«

»Bist du sicher, dass es gut ist, das Revier zu verlassen?«

»Wir haben in einer Villa auf dem Land trainiert, mit etwa fünfzig anderen Drachen. Wenn der Todesengel mich dort erwischt ... nun, dann sind wir alle mehr als am Arsch.«

Captain Hansen schnaubte belustigt. »In Ordnung. Sicher ist das besser als alles, was ich im Moment habe.

Ruf Stonequest an und halte dich von den verdammten Fenstern fern, bis er kommt.«

»Ja, Ma'am.«

Nach einem Telefonat mit Stonequest und dreißig Minuten Wartezeit flog Kristen wieder einmal auf dem Rücken des Drachen in Richtung Drachenzuflucht.

Er sprach nicht während der Reise, was Kristen Zeit zum Nachdenken verschaffte – etwas, das sie sowohl dringend brauchte als auch unbedingt vermeiden wollte.

Sie hatte keine Zukunft vor Augen, in der sie nicht das gesamte Spektrum ihrer Drachenkräfte kennen würde. Shadowstorm – sie war sehr zuversichtlich, dass dieser Drache in die Sache verwickelt war – würde nicht damit aufhören, Feinde auf sie zu hetzen, bis entweder er besiegt oder sie tot war. Letzteres wäre unausweichlich, wenn sie nicht bald lernen würde, sich zu verwandeln.

Sie müsste vollständig zum Drachen werden, um ihre Freunde und Familie zu retten.

Und doch, was wäre der Preis dafür? Im Gegensatz zu jedem anderen Drachen, den sie kennengelernt hatte, war sie wie ein Mensch aufgewachsen. Sie identifizierte sich als Mensch und ihre Freunde waren menschlich, aber jetzt, wenn sie diese Welt wirklich beschützen wollte, musste sie etwas anderes werden – etwas mehr. Bis zu diesem Moment hatte sie geglaubt, sie könne beides sein – ein menschlicher Drache und zwar nicht nur in Worten, sondern in der Realität. Sie hatte sich selbst als Mensch vorgestellt, der irgendwie auch ein Drache werden konnte, wenn es nötig sein sollte. Die Realität zeigte jedoch, dass es andersherum funktionieren musste. Sie war ein Drache, der auch Mensch sein konnte. In der Situation jetzt war es nicht mehr ausreichend, Mensch zu sein und sie musste diesen letzten Schritt machen und mehr werden als das.

Es hatte bereits begonnen. Während sie ihre Familie und enge Freunde schon immer beschützt hatte, fühlte sie sich nun auf eine Weise persönlich für sie verantwortlich, wie sie es nie getan hatte, bis sie ein Drache geworden war. Ihre Emotionen fühlten sich nicht immer wie ihre eigenen an, was sehr seltsam war, da sie jetzt leichter die Emotionen anderer beeinflussen konnte.

Der Grund dafür war die Tatsache, dass sie sich selbst nicht verlieren wollte. Vielleicht verhinderte auch ihre Angst eine Verwandlung. Das war ein interessanter Gedanke. Das, was sie war, definierte sich immer durch ihren Glauben an ihre Menschlichkeit. Doch ein Teil von ihr hatte sich immer gefragt, ob es in ihrem Leben noch mehr geben könnte. Sie hatte das auf ihre Jugend geschoben und angenommen, dass viele Menschen so empfinden würden. Wie sich herausstellte, hatte die kleine Krissy Hall tatsächlich mehr zu bieten. Nun, sie wollte aber immer noch zu beiden Welten gehören.

Kristen hatte das Gefühl, dass sie wusste, was sie zu tun hatte. Ihre Familie war bereits angegriffen worden und das nahm ihr jede Entscheidung ab. Die Auswirkungen dessen – was sie werden musste – waren aufregend, aber auch beängstigend.

Sie vermutete, dass sie mit mehr Macht – der Macht, die ihr als wahres Drachengeburtsrecht zustand – in der Lage sein würde, ihre Kollegen, ihre Familie und ihre Stadt besser zu schützen. Damit würde sie mit dieser Bedrohung und Shadowstorm fertig werden.

Sie hatte keine Wahl, nicht wirklich. Sie wusste, dass sie zu dem werden musste, wozu sie geboren wurde.

Und doch müsste sie auch akzeptieren – wenn sie ihre Kräfte voll ausschöpfen wollte – dass sie nicht länger menschlich war, sondern etwas Mächtigeres und Tödlicheres. Was aber würde mit dem Menschen passieren, der sie auch war?

KAPITEL 12

Nach einem üppigen Abendessen, einer ruhigen Nacht und einem ausgiebigen Frühstück befanden sich Kristen und Stonequest wieder in der sandigen Trainingsarena. Sie hatten den Vormittag mit Meditation verbracht, aber obwohl sie den Vorgang genossen hatte, war ihr Mentor nicht unbedingt beeindruckt.

»Ich werde dich angreifen, verteidige dich.« Er zog sein Hemd aus und enthüllte ein Sixpack, das wirklich aus Marmor gemeißelt zu sein schien.

»Mensch oder Drache?«

»Ist das die Frage, die du all deinen Feinden stellen willst?«

»Nein, natürlich nicht ...«

Ihr Protest erstarb, als er den Angriff startete. Seine Fäuste trafen sie im Bauch, katapultierten sie weg und warfen sie in den Sand.

Sie kam von selbst wieder auf die Beine, dankbar dafür, dass sie die Aktivierung ihrer Stahlhaut so oft geübt hatte.

Bevor sie sich auch nur abstauben konnte, war er wieder an ihr dran. Diesmal fegte er ihr die Beine weg und stieß ihr in dem Moment, bevor sie fiel, den Ellbogen in die Brust.

Die Landung war hart und Kristen schnappte nach Luft. Die Stahlhaut schützte sie vor punktuellen Verletzungen, aber die Luft wurde ihr trotzdem aus der Lunge geprügelt.

»Gibst du mir eine Minute?«, flehte sie.

Als Antwort trat er sie in ihren Stahlbauch und sie überschlug sich im Sand.

Na gut. Es reichte jetzt. Nun war sie sauer.

Sie sprang auf und rannte vorwärts, um eine Menge Schläge und Tritte auf ihren Gegner prasseln zu lassen. Er blockte sie ab und zuckte bei den Schlägen kaum zusammen. Sie konnte es wegen ihres Stahlschutzes nicht wirklich sagen, aber es schien, als wäre seine Haut gesprenkelter als vorher. Vielleicht konnte er seine menschliche Gestalt in Stein verwandeln, so wie sie in Stahl?

Es kostete sie zu viel Zeit, über alles Mögliche nachzudenken, statt darüber wie sie ihn verprügeln konnte. Stonequest schlug wieder zu und erwischte sie mit einem Karateschlag im Nacken, dass sie umfiel.

Kristen rieb sich den Nacken. »Das hätte mich töten können.«

»Wir stehen dem Todesengel gegenüber. Es wird Zeit, sich entsprechend zu verhalten.«

»Was ist dein verdammtes Problem?«

»Mein Problem ist, dass du über eine riesige Machtreserve verfügst und dich weigerst, darauf zurückzugreifen.« Er starrte sie an. »Ich spüre, dass du dich zurückhältst.«

»Ich versuche, es nicht zu tun.«

»Genug gejammert.« Er warf sich in einen fliegenden Tritt. Für einen normalen Menschen wäre das

Drachenschwingen

ein unmöglicher Schritt gewesen, aber Drachen in Menschengestalt waren eben bei Weitem nicht normal. Trotzdem hatte Kristen mehr als genug Kung-Fu-Filme gesehen. Sie griff sein Bein und schleuderte ihn von sich weg.

Die Verwandlung in den Drachen begann, bevor er überhaupt gelandet war. Die Wolke aus Staub und Steinsplittern löste sich in einen Drachen mit einer Haut aus gesprenkeltem Marmor auf.

Sie versuchte auszublenden, wann sie das letzte Mal in ihrer menschlichen Gestalt gegen einen Drachen gekämpft hatte – das war keine leichte Sache gewesen. Ihr Kampf gegen Shadowstorm hatte in einer Arena genau wie dieser stattgefunden. Er hätte sie getötet, wenn ihre Freunde nicht gekommen wären, aber keiner von ihnen konnte ihr jetzt helfen.

»Das ist nicht fair.«

»Sag das dem Todesengel.« Mit einem Flügelschlag stieß Stonequest sich vorwärts und hielt sie mit einer Kralle fest, die so groß war wie ihre Brust. Sie kämpfte darum, seinen Griff zu brechen, aber sie konnte es nicht und er drückte sie in den Sand, als ob er sie wie eine Zigarettenkippe zermalmen wollte.

»Kämpfe gegen mich, Drache!«, brüllte er.

»Fick ... dich!« Kristen spuckte Sand und schaffte es, aus seinem Griff zu rutschen.

Sie drehte sich um und wollte losrennen, um außer Reichweite zu gelangen. Sie kam drei Schritte weit, bis sein Schwanz um sie herum peitschte und sie in den Rücken schlug. Noch einmal rutschte sie hilflos durch den Sand, bevor sie schließlich liegen blieb und wieder aufstehen wollte.

Stonequest war schon wieder da. Er riss sie in seine Vorderkrallen, flog etwa fünfzehn Meter in die Luft und ließ sie fallen.

Die Luft rauschte an ihr vorbei während sie fiel. Jetzt war es an der Zeit sich zu verwandeln. Das wusste sie haargenau, aber trotzdem tat sie es nicht. Stattdessen stellte sie sicher, dass ihre Stahlhaut aktiviert war.

Beim Aufprall spritzte Sand um sie herum und ihre Muskeln schrien aus Protest.

»Hör auf«, flehte sie abermals.

Er ignorierte es, legte seine Flügel an und stürzte auf sie zu.

Der Drache war so groß, dass sie nicht einmal aus seinem Schatten herausrollen konnte, bevor er mit der Kraft eines Sattelschleppers in sie hineinraste, die sich in einer Faust von der Größe einer Kanonenkugel konzentrierte.

Sie wurde für eine halbe Sekunde ohnmächtig.

Als ihr Gehirn wieder zu arbeiten begann, befand sie sich in seinen Krallen. Verglichen mit ihm war sie nur eine Puppe. Er schüttelte sie heftig.

»Beschützt du so deine Freunde?«, brüllte Stonequest und stieß ihren Kopf in den Sand. »Rettest du so deine Familie?« Er schlug sie mit der anderen Faust. »Willst du so sterben?«

Er schleuderte sie wie ausrangierten Müll, der nicht mehr brauchbar war, durch die Gegend. Sie rutschte durch den Sand und versuchte, ihre Hände und Knie unter sich zu bekommen. Selbst das war ein Kampf und ihre Tränen begannen zu fließen. Sie hatte ihm vertraut und jetzt wollte er sie töten.

»Was ist dein verdammtes Problem?«, schrie sie und zwang sich auf die Beine.

Drachenschwingen

Kristen schaute über die Arena und sah durch den Tränenschleier, dass Stonequest wieder menschliche Gestalt angenommen hatte. Er lief zu ihr, legte einen Arm um ihre Schulter und half ihr auf die Beine. Sie zuckte bei seiner Berührung zusammen.

»Was zum Teufel soll das?«

»Kristen, es tut mir leid. Wirklich.«

»Schwachsinn!«

»Ich hätte es vorher erklären sollen, aber ich hatte Angst, es würde nicht funktionieren, wenn ich es täte. Offensichtlich hat es das so auch nicht.«

»Angst, dass was nicht funktioniert?«, schluchzte sie.

»Das erste Mal hast du deine Kräfte aktiviert, weil jemand eine Rakete auf dich abgefeuert hat. In einem Moment der großen Krise hat dein Körper dich instinktiv gerettet. Ich ... ich hatte gehofft, deine Verwandlung brutal erzwingen zu können, schätze ich.«

Er führte sie zu einer Bank unter einem Pavillon. Aus dem Nichts erschien ein Diener mit einem Krug mit kaltem Wasser.

»Diese Art von Training ... ist unmenschlich«, sagte sie und kämpfte darum, die Wut aus ihrer Stimme herauszuhalten. Im Ergebnis klang sie einfach nur ängstlich und das hasste sie noch mehr. Ihr wäre lieber, Stonequest wüsste, wie sauer sie war.

Dennoch zuckte er bei diesem Wort zusammen. Dass er es als Beleidigung empfand, als unmenschlich bezeichnet zu werden, war ein kleiner Trost für sie.

»Ich sehe es ein und es tut mir leid. Es ist nur – na ja, du wirst gejagt und ich will nicht, dass der Todesengel gewinnt.«

»Dein Plan war also, mich nur fast umzubringen?«

»Ich werde es nicht wieder tun. Ich dachte nur, dass du dich unter ausreichend Druck transformieren würdest.«

»Vielleicht habe ich diese Art von Macht noch nicht.«

Stonequest schüttelte den Kopf. »Du hast mehr als genug Macht.«

»Wie kannst du das wissen?«

»Deine Aura. Jeder, der das Gelände der Zuflucht betritt, kann an deiner Aura erkennen, dass du in der Lage sein müsstest, dich zu verwandeln. Ehrlich gesagt bin ich überzeugt, dass das einer der Gründe ist, warum dich so viele Drachen so kühl behandeln. Du hast mehr rohe Kraft in dir als die meisten von ihnen und doch weigerst du dich, dich zu verwandeln.«

»Ich weigere mich nicht«, protestierte Kristen.

Er seufzte. »So meine ich das nicht. Aber mit der Kraft, die ich bei dir spüre, sollte die Transformation nicht schwer sein. Wenn überhaupt, dann sollte sie natürlich ablaufen. Unsere geflügelte, geschuppte Form ist schließlich unsere wahre Form.«

»Vielleicht für dich.« Sie schaute von ihm weg hinaus in die Landschaft, die so offensichtlich für Menschen zum Spazierengehen bestimmt war. Obwohl der Winter immer näher rückte, war es dort noch warm, die Blumen blühten noch. Erst auf den zweiten Blick erkannte sie, dass dieser Ort überhaupt nicht für Menschen geeignet war. Er war unnatürlich, es herrschten andere Gesetze als bei den Azaleenbüschen ihrer Mutter.

»Ich denke, dass das vielleicht das Problem sein könnte. Du hast immer noch nicht akzeptiert, dass du ein Drache bist.«

Drachenschwingen

»Doch, das habe ich! Ich fange mir Kugeln für mein Team ein. Ich nutze meine Geschwindigkeit und Kraft, um Verbrecher aufzuhalten.«

»Aber da geht es um menschliche Angelegenheiten und menschliche Kampfstrategien.«

»Was ist denn daran falsch?«

»Du bist kein Mensch«, erwiderte Stonequest. »Du bist etwas viel Mächtigeres. Du klammerst dich an deine menschliche Form, vergrößerst sie, verstärkst sie, aber legst sie nicht beiseite, wenn es nötig wäre. Ich glaube, du kannst die Transformation unabsichtlich verdrängen. Du hast eine geistige Blockade, die dich in diesem Körper gefangen und deine Kräfte und dein wahres Wesen zurückhält.«

Kristen stand auf und wirbelte herum, ihre blauen Flecken waren vergessen, während ihre Wut die Regie übernahm. »Hörst du dir überhaupt zu? Du klingst wie er, wie Shadowstorm! Du denkst, in meinem menschlichen Körper zu sein bedeutet, ich bin gefangen? Dass diese Form von Natur aus schwächer ist als du?«

Er brauchte nicht zu antworten. Sie konnte es von seinem Gesicht ablesen. Für ihn waren Menschen schwächer als Drachen und sie hasste den Teil von sich, der wusste, dass er recht hatte – und dass so viel von dem, was er sagte, mit ihren eigenen Gedanken zu diesem Thema übereinstimmte.

»Das ist das ganze verdammte Problem mit den Drachen. Ihr denkt, ihr seid besser als Menschen.«

»Wir sind besser als die Menschen«, antwortete er doch tatsächlich. »Wir sind stärker, schneller und leben länger! Das bedeutet, dass wir die Dinge viel eingehender studieren können.«

»Aber das heißt noch lange nicht, dass ihr besser seid. Du bist mächtiger, sicher, aber das bedeutet nicht, dass du besser als die Menschheit bist. Es war unsere schwache Nachtsicht, die uns dazu getrieben hat, die Elektrizität zu beherrschen, die diese Villa beleuchtet. Es war unsere Unfähigkeit zu fliegen, die uns zur Erfindung des Flugzeugs geführt hat. Wir leben vielleicht nicht so lange wie ihr, aber wir leben wenigstens. Wir sind auf eine besondere Art Teil dieser Welt, ihr nicht. Wir haben viel mehr mit den Tieren gemeinsam als ihr.«

»Kannst du dich überhaupt hören, Kristen? Das ganze Gerede von uns und dir klingt, als wärst du gar kein Drache, aber du bist einer. Du bist einer von uns. Du wirst deine Familie um Jahrhunderte überleben und du kannst schon jetzt selbst den stärksten Menschen in jedem Kräftemessen vernichten. Ich weiß, dass du jung bist, aber mit der Zeit wirst du erkennen, dass die Menschen die Welt nicht so vollständig verstehen können wie du. Na gut, du zuckst mit den Achseln. Wie kannst du dich noch mit diesen Kreaturen identifizieren, die den Krieg und die Atombombe erfunden haben und ihren eigenen, die Umwelt verschmutzenden Dreck ignorieren?«

Kristen zog eine Grimasse, als ob sie geschlagen worden wäre. »Nur weil Menschen nicht perfekt sind, heißt das nicht, dass man sie kontrollieren muss.«

»Ja! Das ist es, Kristen. So musst du es sehen! Die Menschen sind ein ›sie‹. Du bist anders als sie. Du bist ein Drache. Erkenne deine Macht und hilf uns, die kaputten Systeme zu verändern. Aber zuerst musst du deine Macht erkennen.«

Drachenschwingen

Sie hatte genug gehört und ihr eigener innerer Konflikt wütete mit der gleichen Heftigkeit wie die Debatte auf dem Sand. Wütend auf ihn und wütend auf sich selbst, drehte sie ihm den Rücken zu und marschierte über das Gelände. Sie ging in ihr Zimmer, zog ihre normale menschliche Kleidung an und holte ihr menschliches Telefon heraus.

Glücklicherweise zeigte ihre Mitfahrgelegenheit-App, dass sich jemand in der Nähe befand. Sie bestellte die Mitfahrgelegenheit und wartete draußen.

Stonequest fand sie dort, als der Wagen die lange Einfahrt zum Herrenhaus heraufkam. »Kristen, du musst das nicht tun. Es wird Stunden dauern, bis du wieder in der Stadt bist.«

»Früher hätten die Menschen Tage gebraucht, um diese Entfernung zu überwinden. Ich sehe ein paar Stunden als einen Triumph der Menschheit, nicht als Unannehmlichkeit.«

»Es tut mir leid, dass ich so hart mit dir ins Gericht gegangen bin, aber fahr nicht weg. Wir müssen weiter trainieren.«

»In Detroit versucht schon jemand, mich umzubringen. Wenn ich dort bin, kann ich wenigstens die Menschen beschützen, die ich liebe. Es tut mir leid, wenn das für dich wie eine Belastung aussieht.«

»Ich will, dass du dich verwandelst, damit du sie beschützen kannst. Siehst du das denn nicht?«

»Doch, ich sehe es«, erwiderte Kristen. »Ich bin nicht mal mehr richtig wütend auf dich. Aber ich muss das auf meine Art machen.«

»Auch wenn dein Weg dich umbringt?«

»Hör zu, ich muss jetzt los. Es ist unhöflich, Menschen warten zu lassen.« Sie stieg ins Auto, fragte den

Fahrer, ob er sie mit in die Stadt nehmen würde und sie fuhren los.

Glücklicherweise erkannte der Mann ihr Bedürfnis nach Ruhe. Sie konnte auf der Fahrt nach Hause ein Nickerchen machen und ihren Körper von den Schlägen, die sie erhalten hatte, heilen lassen. Sie hatte gemeint, was sie zu Stonequest gesagt hatte. Sein Herz war vielleicht am richtigen Platz, aber seine Methoden? Sie waren einfach scheiße.

Sie war ein Drache und wusste es, tief in ihrem Inneren. Aber sie war auch ein Mensch. Er hatte nicht Unrecht, dass sie ihre Kraft finden musste. Aber ihr Bauchgefühl sagte überdeutlich, dass sie das auf ihre Art bewältigen musste.

KAPITEL 13

Sie trafen sich – Shadowstorms Wunsch entsprechend – auf dem Dach eines verlassenen Wohnblocks, der in wenigen Tagen abgerissen werden sollte. Obwohl er der Attentäterin nur weniger als eine Stunde Zeit gegeben hatte, dorthin zu gelangen, war sie dennoch vor ihm da.

Das hätte ihn möglicherweise beeindruckt, aber nur wenn der Stahldrache bereits tot wäre.

»Vielleicht wäre es Zeit, dass du deinen Spitznamen änderst«, sagte er zu dem anderen Drachen. Beide waren in ihrer wahren Gestalt angekommen. Sein Körper war dunkel, die Farbe von Gewitterwolken mit kleinen Blitzen, die über seine Schuppen huschten. Er schien sich am Licht zu nähren, denn er war einer der wenigen Drachen, die für ihre Magie aus mehr als einer Elementarkraft schöpfen konnten.

Die Drachenform des Todesengels war ebenfalls dunkel mit beinahe schwarzen Schuppen. Er konnte nicht genau sagen, welche Kräfte sie besaß, aber niemand konnte das. Sie hatte sich bereits in ihre menschliche Gestalt verwandelt – eine schlanke Frau mit dunklem Haar und schwarzer Kleidung. Offensichtlich wollte sie nicht, dass er irgendwelche Informationen aus ihrem Drachenkörper herleiten konnte. Sie hatte Karriere als

Drachenkillerin gemacht. Das war nicht möglich, wenn man Informationen über sich selbst preisgab.

Von einem erfolgreichen Attentäter wurde erwartet, dass er sein Zielobjekt auch tatsächlich tötet.

»Ihr Tod wird kommen, wie der jedes anderen Drachen, den ich mir vorgenommen habe«, erwiderte sie.

Es störte ihn, dass sie wusste, wer er war. Vor nicht allzu langer Zeit hätte er hinter dem Pseudonym Mister Black operieren können, aber nun, da der Stahldrache ihn geoutet hatte, kannte jeder seine Identität. Der einzige Vorteil dieser Misere war, dass er Besprechungen in Drachenform abhalten konnte.

Von Drache zu Drache war Shadowstorm schon ziemlich groß, aber von Drache zu Mensch, da war er weit mehr als riesig. Und doch schien der Todesengel überhaupt nicht eingeschüchtert zu sein. Sie stand vor ihm mit einer selbstbewussten Arroganz, die er kaum tolerieren konnte, da sie versagt hatte.

»Ich habe dich gut dafür bezahlt, dass dieses Problem gelöst wird«, klagte er.

»Und ich werde es lösen.«

»Wann?«

»So bald wie möglich. Der Stahldrache lässt sich schwieriger töten, als ich erwartet hatte. Ihre Fähigkeiten sind ihrer menschlichen Gestalt angemessen und diese Stahlhaut ist knifflig.«

»Ich hatte dich vor ihrer Stahlhaut gewarnt. Der gesamte menschliche Nachrichtenapparat hat dich vor ihrer Stahlhaut gewarnt», brüllte er wütend. Er wollte ursprünglich die Beherrschung nicht verlieren, aber humanoide Wesen anzuschreien machte ihm immer einen Heidenspaß.

Drachenschwingen

»Ja, stimmt, aber du hast versäumt, mich über ihr Team zu informieren. Die sind mehr als kompetent.«

»Ich sagte doch, sie sind von der Polizei.«

»Selbst für menschliche Friedenssoldaten sind sie außergewöhnlich geschickt. Außerdem gibt es noch Stonequest.«

Shadowstorm knurrte bei der Erwähnung von Stonequest. »Er ist kaum noch da.«

»Und wie nah hast du ihn und sein wertvolles Drachen-SWAT an dich rangelassen, bevor du dich verkrochen hast?«

»Du nennst mir viele Gründe für dein Scheitern und doch hast du den Schatz, den ich dir für diesen Job ausgehändigt habe, bisher nicht zurückgegeben«, verhöhnte Sebastian sie.

»Weil ich einen Plan habe. Schau, der Stahldrache hat eine Schwäche, ihre Menschlichkeit.«

»Ich habe schon versucht, sie zur Transformation zu zwingen. Es war nicht möglich. Etwas sagt mir, dass sie nicht auf Mörder hört.«

»Ich werde sie von nichts überzeugen müssen. Ich habe herausgefunden, wo ihre menschliche Familie nistet.«

Hoffnung wuchs in ihm. Es war dasselbe Gefühl, wie vor Jahrhunderten, als er eine neue menschliche Siedlung entdeckt hatte. Es war eine starke Macht, über Menschen ohne Verbindungen untereinander Bescheid zu wissen. Zusammen waren sie stark, aber isoliert waren sie lächerlich schwach.

»Dann fang sie doch!«

Der Todesengel hatte die Kühnheit, ihm ins Gesicht zu lachen. »Ziehe nicht ins Lächerliche was ich tue und ich mache mich nicht über den Schlamassel lustig, in den du dich beim Maskierten gebracht hast.«

»Wie hast du ...«

»Du hast einen professionellen Attentäter angeheuert, Shadowstorm. Glaubst du ernsthaft, ich nehme einfach so jeden Auftrag an? Es gibt viele Drachen da draußen, die mich lieber tot sehen würden. Es ist gut zu wissen, dass ich nicht die Einzige bin, die Feinde hat.«

Shadowstorm atmete tief durch. Rauch und Dampf kamen aus seinen Nasenlöchern und wirbelten in Wolken um sie herum. Diese Geste konnte Menschen erschrecken, aber trotz ihrer Gestalt ließ sich der Todesengel nicht im Geringsten einschüchtern.

Wenigstens arbeite ich nicht mit einem Feigling zusammen, beruhigte er sich selbst.

»Wenn du die Familie hast, wird der Stahldrache kommen, um sie zu retten.«

»Dein komischer Entführungsversuch mit den Schlägertypen, die ich bei einem Auftrag mal aufgegriffen hatte, ging daneben. Es gibt keinen Grund zur Annahme, dass ich kompetentere Schläger finden würde, vor allem wenn man bedenkt, dass das hier deine Stadt sein soll.«

Wut kochte in ihm auf und er knurrte – ein tiefer, fast unterschwelliger Ton, von dem er sicher war, dass der Todesengel ihn trotz ihrer menschlichen Gestalt verstand. Wenn sie ihn wieder beleidigen würde, würden sie sich bekämpfen. Die Ehre verlangte es. In der Welt der Drachen, die außerhalb des Drachenrates und des kleinlichen Drachen-SWATs existierte, gab es noch Ehre, die verteidigt werden musste. Sie hielt ihre Hände in einer beschwichtigenden Geste hoch. Es war das erste

Drachenschwingen

Zeichen der Ehrerbietung gegenüber ihrem Arbeitgeber, das sie während des Gesprächs gezeigt hatte. »Ich werde mich nicht dazu herablassen, Menschen zu entführen, egal zu welchem Preis. Es sind Dinge in der Vergangenheit passiert – schmutzige Dinge – und es ist einfach den Ärger nicht wert.«

»Warum sich also überhaupt mit ihrem Aufenthaltsort beschäftigen?« Er war frustriert. Ja, der Todesengel war eine Attentäterin – eine Meisterin im Beenden von Drachenleben – und doch stand sie da, ein paar Meter vor ihm und immer noch in ihrer menschlichen Gestalt. So konnte sie keine Drachen jagen. Er könnte sie jetzt angreifen und ihr das kleine menschliche Genick brechen, bevor sie sich überhaupt verwandeln konnte. Wenn sie nicht zur Vernunft käme, würde er es auch tun.

»Ich werde sie nicht holen, aber ich werde sie mir zunutze machen«, schnurrte der Todesengel.

»Wie?«

»Wenn ich sie in Gefahr bringen würde, glaubst du, der Stahldrache würde ihnen zu Hilfe eilen?«

»Mit hundertprozentiger Sicherheit. Solange sie weiß, dass ihre Familie in Gefahr ist, wird sie nicht widerstehen können.«

»Dann werde ich sie in Gefahr bringen. Sie wird kommen und ich werde sie in der ganzen Verwirrung endgültig fertig machen.«

Shadowstorm schüttelte den Kopf. »Das klingt unnötig konfus. Du willst sie nicht gefangen nehmen, aber Angriffe auf ihr Leben durchführen? Du lässt also die menschliche Polizei entscheiden, wo du gegen den Stahldrachen kämpfst.«

Der Todesengel schüttelte den Kopf und schnalzte mit der Zunge, als wäre er nichts weiter als ein ungehorsamer Diener. »Ich verstehe mein Handwerk. Der Stahldrache wird sterben, heute Nacht.«

Er nickte. Obwohl er dem Todesengel sicherlich nicht sein Leben anvertrauen würde, fühlte er, dass er ihr darin vertrauen konnte, das von Kristen zu beenden. Sie war immerhin eine Attentäterin und wenn ihr Preis einen Hinweis auf ihre Qualität darstellen sollte, dann die beste der Welt. Außerdem waren ihm die Details des Plans nicht wirklich wichtig, nur dass er durchgeführt wurde.

Der Stahldrache musste sterben, wenn der Maskierte besänftigt werden sollte. Und er musste dringend besänftigt werden, wenn Shadowstorm sein Leben behalten wollte.

KAPITEL 14

Die Fahrt mit dem Auto war lang und obwohl Kristen den Fahrer hatte sich ihrem Ziel nähern lassen, so hatte sie doch noch ein paar Blocks zu laufen. Sie wollte nicht, dass jemand die Adresse des sicheren Aufenthaltsortes ihrer Eltern in seinem Telefon abgespeichert hatte. Sie gab reichlich Trinkgeld – schließlich war es eine stundenlange Fahrt – verließ das Fahrzeug und orientierte sich.

Ihre Eltern wohnten in der Hochzeits-Suite in einem guten Hotel. Sie standen unter Beobachtung und konnten nicht einfach kommen und gehen. Sie ging davon aus, dass es ein ziemlich sicherer Ort sein musste. Die Kollegen der Kriminalpolizei hatten zunächst ein heruntergekommenes Hotel empfohlen. Es waren sogar Undercover-Polizisten dort stationiert, aber ihre Mutter hatte sich gegen die Prostituierten auf der Straße gesträubt, sodass sie in ein netteres Etablissement gebracht wurden. Kristen war sich sicher, dass ihre Eltern nichts gegen das jetzige Hotel hatten.

Während sie sich durch die Straßen bewegte und immer näher an das Hotel herankam, beobachtete sie die ganze Zeit über alles ganz genau mit ihrer Drachen-Nachtsicht. Sie musste sicher sein, dass ihr niemand folgte. Ihre Familie war schon einmal ihretwegen in Gefahr geraten und das würde sie nicht noch einmal zulassen.

Ein Teil von ihr wunderte sich über die Naivität ihrer Gedanken. Würden ihre Eltern jemals in ihr ruhiges Vorstadtleben zurückkehren können? Sie hatten bereits mit Scharen von Reportern, Senderfahrzeugen und jetzt sogar mit Entführern zu tun. Vielleicht war es kindisch zu glauben, dass sie jemals wieder sicher sein könnten.

Es waren düstere Gedanken und sie ließen sie ein wenig mutlos werden, als sie der Rezeptionistin ihren Ausweis zeigte.

Die Frau nickte höflich und sagte ihr, sie solle warten, aber anstatt ihr die Zimmernummer einfach zu nennen, kamen zwei Polizisten. Einige Leute würden an der Rezeption vielleicht besorgt reagieren, aber sie war froh, dass die Polizisten ihre Arbeit ernst nahmen. Sie erkannte einen von ihnen und winkte ihm zu. Er nickte und brachte sie zum Aufzug.

Der Beamte benutzte einen Schlüssel für die Fahrt zu der Etage, auf der sich ihre Eltern befanden. Ohne Schlüssel wäre der Zutritt also nicht möglich.

Mit der beiläufigen Frage »Hat sonst noch jemand nach meinen Eltern gefragt?« stellte sie den Polizisten auf die Probe, denn wenn jemand gefragt hätte, würde das bedeuten, dass auch dieser Ort nicht sicher wäre.

»Nein, Ma'am.«

Sie fuhren hinauf und stiegen aus, direkt im Blickfeld von zwei weiteren Männer, die vor der Suite Wache hielten. Sie zeigte auch ihnen den Ausweis, da sie nicht persönlich bekannt war und durfte dann eintreten.

Im Zimmer fand sie, was sie erwartet hatte. Ihre Mutter und ihr Bruder schliefen – Mama im Bett und Brian vor dem Fernseher, den jemand schon längst stumm geschaltet hatte.

Ihr Vater war jedoch wach und unterhielt sich mit den beiden Polizisten im Raum.

»Krissy!«, freute sich Frank Hall, als sie hereinkam. »Ich habe mich schon gefragt, ob du deine arme Familie besuchen würdest. Weißt du, dass wir schon alles gegessen haben, was auf der Zimmerservice-Menükarte stand? Johnson hier sagt, er holt mir nicht mal eine Pizza von ›Buddy's‹. Kannst du den Scheiß glauben?«

Johnson hielt seine Hände hoch, um gegen die Anschuldigung zu protestieren. Der andere Polizist lachte und Frank lächelte ebenfalls.

»Du hast nicht ... das ist nicht ernsthaft Bier, oder?«

Sie zog den Six-Pack hinter ihrem Rücken hervor, froh, dass sie auf ihrem Weg an einem Schnapsladen vorbeigekommen war. Der Ausgang der Sache war mehr als unsicher, hatte sie sich gesagt und sie wollte einfach nur mit ihrem Vater etwas trinken.

»Bell's Oberon Ale.«

Einer der Polizisten grinste, also öffnete sie vier Flaschen und verteilte sie.

»Wir dürfen nicht«, winkte Johnson ab.

»Der Stahldrache ist hier. Alles ist gut«, verkündete Frank und nahm einen Schluck. »Ach, verdammt, Krissy, du bringst wirklich dieses schicke aromatisierte Weizenbier-Zeug?«

»Dad, das ist gut.«

»Nicht so gut wie eine Dose kaltes PBR.«

»Ich bin sicher, du kannst beim Zimmerservice Bier bestellen.«

»Ja, für sechs Dollar. Sechs, Dollar, Kristen. Für ein gottverdammtes PBR.« Er schüttelte angewidert den Kopf und schien mehr über den teuren Zimmerservice entsetzt zu sein als über die Tatsache, dass jemand aktiv hinter seiner Tochter her war. Aber das war eben Frank Hall.

»Wenn du es nicht magst, trink ich es.«

Er winkte ab. »Ich komme schon klar, Krissy. Jetzt sag uns, warum in aller Welt hält der Stahldrache ihren alten Herrn nachts wach?«

»Ich halte dich wach? Es sieht so aus, als wäre hier alles gut.«

Frank lachte, aber sie hörte den Unterton in seiner Stimme. »Da draußen ist ein verdammter Killer, der dich jagt, Krissy. Ich bin sicher, dass alles gut ausgehen wird. Deine Mutter hat eine Scheißangst, aber ich weiß es besser. Glaubst du, ich kann einfach die Decke hochziehen und schlafen, obwohl wir bewaffnete Wachen haben, die uns beim Furzen zusehen?«

Kristen lachte nicht über diesen Witz. Tatsächlich musste sie sich fürchterlich zusammennehmen, um nicht in Tränen auszubrechen. Ihr Vater konnte sie aber wie ein Buch lesen. Er stellte sein Bier ab und signalisierte den beiden Polizisten, sie sollten Abstand halten. Die beiden zogen sich zum Eingang zurück, damit Vater und Tochter reden konnten.

»Was ist los, Kristen?«, sagte er, stand schnell auf und machte ihr eine Tasse Kaffee.

Kristen sah erleichtert, dass er ihr Kaffee machte, obwohl das Bier bereits geöffnet war. Ihre Mutter hatte es für ihn seit sie sich erinnern konnte zur Regel gemacht, unter Stress keinen Alkohol zu trinken. Frank – der Polizist – hatte gesehen, was Alkohol bei Menschen anrichten konnte, die gestresst waren und daher die Wünsche seiner Frau respektiert. Es war nett, dass er sich daran hielt, obwohl sie nicht bei ihnen war.

Kristen nahm einen Schluck Kaffee und schaffte es, keine Grimasse zu ziehen. Er war schrecklich. Ihr Vater hatte nie gelernt, wie viel Pulver man benutzen musste.

»Geht es um den Attentäter?«, fragte er.

Kristen lachte schmerzhaft auf. »Ob du es glaubst oder nicht, nein, nicht wirklich.«

Er musste grinsen. »Nun, was könnte dich mehr nervös machen als ein Super-Scharfschütze?«

»Okay, ein bisschen, ganz sicher. Ich habe mit Stonequest trainiert, um den Todesengel zu besiegen.«

»Den Todesengel?«

»Das ist der Codename des Attentäters.«

»Wie bei einem Feuerwehrmann mit dem Spitznamen ›Schlauch‹?«

»Dad!« Sie blickte ihn an und er grinste nur. Frank Hall war ein Mann, der daran glaubte, mit Humor jede Situation zu entschärfen. Sie versuchte ernst zu bleiben, aber schließlich musste sie doch lächeln. In Zeiten wie diesen konnte sie einfach nicht anders.

»Ach komm schon, Süße. Ich will nur sichergehen, dass mein kleines Mädchen noch da drin ist.«

Sie schaute nach unten und bemerkte, dass sie sich in Stahl verwandelt hatte, völlig unabsichtlich. »Siehst du, genau das ist es. Stonequest versucht mich zu trainieren, damit ich mehr Kontrolle über meine Kräfte erhalte. Ich will mehr Kontrolle haben. Ich denke wirklich, dass ich das brauche.«

»Also, wo liegt das Problem? Du hast Super-Geschwindigkeit und so. Na und? Dein Bruder hat ein extrem freches Mundwerk und schämt sich deshalb kein bisschen.«

»Um diese Kräfte geht es nicht, Dad.«

»Was dann? Hast du Angst, dass du dich wie der Rest dieser Deppen anziehen musst? Weißt du, ich habe neulich einen Drachen mit Krawatte gesehen. Ich schwöre.«

Kristen schnaubte. Überlass es Dad, die großen Themen zu betrachten. »Nun, ja, das ist es eigentlich auch schon. Ich habe mich noch nicht verwandelt.«

»Sicher hast du das. Du bist jetzt aus Stahl.«

Sie ließ ihre Haut wieder zu Fleisch werden und gab zu, dass es passiert war, weil sie gestresst war. »Aber ich habe mich bisher nicht in einen Drachen verwandelt. Ich spüre schon, wie ich mich verändere. Ich muss mir keine Sorgen machen, dass ich verletzt werde, wie normale Leute. Ich habe eine Aura, die die Gefühle anderer Menschen beeinflussen kann ...«

»Mach das mal bei deiner Mutter ...«

»Dad!«

»Tut mir leid, Süße. Nur zu.«

»Ich habe all diese Kräfte, die ich nie erwartet hätte und sie verändern mich bereits. Ich gehe Risiken ein, die ich ohne nicht eingegangen wäre und tue Dinge, die mir vorher Angst gemacht hätten, aber jetzt ... Nun, es ist einfach eine Lebensweise. Außerdem gibt es dieses Gefühl von ... von Loyalität.«

»Loyalität?« Er klang fast komisch ungläubig.

»Ja. Irgendwie? Das erklärt nicht annähernd alles, ehrlich gesagt. Die Vorstellung, dass du oder Mom oder Brian verletzt werden, gibt mir das Gefühl ...« Sie grunzte, unfähig, sich auszudrücken. »Ich kann das einfach nicht zulassen. Bei meinem Team ist es dasselbe. Keiner von euch darf meinetwegen verletzt werden. Ich bin jetzt für euch verantwortlich. Ich habe mich schon so sehr verändert. Ich habe Angst, dass ich mich verliere, wenn ich mich tatsächlich in einen Drachen verwandle. Ich habe Angst, dass ich mich von dem Gefühl, ein Drache zu sein, beherrschen lasse und vergesse, wer ich bin. Ich habe Angst, dass ich aufgeben muss, wer ich bin – dass die Kristen Hall, die du kennst, verschwindet, wenn ich mich ändere.«

Frank nahm einen Schluck Kaffee und studierte sie einen Moment lang. Er stellte die Tasse ab und nahm ihre Hand. »Krissy. Ich weiß nicht viel über Drachen. Das weißt du natürlich. Selbst als ich Polizist war, war ich nicht beim SWAT oder so. Ich weiß mehr über Parkuhren als über dieses Drachen-Komitee ...«

»Den Drachenrat«, korrigierte sie ihn.

»Wie auch immer. Ich will damit sagen, dass ich sie nicht kenne, aber ich kenne dich. Du bist mein kleines Baby und ich kenne dich vielleicht besser, als du dich selbst.«

»Du wusstest nicht, dass ich ein Drache bin.«

»Doch, schon.«

»Nein, hast du nicht.«

»Hörst du mal für fünf Minuten auf, deiner Mutter nachzueifern und lässt mich ausreden? «

Sie musste lächeln. Marty ließ Frank auch nie einen Satz beenden.

Ihr Vater nahm noch einen Schluck Kaffee. »Ich mag keine Drachen kennen, aber ich habe geahnt, dass du einer bist. Hör dir die Dinge an, die du beschreibst. Risiken eingehen? Kristen, du hast jeden verdammten Sport ausprobiert, den es gibt. Deine ganze verdammte

Kindheit war ein Risiko nach dem anderen. Und Loyalität? Du hast einmal ein Kind verprügelt, weil es sagte, Mario sei besser als Donkey King und damit deinen Bruder zum Weinen gebracht hatte.«

»Donkey Kong.«

»Lass mich ausreden.«

Kristen nickte schicksalsergeben und nippte an ihrem Kaffee.

»Der Punkt ist, wenn du ein Drache bist, dann warst du schon immer einer. Wenn andere Drachen mutig, loyal und stur sind, dann ergibt es Sinn, dass du es auch bist.«

»Ich habe nichts von stur gesagt.«

»Nun, vielleicht etwas, das du von deinem alten Herrn bekommen hast. Außerdem hast du den eisernen Willen deiner Mutter. Ich weiß, das ist alles verrückt. Ich bin nur dein fetter, alter Vater, der dir bei all diesen tollen Sachen zusieht. Es ist verrückt, aber ich habe immer noch meinen stattlichen Bauch. Für dich muss es … na ja …« Frank schüttelte den Kopf, sprachlos für einen seltenen Moment. »Aber mal ehrlich, als die Nachricht kam, dass du ein Drache bist … Mich hat es nicht überrascht.«

»Ach, komm schon.«

»Wirklich, Kristen, ich war es nicht. Und weißt du was, du warst es auch nicht.«

»Doch, das war ich. Ich war schockiert.«

Er schüttelte fest den Kopf. »Vielleicht warst du überrascht, wie gesagt vielleicht. Aber was hast du getan, als du dich verwandelt hast? Du bist in Aktion getreten. Du bist Risiken eingegangen, um die zu beschützen, die du liebst. Du hast gemacht, was du schon immer getan hast,

Drachenschwingen

nur eben mit mehr Macht als zuvor. Die Wahrheit ist, du bist schon immer ein Drache gewesen.«

»Nun, ja. So viel ist irgendwie offensichtlich.«

»Ich meine nicht nur in deiner DNA, Krissy. Ich meine in deinem Herzen. Du machst dir Sorgen, dass dich das alles verändert, aber ich sehe, dass es dich nur noch mehr zu dem gemacht hat, was du bereits warst.«

»Ich weiß nicht, Dad ...«

»Nun, ich schon. Du warst schon immer etwas Besonderes. Deine Mutter und ich wussten immer, dass du unsere kühnsten Träume übertreffen würdest.«

»Das sagen alle Eltern über ihre Kinder.«

Frank lachte und zeigte mit einem Daumen zu Brian, der auf der Couch schlief und schnarchte. »Deine Mutter und ich würden uns freuen, wenn er einen verdammten Job kriegen würde. Er ist was Besonderes, aber lang nicht so wie du, Kristen. Ich bin sicher, das ist verrückt für dich, aber du kannst nicht zu etwas werden, das du nicht schon immer warst. Du entdeckst einfach einen Teil von dir neu, der schon immer da war.«

Kristen nickte, wischte sich eine Träne ab und stand auf. »Ich sollte gehen, Dad. Ich sollte weiter trainieren.«

»Das ist mein Mädchen!«, sagte er und strahlte. »Aber willst du nicht dieses Bier trinken und die Nacht hier verbringen?«

Sie grinste. »Wollen schon, wirklich. Aber ich kann nicht, nicht bevor ihr in Sicherheit seid.«

»Ich werde deiner Mutter sagen, dass du hier warst. Sie wird sauer sein, weil du sie nicht aufgeweckt hast.«

»Ich weiß.«

»Na gut, dann ist ja alles klar.« Er nahm sie grinsend in den Arm.

Als sie den Raum verließ und mit dem Aufzug nach unten fuhr, fühlte sie sich besser, als wäre ein Schleier gelüftet worden. Sie musste das tun – für ihre Familie und für sich selbst. Stonequest hatte zumindest damit recht. Vielleicht hatte er mit allem, was er in seiner kleinen Rede vorgetragen hatte, recht. Sie musste zu ihrer vollen Drachenstärke kommen, wenn sie ihren Freunden und ihrer Familie überhaupt nützlich sein wollte. Aber das bedeutete nicht, dass sie aufgeben musste, wer sie war. Der einzige Teil von ihr, den sie zurücklassen musste, war der Teil, der an ihren Fähigkeiten zweifelte.

Und jetzt, mit der Unterstützung ihrer Familie konnte sie das endlich tun.

KAPITEL 15

Der Todesengel konnte nicht glauben, welches Glück sie in dieser Nacht haben sollte. Zuerst hatte Shadowstorm durchblicken lassen, dass er mit dem Maskierten in Kontakt stand. Sie hatte geblufft, aber er hatte es bestätigt, bevor er seine Überraschung überspielen konnte. Man wusste nie, wann solche Informationen nützlich sein würden. Nun, zur Krönung des Tages, war der Stahldrache selbst erschienen, um ihre Eltern zu besuchen.

Die Attentäterin hatte angenommen, dass sie sich immer noch in der Drachenzuflucht auf dem Land aufhalten würde – einer der wenigen Orte, an den sie sich nicht wagte – aber scheinbar hatte sich das geändert.

Ihr ursprünglicher Plan war es, auf die Abreise eines Familienmitgliedes zu warten, dieses am Bein zu verletzen und im Krankenhaus auf den Stahldrachen zu warten, aber der Prozess ließ sich vereinfachen.

Sie war in dem Gebäude und besuchte ihre Familie. Wenn sie wegging, würde sie warten, bis der Stahldrache allein auf der Straße wäre, sie mit ihrer gewohnten Effizienz töten und zum nächsten Auftrag übergehen. Es gab dann keinen Grund mehr, sich weiter um die Menschen zu kümmern. Das war auch gut so. Sie hasste den Umgang mit Menschen. Es war peinlich für jemanden mit ihren Talenten, sich mit dem Vieh beschäftigen zu müssen, das in der Drachenwelt zum lästigen Übel gehörte.

Als sie mit ihrem Gewehr auf die Tür zielte, dachte sie eigentlich nur nach. Sie wusste, dass es Attentäter gab, die nicht durch ihr Zielfernrohr zusehen wollten, aber sie fand das lächerlich. Ihre Aufgabe war es zu töten, was bedeutete, dass sie für diesen Moment bereit sein musste. Mit einem Fernglas wäre sie das nicht.

Sie hätte nicht so viel erreicht in ihrer Profession, wenn sie nicht geduldig gewesen wäre. Und sie hatte sehr viel erreicht. Kriege waren wegen ihrer Arbeit vermieden worden.

Drachen zogen normalerweise nicht gegeneinander in den Krieg. Seit Tausenden von Jahren herrschte zwischen ihnen ein mehr oder weniger ziviler Frieden. Stellvertreterkriege wurden immer noch geführt, indem sie die Menschen benutzten, die in ihren Territorien lebten, aber das war etwas völlig anderes als Drachen, die sich gegenseitig umbringen wollten.

Der physische Kampf war für die Drachen der wichtigste Weg, ihre Streitigkeiten zu lösen. Ein Duell der Götter, so musste es den Menschen erscheinen und das war es auch. Drachenkämpfe endeten oft mit dem Tod und deshalb gab es Drachen, die nicht daran teilnehmen wollten.

Die Drachenkräfte waren unterschiedlich. Alle hatten die gleichen Grundfähigkeiten – Flugfähigkeit, erhöhte Geschwindigkeit, Kraft und Aura. Aber ab da variierten ihre Fähigkeiten. Die meisten konnten Feuer speien, aber auch hier gab es Unterschiede. Einige Drachen konnten zum Beispiel Flammen kontrollieren während andere Säure spuckten.

Drachenschwingen

Einige von ihnen fanden sich in Auseinandersetzungen mit Drachen wieder, die über besonders mächtige Fähigkeiten verfügten. Wenn dies geschah, entdeckte der schwächere Drache oft, dass der körperliche Kampf barbarisch und erniedrigend war – ganz zu schweigen von dem todsicheren Weg, die eigene Lebenserwartung zu reduzieren. Wenn sie anfingen so zu denken, kamen Fachleute wie der Todesengel ins Spiel, um diese Streitigkeiten weiter zu bearbeiten.

Das war sie – eine Spezialistin für die Beseitigung von Problemen. Sie stabilisierte die Welt, half denen mit solchen Kräften, die sich nicht in Kampffähigkeiten umsetzen ließen und bereinigte die Drachenfamilie von ihren überheblichen, widerlichen Abkömmlingen.

Sie würde in der Tat für jeden arbeiten, der sie beauftragen würde. Es brauchte eine besondere Art von Drachen, um die Weisheit darin zu erkennen, einen Gegner zu ermorden, anstatt zu jammern und sich dann gegenseitig zu verprügeln. Meistens war die Weisheit des Klienten, sie einzustellen, das einzige was nötig war, aber sie musste zugeben, dass mit diesem Stahldrachen etwas nicht stimmen konnte.

Es war nicht die Besessenheit, menschliche Gesetze zu befolgen. Das Gesetz selbst war ein interessantes Konstrukt und alle Drachen – selbst die des Todes – hatten einen Ehrenkodex, an den sie glaubten. Und es waren auch nicht die ungewöhnlichen Fähigkeiten. Sie hatte sich immer für das Ungewöhnliche interessiert. Was ihre Sensibilität gegenüber dem Ziel beeinträchtigte war, dass sich der Stahldrache selbst als Mensch betrachtete, was eine Beleidigung für alle Drachenarten darstellte.

Der Stahldrache musste von der Herde getrennt, aus dem Pferch gejagt werden und letztendlich vernichtet werden, bevor sie ihre ekelhaften Vorstellungen über die Rechte der Menschheit verbreiten konnte.

Allein der Gedanke daran reichte aus, ihre Aura zum Pulsieren zu bringen. Die hatte sie aber schnell zum Schweigen gebracht. Die Aura war eine Fähigkeit, die sie nur selten benutzte und es sollte nicht dafür ausgereicht haben, dass andere Drachen sie wahrnehmen würden. Aber sie immer wieder zurückzudrängen, bedeutete, dass sie dieses Werkzeug exquisit beherrschte. Es gab nicht viele Drachen, die einen ihrer eigenen Art töten und weder aus Stolz noch aus Schuldgefühlen jemals ihren Herzschlag erhöhen oder ihre Aura ausschalten konnten. Sie war eigentlich sehr zurückhaltend und doch kochte etwas in ihr hoch, das den Wunsch in ihr weckte, diesen Stahldrachen heute Nacht zu töten.

Und dann, als ob die Flammen selbst auf sie herab lächeln würden, bekam der Todesengel seine Chance.

Ihre Zielperson trat aus dem Hotel heraus. Das war ihr Moment. Sie hatte bereits gezielt. Letztes Mal hatte sie das Durchhaltevermögen ihrer Zielperson mit nur einem Schuss in die Schulter getestet. Jetzt, da sie wusste, dass ihre Schuppenkugeln funktionieren würden, gab es keinen Grund für weitere Versuche.

Das war das Geheimnis ihres Erfolges, etwas, das kaum einer wusste. Wenn sie Drachen jagte, fertigte sie spezielle Kugeln mit Fragmenten ihrer eigenen Schuppen. Ähnlich wie eine Drachenkralle oder ein Drachenzahn einem anderen Drachen großen Schaden zufügen würden, taten ihre Schuppenkugeln das, was reines Blei nicht konnte.

Drachenschwingen

Sie töteten Drachen. Zuverlässig.

Es würde keine weiteren Tests mehr geben. Sie zielte auf den Kopf des Stahldrachen und wollte gerade abdrücken, als Kristen sich umdrehte und mit jemandem im Hotel sprach.

Die Attentäterin wartete. Sie könnte diesem Mädchen noch ein paar Momente Leben schenken. Es würde sie nichts kosten, während ein zu frühes Abfeuern den gesamten Angriff möglicherweise ruinieren würde.

Sie bezweifelte, dass die Stahlhaut des Drachen der Kugel, die sie in ihr Gewehr geladen hatte, standhalten konnte. Die Waffe selbst war unglaublich groß und extrem hochkalibrig – eine Spezialanfertigung, mit der die meisten Menschen nicht zurechtkommen würden.

Diese Kugel war sogar noch spezieller als die meisten anderen. Zusätzlich zu den Schuppen war diese Kugel diamantbestückt und die mächtigste, die sie je geschaffen hatte. Sicherlich mächtiger als die, die sie zuerst am Stahldrachen ausprobiert hatte. Diese besondere Kombination aus Waffe und Munition hatte bereits elf Drachen getötet. Sie musste außerordentliche Maßnahmen ergreifen, um einen ihrer eigenen Art zu beseitigen. Mit unglaublichen Heilfähigkeiten, dichten Muskeln und Schuppen, so zäh wie Metall, musste eine Kugel nicht nur den Körper des Drachen durchbohren, sondern auch das Herz oder das Gehirn zerstören können.

Das Gehirn war natürlich die bessere Option.

Es war zwar einfacher, einen Drachen in Menschengestalt zu töten, aber selbst das war keine sichere Sache.

Die meisten Drachen verwandelten sich in dem Moment, in dem sie Gefahr spürten und diese Verwandlungen veränderten auch die Lage von Herz und Gehirn.

Der Stahldrache wandte sich wieder der Straße zu. Die Tür zum Hotel schloss sich hinter ihr und sie begann zu laufen.

Der Todesengel konnte ihr Gesicht sehen. Sie sah glücklich aus und hatte völlig vergessen, in welcher Gefahr sie eigentlich seit dem Vorfall im Krankenhaus schwebte. Ihre Beute würde diesen Schuss nicht einmal hören. Wenn das Geräusch sie erreichen würde, hätte der Schuss bereits das Gehirn auf dem Gehweg hinter ihr verteilt.

Die Attentäterin atmete ein und hielt den Atem an, richtete die Waffe ruhig auf das Ziel aus und wollte gerade abdrücken, als sie etwas auf dem Dach hinter sich hörte.

Sie fluchte. Ihr Ziel müsste einen weiteren Augenblick warten. Sie hatte Alarmanlagen, magische und auch andere auf dem Dach platziert, genau wie sie es immer tat. Es waren komplizierte Dinge und sie hätten jeden töten sollen, der sich ihr näherte. Dass das nicht geschehen war, bedeutete, dass die Person da oben eine Bedrohung darstellte.

Obwohl sie den Schuss im Anschlag hatte, nahm sie ihr Auge von der Waffe und verwandelte sich in ihren wahren Körper.

Die Verwandlung einiger Drachen verliefen auffällig in Rauch und Feuer. Andere verschwanden in Wolken aus Staub und Trümmern.

Der Todesengel veränderte sich einfach. In einem Moment war sie eine Frau und im nächsten Moment

Drachenschwingen

waren ihre Finger Krallen, ihre Arme waren geschuppt, und Flügel tauchten aus ihrem Rücken auf.

Sie war nicht besonders mächtig in ihrer Drachenform – nicht wie ihr Auftraggeber Shadowstorm, der wirklich ein beeindruckendes Exemplar war – aber sie war mehr als kompetent in ihren Fähigkeiten. Es wäre ein beachtlicher Kampf erforderlich, sie zu besiegen.

Ihre Nachtsicht durchdrang die Dunkelheit auf dem Dach mit Leichtigkeit, aber sie sah keinen Drachen. Sie war konzentriert, aber immer noch war kein feuriger Atem, keine sorgfältig geplanten Blitze zu sehen. Alles, was sie sehen konnte, war ein Mensch.

Und ausgerechnet eine Frau mit einer Handfeuerwaffe. Eines der niedlichen kleinen Dinge, über die sie sich ungern den Kopf zerbrach.

Die Attentäterin lachte über die kleine Waffe, die auf ihre Brust gerichtet war. »Das da kann mir nichts anhaben.«

Selbst in ihrer menschlichen Gestalt würde die Waffe nur wenig Schaden anrichten. Drachenmuskeln waren zäh. Es bräuchte schon etwas Besonderes, sie zu durchbrechen und das Herz zu vernichten. Es einfach nur zu verletzen, würde nicht ausreichen. Ein Drachenherz konnte heilen, wenn es nicht völlig zerstört wurde. In dieser Gestalt, ihrer Drachenform, wäre sie praktisch unverwundbar gegen die meisten Waffen. Eine Pistole war also eine besonders lächerliche Bedrohung.

Seltsam, dass dieser Mensch ihre Alarmanlagen überlebt hatte. War sie vielleicht eine Magierin? Das könnte es erklären.

»Wie bist du hier raufgekommen, kleines Ding? Du hättest Terror spüren müssen, wie du ihn noch nie erlebt hast.« Ganz zu schweigen davon, dass es Löcher in ihrem Körper geben müsste und ihr Fleisch knusprig verbrannt sein sollte.

»Ich fürchte Euch nicht, Bestie.«

Der Todesengel grinste. Bestie? Wirklich? Wer war dieses ungestüme kleine Insekt? Nun, sie würde es früh genug herausfinden. Sie wirkte ihre Aura und benutzte sie wie einen Laser, um den Willen dieses mickrigen Menschen zu brechen. Bald würde der Mensch sie nicht mehr fürchten, sondern ihr gefallen wollen. Sie würde ihr alles sagen, was sie wissen wollte.

»Wer bist du?«

»Nur ein Mensch, der genug hat«, sagte die Frau und feuerte ihre kleine Pistole ab.

Die Attentäterin lachte über den Knall, aber fast augenblicklich änderte sich etwas. Sie schaute nach unten. Die Kugel war in ihre Schuppen eingedrungen und es tat sehr weh. Es war, so dachte sie, wie von einer Drachenkralle durchbohrt zu werden, nur viel schlimmer.

»Wie hast du ...«

Der Todesengel bekam die Antwort nie. Der Mensch trat schnell vor und bevor sie noch ein Wort sagen konnte, wurde die Waffe noch dreimal in schneller Folge abgefeuert. Jede Kugel riss ein Loch in ihre Schuppen und jeder Schuss fügte ihr eine Wunde zu. Sie wankte am Rand des Gebäudes, kippte nach hinten und stürzte Richtung Straße.

»Du hättest ihr nie folgen sollen«, sagte die seltsame Menschenfrau.

★ ★ ★

Drachenschwingen

Constance Vigil beobachtete den Todesengel, als er vom Dach taumelte. Es war eine Schande, den Drachen so verkommen zu lassen – ähnlich wie einen Bison zu töten und das Fleisch einfach verrotten zu lassen. Sie hätte hunderte von Drachen mit den Kugeln aus der Leiche des Todesengels umbringen können.

Aber das brauchte sie nicht. Sie musste die Attentäterin lediglich davon abhalten, Kristen Hall zu töten – die wahrscheinlich in wenigen Augenblicken hier auftauchen würde. Das erinnerte sie daran, dass sie nicht mehr viel Zeit hatte, aus diesem Gebäude zu verschwinden, bevor der Stahldrache eintraf.

Sie lief einfach weg.

Der verlorene Drache war wirklich der Grund, warum sie diese Attentäterin aufhalten musste. Der Todesengel – Constance war gesagt worden, dass dieser Drache so genannt wurde – hatte Kristen im Visier und das dürfte nicht sein. Sie zu stoppen hatte oberste Priorität.

Um ehrlich zu sein, wusste sie nicht mehr über den Stahldrachen als jeder andere Magier in ihrem Kreis, aber es gab Geschichten um ihre Existenz und die Ankunft in der gleichen Stadt, in der sie ihre Experimente durchgeführt hatten. Könnte die nun berühmte Kristen Hall eines der Experimente sein, das ihre Magier vorgenommen hatten? Das wäre zwar durchaus möglich, aber wenn das der Fall war, wie war sie dann in die Welt gekommen? Das Mädchen hätte eigentlich mit all den anderen Drachen, die sie erschaffen hatten, eingesperrt werden müssen. Constance musste sich daran erinnern, dass niemand alle Antworten darauf haben würde.

Sie lächelte vor sich hin. Die Zugehörigkeit zu einer geheimen Gesellschaft von Magiern, die das Joch der

Macht von den Drachen, die die Welt kontrollierten, nehmen wollte, hatte ihr eine ganz besondere Fähigkeit verliehen. Sie hatte die magische Fähigkeit, die Fallen des Todes zu entschärfen und die praktische Erfahrung, einen Fluchtweg zu planen.

Abseilen brachte sie zurück auf den Boden, nicht auf der Seite des Gebäudes, von der ihr Opfer gefallen war. Ein kurzer Blick um die Ecke sagte ihr, dass Kristen und der Todesengel sich bereits begegnet waren. Sie hatte keinen Zweifel daran, dass der Stahldrache in diesem Kampf siegen würde. Die Attentäterin mochte zwar ein Drache sein, aber sie war ein Drache mit mehreren Drachenschuppen-Kugeln in ihrem Körper, die ihre Kräfte zuerst schwächten und letztendlich dann aufzehrten.

Für einen kurzen Moment fragte sich Constance, ob sie eines Tages mit liebevollen Erinnerungen oder Scham auf diesen Moment zurückblicken würde. Vielleicht würde sich der Stahldrache ihrem Kampf anschließen – oder vielleicht würde sie sich als genauso gefährlich für die Menschheit erweisen wie die anderen Drachen. Wenn das passierte, könnte ihr Körper vielleicht dazu nützlich sein, Kugeln herzustellen, die wirklich jeden Drachen zerstören konnten.

Sie hoffte, dass das nicht der Fall wäre, aber ihre Position in der Welt bot keine Annehmlichkeiten. So oder so, ihre Organisation würde handeln. Nur die Zeit konnte zeigen, was das zu bedeuten hatte.

Sie hoffte auch, dass der Stahldrache erkennen würde, was passiert war – dass ihr jemand das Leben gerettet hatte, ein Verbündeter, der stärker war als ein Drache.

Drachenschwingen

KAPITEL 16

Kristen hörte einen Schuss, warf sich instinktiv auf den Boden und verwandelte ihre Haut in Stahl. Im selben Moment wurde ihr bewusst, dass es zu dem Zeitpunkt, an dem sie den Schuss gehört hatte, bereits zu spät war ihre Fähigkeiten zu ihrem Schutz einzusetzen.

Aber das Geschoss kam nie bei ihr an. Weder wurde sie getroffen, noch kam der Bürgersteig durch einen Aufprall einer Kugel zu Schaden.

»Hast du das gehört, Hall?«, schrie der Beamte am Hoteleingang.

Bevor sie antworten konnte, fielen drei weitere Schüsse. Sie versuchte, die Quelle des Geräusches durch ihre empfindlicheren Drachensinne zu lokalisieren. Es kam von näher als sie angenommen hatte – vom Dach eines Gebäudes nur ein paar Blocks entfernt. Dann sah sie eine riesige Gestalt vom Dach stürzen und mehrfach an die Außenwand prallen, bevor sie mit gewaltiger Kraft am Boden aufschlug. Ein Drache! Aber welcher? War es Stonequest, der sie beobachtet hatte? Oder jemand weniger freundliches?

»Ruf Verstärkung und schick sie dort hin.« Sie zeigte auf das Gebäude und der Beamte nickte. Er war schon am Funkgerät.

Kristen rannte los mit jedem Funken Geschwindigkeit, den ihre Drachenkräfte ihr gaben. Schnee prasselte ihr ins Gesicht, als sie rannte. Es handelte sich um ein schickes Apartmentgebäude, wie es überall in Detroit zu finden war. Nicht zum ersten Mal verfluchte sie ihre Unfähigkeit zu fliegen. Wenn sie sich in einen Drachen verwandeln könnte, wäre sie längst dort. Sie wusste, dass sie sich verwandeln musste und dass sie ihre Identität behalten konnte, aber es war doch so menschlich, einen Schützen zu Fuß zu verfolgen. Bis zu diesem Moment war ihr nicht einmal in den Sinn gekommen, sich zu verwandeln. Sie legte die paar Häuserblocks in weniger als einer Minute zurück und erreichte das Gebäude.

Sie verdrängte die Gedanken an ungenutzte Kräfte, als sie die Szenerie vor sich aufnahm.

Es war tatsächlich ein Drache, der abgestürzt war. Aber es war nicht Stonequest, Sebastian, oder irgendein anderer, den sie zuvor gesehen hatte. Seine dunkelroten Schuppen glitzerten, als er sich langsam umdrehte. Aus mehreren Wunden floss Blut. Eine befand sich in der Brust, aber die anderen schienen in unterschiedlichen Gliedermaßen zu stecken.

»Geht es dir gut?«, erkundigte sich Kristen.

»Nein«, antwortete der seltsame Drache. Es war eine Frauenstimme. »Nicht wirklich.«

»Hilfe ist auf dem Weg«, sagte sie, als sie näher kam. Seltsamerweise heilten die Wunden nicht. Sie bluteten weiter und langsam tropfte die Flüssigkeit über den massiven Körper.

Ein Funkeln fiel Kristen ins Auge. Etwas auf dem Boden glitzerte, weil es das Licht der Straßenlampen reflektierte. Zuerst war sie sich nicht sicher, was sie da

Drachenschwingen

sah. Dann erkannte sie, dass die Reflexionen von kleinen, silbernen Drachenschuppen erzeugt wurden. Sie waren aus einem schwarzen Lederbeutel gefallen, den der Drache verloren haben musste als er fiel.

Sie kannte diese Schuppen. Sie sahen genau so aus wie die, die der Todesengel als Visitenkarte benutzt hatte. Kristen blickte schnell zum Drachen und sah diese gefährlichen Augen, die sie unheilvoll anstarrten.

»Was für eine Schande. Ich hatte gehofft diese Hilfe, die du angeboten hast, in Anspruch nehmen zu können und mich dafür entschieden, dich später zu töten«, sagte sie. »Aber ich vermute, du hast herausgefunden, wer ich bin.«

»Der Todesengel.«

»Genau so ist es.« Der Drache hievte sich auf die Hinterbeine. Die Krallen griffen dort ins Leere, wo Kristen gestanden war, denn sie hatte sich bereits nach links aus der Gefahrenzone weggerollt.

»Ich habe dich gesucht«, sagte Kristen, als sie wieder auf die Füße kam. Sie holte mit ihrer Stahlhand aus, um einem bereits verletzten Hinterbein einen kräftigen Schlag zu versetzen. Die Attentäterin brüllte vor Schmerz und warf den Kopf herum.

Die Kiefer schlossen sich nur wenige Zentimeter von Kristens Kopf entfernt, als sie sich auch diesem Angriff entzog. Sie trieb dem Todesengel einen rechten Aufwärtshaken in den Kiefer. Der Drachenkopf wurde zurückgeschleudert bei diesem Angriff.

»Es muss nicht so ablaufen«, erklärte sie. »Du kannst dich ergeben und wir werden dich medizinisch versorgen.«

Ihr Widersacher lachte. »Oh, ich glaube nicht, dass das dem Auftraggeber meines Arbeitgebers gefallen würde. Ich weiß das Angebot zu schätzen, aber ich möchte, dass meine Haut intakt bleibt, danke.«

Schnell wog Kristen ihre Möglichkeiten ab. Hilfe war im Anmarsch, aber es kam wohl die menschliche Polizei, nicht das Drachen-SWAT. Die Menschen würden für den Drachen lediglich zusätzliche Ziele abgeben. Sie musste diesen Kampf beenden, bevor noch jemand verletzt wurde. Das war ein Problem, denn sie hatte noch nie einen Drachen in seiner wahren Gestalt geschlagen. Stonequest hatte ihr mehrfach versichert, dass dies schlicht unmöglich sei.

Aber dieser Drache war verletzt, blutete und humpelte. Anstatt sich zu verschließen, schien sich jede dieser Wunden langsam zu verschlechtern. Aus jeder Verletzung sickerten knallrote Tropfen. Das hat sie sofort erkannt.

»Du musstest deine eigene Medizin ausprobieren, oder? Jemand hat dich mit Drachenkugeln beschossen«, spottete sie.

»Und es tut höllisch weh«, jammerte der Todesengel. Sie schlug einmal mit den Flügeln, wurde in die Luft gehoben und stürzte an der Stelle herunter, an der ihre Gegnerin stand.

Der Stahldrache hatte sich diesmal nicht bewegt. Sie war stehen geblieben, behielt ihre Deckung oben und hämmerte einen Faustschlag in die massive Brust, als der Drache auf sie niederstürzte. Der Todesengel brüllte vor Schmerz und wankte zurück.

Kristen verschwendete keine Zeit. Sie hastete nach vorne und benutzte die massiven Vorderbeine des

Drachenschwingen

Drachen als Stufen, um an den Hals zu gelangen. Als sie dort war, legte sie ihre Stahlarme um die Kehle des Drachen und begann zu drücken. Der Todesengel hustete, wand und rollte sich sogar komplett herum, um ihren Angreifer zu los zu werden, aber Kristen klammerte sich hartnäckig fest, selbst dann noch als der massive Körper über sie rollte.

»So muss es nicht enden«, wiederholte sie zähneknirschend. »Du kannst dich ergeben.«

»Niemals.« Die Attentäterin zischte vor Zorn. »Ich habe einen Auftrag angenommen. Ich beende ihn oder ich sterbe.«

»Dann ist das deine Entscheidung.«

Kristen fühlte, dass sie ihrem Angreifer mehr als genug Chancen gegeben hatte und zog ihren Griff um den sehnigen Hals fester. Der Drache versuchte wieder zu husten, konnte aber nicht mehr atmen. Sie langte mit ihren Stahlarmen noch fester zu und erhöhte ihren Druck bis die ersten Wirbel zu knacken begannen. Der ganze emotionale Druck der letzten Tage entlud sich in einem einzigen unartikulierten Wutschrei.

Eine Welle der Befreiung löste sich, sie entließ all ihre Wut in die Arme und schrie im Triumph, als etwas im Hals des Todesengels brach. Der Drache kippte um und blieb still liegen. Kristen rollte sich auf eine Seite ab und nahm Kampfposition ein, falls ihr Feind noch am Leben wäre.

Vorsichtig näherte sie sich, aber alle ihre Sinne sagten ihr, dass der Drache tot war. Er lag völlig ruhig da, eine schwierige Leistung für eine Kreatur mit Lungen, die größer sein mussten als ein ganzer Mensch. Auch sonst vernahm sie keinen Ton, aber vor allem spürte sie keine Aura. Selbst wenn Drachen nicht aktiv versuchten, etwas zu beeinflussen, strahlten sie immer eine Aura aus. Dieser nicht mehr. Das konnte nur bedeuten, dass der Drache tot war.

Kristen sah sich die Wunden in der Brust ihrer Gegnerin an. Es waren winzige Löcher. Auf dem riesigen Körper des Drachen sahen sie aus wie Treffer aus einem Luftgewehr. Sie zitterte. Das war das Schicksal, das der Todesengel eigentlich für sie vorgesehen hatte. Er musste auf dem Dach gewartet haben, schussbereit, als Kristen das Hotel verließ. Aber wer hatte dann auf den Todesengel geschossen?

Kristen wusste, dass ihr Team auf dem Weg war, also würde sie bald Verstärkung bekommen, ganz zu schweigen von einem Forensik-Team. Aber das erinnerte sie an Stonequest. Er war in diesen Fall verwickelt. Sicherlich würde er davon Wind bekommen und wenn er es tat, würde er zweifellos den Tatort übernehmen. Das heißt, wenn sie Antworten wollte, brauchte sie diese schnell.

Sie kehrte zur Leiche des Drachen zurück, eilte um seinen Körper und entdeckte den schwarzen Beutel. Nach einem kurzen Blick über ihre Umgebung öffnete sie ihn und griff hinein.

Das Erste, was sie fühlte, waren mehr von den kleinen Schuppen. Als Nächstes fand sie ein Smartphone.

Sie lächelte triumphierend. Für einen Drachen war das Telefon vielleicht nicht mehr als eine seltsame Spielerei, aber für einen Menschen stellte es die größte Quelle von Hinweisen dar, die man sich erhoffen konnte.

Schnell nahm sie das Telefon heraus und untersuchte es. Sie beugte sich darüber, um zu vermeiden, dass der jetzt immer schneller fallende Schnee den

Drachenschwingen

Bildschirm berührte. Es handelte sich um ein billiges Android-Handy, offensichtlich eines, das der Todesengel kürzlich gekauft hatte und jetzt entsorgen wollte. Sie versuchte, es zu öffnen, aber es war gesperrt; ein Knopf für einen Fingerabdruck war vorhanden.

Kristen fragte sich, wie paranoid der Drache sein musste. Hätte sie ihre menschliche oder ihre Drachenform benutzen wollen, um das Telefon zu entsperren? Die menschliche Gestalt wäre zu offensichtlich, aber wenn der Todesengel auch nur einen Teil ihres Körpers in die Drachenform verwandeln konnte, wäre das wesentlich sicherer.

Sie dachte einen Moment nach, nahm dann die Klauenhand des toten Drachen und hoffte, dass sie gewesen war wie all die anderen – höchstes Vertrauen in ihre eigenen Fähigkeiten.

Es stellte sich heraus, dass sie recht hatte. Das Telefon ließ durch die Berührung mit dem Drachendaumen entsperren. Es war gut, dass ihre Drachenform nicht so riesig war. Wenn sie so groß wie Shadowstorm gewesen wäre, hätte ihre menschliche Hand das Telefon entsperren müssen.

Kristen wunderte sich. Bedeutete es, für immer in der Drachenform bleiben zu müssen, weil sie so gestorben war? Was würde passieren, wenn Kristen in aktivierter Stahlhaut sterben würde? Wäre es unmöglich, sie dann einzuäschern? Wenn sie begraben würde, würde der Rost ihren Körper zerfressen anstelle von Mikroorganismen? Es war ein merkwürdiger und etwas beunruhigender Gedanke, aber im Moment irrelevant.

Im Moment musste sie das Telefon so schnell wie möglich durchsehen. Sie wusste, dass entweder ihr Team oder das Drachen-SWAT in Kürze ankommen mussten. Das Drachen-SWAT hatte ein unheimliches Talent dafür, an Tatorten mit Drachenbezug aufzutauchen.

Das Smartphone enthielt nicht viel. Es war offensichtlich ein Handy mit VPN und einem sicheren Browser, nichts Nützliches also. Aber, wenn die Attentäterin das Telefon überhaupt benutzt hatte, könnte man mit Hilfe von GPS-Koordinaten zurückverfolgen, wo es sich befunden hatte.

Kristen rief mit dem Telefon des Todesengels im Revier an. Sie ließ sich mit der Computer-Forensik verbinden und bat, die Nummer und IMEI durch die GPS-Suche laufen zu lassen. Der Mitarbeiter sagte ihr, dass es eine Minute dauern könnte, aber sobald er die Informationen hätte, würde er sie an ihr persönliches Telefon weiterleiten.

Nachdem sie ihm gedankt und aufgelegt hatte, ging sie in das Gebäude und sprintete die erste Treppe hinauf, die sie finden konnte, wobei sie in aller Eile vier oder fünf Stufen auf einmal nahm, um das Dach schnell zu erreichen. Vielleicht war der Schütze noch da, vielleicht auch nicht, aber es könnte etwas zu finden sein.

In den nächsten vierzig Sekunden suchte sie das Dach nach weiteren Hinweisen ab, fand aber nur wenig. Hier und da war der Schnee schon stellenweise liegengeblieben, obwohl es gerade erst angefangen hatte zu schneien. Es gab keine Fußabdrücke, aber eine Art kugelförmige Vorrichtung, die in der Nähe der Tür aufgestellt war. Sie dachte, es könnte sich um Magie handeln, aber mit Sicherheit sagen konnte sie es nicht. Ein langer Riss in der Mitte deutete darauf hin, dass die ursprüngliche Funktion nicht mehr vorhanden war.

Drachenschwingen

Sie fand auch einen Stolperdraht, der mit einer Blendgranate am oberen Ende der Treppe verbunden war, aber auch diese war entschärft worden. Das war Glück. Sie wusste, dass ihre stählerne Haut gegen Granaten unempfindlich war, aber ihre Augen konnten so leicht geblendet werden wie die eines Menschen.

Trotzdem hatte sie jetzt mehr Fragen als Antworten. Wer hatte diese Fallen entschärft? Wer hatte Kenntnisse über magische Fallen und Stolperdrähte? War es ein Mensch, der das getan hatte, oder ein Drache? Ein einzelner Täter – vielleicht trauerte er um eines der Opfer des Todesengels – odcr ein Team?

Auf dem Dach gab es nichts mehr zu sehen und sie konnte näher kommende Sirenen hören. Die Polizei würde sich bald um die Leiche des Todesengels versammeln und sie nahm an, dass sie besser dabei sein sollte. Sie sprang die Treppe hinunter, trat hinaus in die kalte Luft, um ihr Team zu vorzufinden, das sich bereits auf sie zu bewegte.

»Haben wir Gegner?«, schrie Drew und klang atemlos.

»Nur einer. Tot.« Sie zeigte auf den Körper des Todesengels.

»Verdammte Scheiße! Red hat einen Drachen getötet«, rief Hernandez.

»Aber das ist ... Kristen, das ist unglaublich«, stotterte Butters.

Beanpole und Keith sagten nichts. Ersterer machte große Augen, blieb aber zurückhaltend, während der Mund des Frischlings offen stand und sich zu einem Grinsen verzog.

»Gut gemacht«, meinte Wonderkid unbeeindruckt mit einem Nicken.

»Danke, aber das war nicht nur ich. Der Todesengel war schon verletzt, als ich ankam«, erklärte sie. »Angeschossen mit Drachenkugeln.«

»Drachenkugeln?«, fragte Drew überrascht.

»Wie die, mit der ich vom Todesengel angeschossen wurde. Jemand ließ sie ihre eigene Medizin schmecken.«

»Irgendeine Ahnung, wer das hätten sein können?«

Sie schüttelte den Kopf. »Der Schütze war auf dem Dach mit dem Todesengel, der auf mich schießen wollte. Aber wer auch immer es war, er war schon längst weg, als ich hier ankam.«

»Tja, Scheiße. Aber du hast das getan? Du hast sie getötet?«, wollte der Teamleiter wissen.

Kristen nickte einfach. Sie warf Drew eine der silbernen Schuppen zu, die sie aus der Tasche des Todesengels gezogen hatte. »Ich habe das hier gefunden.«

»Sonst noch etwas?«

»Ihre Waffe ist auf dem Dach, zielt auf den Eingang des Hotels, wo meine Eltern sind – ein verdammt großes Teil. Ansonsten nur ihr Handy.«

Sie nahm es raus und wedelte ihrem Team damit zu. Alle zogen die Augenbrauen hoch.

»Gehört das nicht in einen Beweisbeutel?«, meinte Wonderkid augenzwinkernd.

»Drachen-SWAT wird nicht wissen, was sie damit machen sollen. Ich habe schon auf dem Revier angerufen. Sie überprüfen gerade die Daten. Ich hoffe auf GPS-Ergebnisse.«

Alle nickten und teilten sich dann auf, um den Tatort abzuriegeln. Noch bevor eine weitere Minute vergangen war, traf das Drachen-SWAT ein. Stonequest führte drei weitere Drachen an. Sie flogen zwischen

Drachenschwingen

den Wolkenkratzern von Detroit und durch den herabfallenden Schnee, wobei ihre Flügelschläge hinter ihnen Verwirbelungen erzeugten. Massive Flügelschläge bei der Landung verteilten den angesammelten Schnee.

Mit vier gleichzeitigen Energieschüben verwandelten sich die Drachen, sodass vier Wesen in Menschengestalt bei ihrem Team erschienen.

»Gut gemacht, Kristen! Ist das deine Arbeit?« Stonequest zeigte auf den toten Drachen.

»Ja.«

Er studierte die riesige Leiche. »Woher stammen diese seltsamen Wunden?«

»Jemand hat auf sie geschossen«, antwortete Kristen. »Mit Kugeln aus Drachenschuppen, nehme ich an. Wie die, die der Todesengel bei mir benutzt hat.«

»Aber das ist der Todesengel, oder? Jemand anderes hat diese Schüsse abgegeben?«, fragte er forschend.

Kristen nickte.

Stonequest nickte ebenfalls. »In Ordnung. Also, wir müssen jetzt den Mörder eines Mörders finden. Hinweise?«

»Ihr Gewehr, ein paar Fallen, ein Beutel mit silbernen Schuppen, den sie dabei hatte und das hier.« Sie warf ihm das gesperrte Telefon zu und er wusste offensichtlich nicht, was er davon halten sollte.

»Es lässt sich mit ihrem Fingerabdruck entsperren«, erläuterte Kristen hilfsbereit.

Stonequest nickte und deutete zwei anderen Drachen an, mit ihm zu kommen. Die drei bildeten ein Dreieck um den Leichnam des Todesengels und begannen im Chor zu singen. Der Wind nahm zu, die Sterne schienen durch die Wolken zu leuchten und sie war kein Drache mehr, sondern eine menschliche Frau in schwarzer taktischer Kleidung.

Plötzlich kam Angst in Kristen hoch. Sie hatte gedacht, der Drache sei im Tode unveränderlich in seiner bestialischen Gestalt eingeschlossen, aber die Verwandlung zu beobachten, erinnerte sie daran, dass es mehr Wunderliches auf der Welt gab als Drachen. Da waren noch die Zwerge, die über Kanada herrschten, Pixies mit unberechenbaren magischen Kräften, die den Menschen fremd waren und auch Magier – Menschen, die Magie wirken konnten.

Aber es war nicht nur die Magie, die Kristen nervös machte. Es war das Betrachten der Gestalt, die versucht hatte, sie zu töten. Dieser schlanke Frauenkörper war es, der sie aus der Ferne angepeilt und durch die Stadt verfolgt hatte, während sie ihrem Alltag nachging. Nachdem sie den Todesengel in ihrem wahren Körper gesehen hatte, schien es falsch, dass sie in dieser Gestalt versucht hatte, sie zu töten – die gefürchtete Kristen. Umso erschreckender war es, dass der menschliche Körper auf trockenem Boden in einer Drachensilhouette lag. Der Schnee war um den Drachenkörper herum liegen geblieben. In wenigen Augenblicken war die Illusion jedoch verschwunden, als der Schnee im trockenen Bereich landete.

Kristen musste sich abwenden.

»Das verdammte Ding lässt sich nicht öffnen«, schimpfte Stonequest.

»Versuchen Sie es doch mit ihrer Drachenform«, sagte Hernandez beiläufig.

Er nickte, murmelte eine Beschwörungsformel über der Hand des Todesengels, und sie verwandelte sich in eine Kralle. Sie entsperrte das Telefon und er starrte es in sichtbarer Verwirrung an.

»Stonequest ...«, begann Drew.

»Drachen-SWAT weiß eure Hilfe zu schätzen, aber wir übernehmen ab hier. Ein Drache hat einen Drachen getötet, das fällt in unseren Zuständigkeitsbereich.« Obwohl sie schon seit Monaten zusammengearbeitet hatten, klang seine Aussage reserviert und unpersönlich.

»In Ordnung«, antwortete der Teamleiter und sandte Kristen einen Blick, der sagte: Wir gehen.

Kristen nickte und sie machten sich auf den Weg zum SWAT-Van.

Drew und Butters stiegen vorne ein, die anderen hinten.

»Arrogante Arschlöcher«, maulte Jim.

»Zu schade.« Kristen hielt ihr Telefon hoch. »Ich habe die GPS-Daten.«

Drew und Butters kletterten von den Vordersitzen und setzten sich zum Team nach hinten. Gemeinsam werteten sie die Daten aus.

Es sah aus wie ein verschlungener Hindernisparcours, ein Wirrwarr aus den Straßen von Detroit. Das erste, was Kristen klar wurde, war, dass der Todesengel keinen Ort zweimal besucht hatte. Das sagte sie auch zu ihrem Team und alle nickten.

»Sie muss paranoid gewesen sein«, murmelte Keith.

»Aus gutem Grund«, erklärte Butters. »Kannst du dir vorstellen, dass es dein Job wäre, den besten Cop zu jagen, den Detroit je hatte? Sie musste panische Angst vor unserem Stahldrachen gehabt haben.«

Hernandez würgte bei dem Kompliment, aber Kristen dachte sich nichts dabei.

»Wartet, schaut mal da«, meldete sich Beanpole. »Dort war sie zweimal.«

»Da sind wir im Moment«, sagte Kristen. »Das hilft uns nicht viel.«

»Aber es gibt noch einen anderen Ort. Seht ihr, sie war beide Male an diesem anderen Ort, bevor sie hierher gekommen ist«, fuhr er fort.

»Glaubst du, dass sie dort ihre Befehle erhalten hat?«, fragte Jim.

»Es muss so sein. Abgesehen davon gibt es keinerlei Muster in ihren Bewegungen. Sie selbst war verdammt vorsichtig, musste aber trotzdem ihre Aufträge von einem Chef mit einer anderen Art von Paranoia bekommen haben«, erklärte Drew.

»Glaubst du immer noch, es ist Shadowstorm?«, fragte Kristen.

Er nickte. »Das tue ich, aber wir brauchen mehr Beweise.«

»Dann lass sie uns holen gehen.« Wonderkid klang ausgesprochen eifrig.

»Sollen wir das Drachen-SWAT informieren?«, erkundigte sich Keith rhetorisch.

Drew und Kristen sahen einander an. Sie brach das Schweigen zuerst. »Wir haben ihnen das Handy gegeben. Sie sollten in der Lage sein, es selbst herauszufinden.«

Beanpole schüttelte den Kopf. »Ich will nicht ohne Verstärkung reingehen. Dieser Typ – Shadowstorm oder wer auch immer es ist – könnte dort sein.«

»Ich glaube nicht, dass wir eine Wahl haben«, warf Kristen ein. »Erinnerst du dich an das letzte Mal, als wir Shadowstorm in die Enge getrieben haben? Wir haben das Drachen-SWAT gerufen und er ist geflohen, sobald er sie wahrgenommen hatte. Er ist unglaublich scharfsinnig, wenn es um Auren von Drachen geht. Wenn wir das Drachen-SWAT einschalten, rennt er einfach wieder weg und sucht sich ein neues Versteck.«

»Nun, wird er nicht deine Aura spüren oder was auch immer?«, gab Hernandez zu bedenken.

»Ja, wahrscheinlich. Ich werde versuchen, sie so weit wie möglich zu unterdrücken, aber ich glaube nicht, dass ich sie vor ihm verbergen kann.«

»Wird er dann nicht weglaufen?«, fragte Keith.

»Könnte er«, stimmte Kristen zu. »Aber vielleicht auch nicht. Als wir das letzte Mal gekämpft haben, hätte er mich fast umgebracht. Ich glaube, wenn er mich kommen sieht und zwar nur mich, wird er bleiben und versuchen zu kämpfen. Ich weiß nicht, warum, aber ich glaube, ich bin eine echte Bedrohung für ihn. Den Todesengel anzuheuern war extrem und ich wette, er will mich so sehr tot sehen, dass er gegen mich antritt.«

»Aber Kristen, als er das letzte Mal gegen dich gekämpft hat, wärst du fast gestorben.« Drew vermied den Augenkontakt. Es war nie angenehm, wenn jemand anderer beinahe gestorben wäre.

»Das ist wahr, aber die Dinge haben sich geändert.«

»Du hast uns gar nicht gesagt, dass du dich verwandeln kannst«, freute sich Keith. Er war wirklich Drachen-Fan.

»Ich kann es nicht, noch nicht, aber ich glaube, ich weiß jetzt, was mich abgehalten hat. Ich hatte Angst, dass ich jemand anderes werde, aber ich glaube, das stimmt so nicht mehr. Ich denke, ich werde einfach ich selbst sein.«

Hernandez stöhnte. »Das klingt so kitschig, Red.«

Alle lachten.

»Bist du sicher, dass du das schaffst?«, sorgte sich Drew, sobald das Lachen verstummt war.

Kristen grinste. »Nein, überhaupt nicht. Aber wir müssen es riskieren. Es ist gut möglich, dass Shadowstorm nicht da ist. Wenn das der Fall ist, können wir die Beweise einfach verschwinden lassen. Und wenn er dort ist, dann ... ja dann werde ich ihn vernichten oder eben bei dem Versuch sterben.«

Niemand musste darüber lachen. Kristen schnitt eine Grimasse. Sie hatte sich bemüht, ihre Aura davon abzuhalten, das Team zu beeinflussen und es war offenbar mehr als gelungen. Keiner von ihnen fühlte ihr Vertrauen, ihren Glauben an sich selbst oder ihre Hingabe an ihre Stadt.

Aber das war okay. So war es eben, Mensch zu sein. Und wenn sie sterben würde, um die Menschen zu beschützen, die sie liebte, wäre das auch ein sehr menschlicher Weg. Wenn sie Shadowstorm tatsächlich finden würde, müsste sie bis an ihre Grenzen gehen. Entweder würde sie im Kampf gegen ihn sterben oder sie würde gewinnen und die Stadt von einem Parasiten befreien, der jahrzehntelang von ihr gelebt hatte. So oder so, sie würde das hier ein für alle Mal beenden.

KAPITEL 17

Die Kristallkugel auf Sebastian Shadowstorms Schreibtisch begann zu leuchten – zuerst in zartem Gelb, dann in mattem Orange. Das Gerät hatte ein Magier hergestellt und es konnte Auren noch besser wahrnehmen als er selbst. Das bedeutete, dass sich ein Drache auf der Suche nach ihm näherte. Der Todesengel war es nicht. Die Kugel wäre gelb geblieben, wenn sie es gewesen wäre, statt bernsteinfarben zu werden.

Niemand wusste, wo er sich versteckt hielt, außer die Attentäterin. Er hatte nicht einmal seinen Schergen sein jetziges Versteck verraten. Das bedeutete, dass der Todesengel nicht nur gescheitert war, sondern sogar auf spektakuläre Weise. Er hatte keinen Zweifel daran, welcher Drache sich nun auf dem Weg zu ihm befand. Es war Kristen, der Stahldrache, eine Verräterin an seiner Art. Es konnte kein anderer sein.

Sie musste den Todesengel besiegt haben – entweder getötet oder zumindest so schwer verletzt, dass er vom Drachen-SWAT festgenommen wurde – dass sie seinen Aufenthaltsort überhaupt herausfinden konnte. Das hieß, dass er niemanden mehr bestrafen und foltern konnte, den er für diesen Fehler verantwortlich machen konnte. Der Maskierte würde es sicher nicht so sehen. Er hätte immer noch jemanden, dem er die ganze Schuld zuschieben konnte. Shadowstorm zog eine Grimasse, als er an die Tänzerinnen und Tänzer zurückdachte, die gezwungen waren, durch das Blut ihrer eigenen Art zu tanzen. Der Mensch war für ihn nicht mehr als Vieh, aber es gab immer noch Grenzen dafür, wie Fleisch geschlachtet werden sollte. Dennoch verstand er auch seinen Verbündeten. Schließlich hatte er ihn ausgewählt.

Die Zusammenarbeit mit dem Maskierten bedeutete einfach, dass er nicht scheitern durfte.

Er war darüber frustriert, dass der Todesengel seine Erwartungen nicht erfüllt hatte – die Menge an Ressourcen, die er für ihr Honorar aufgewendet hatte, war selbst für ihn ärgerlich – aber er war nicht völlig überrascht, dass sie sich als unfähig für die Tötung des Stahldrachen herausgestellt hatte.

Kristen Hall war ein lebhaftes, eigensinniges kleines Wesen. Sie hatte sich im Kampf gegen ihn gestellt, obwohl sie ihren Drachenkörper nicht aktivieren konnte. Und dann waren da noch ihre nervigen Verbündeten. Sein Warngerät zeigte nicht an, dass sie von Drachen begleitet wurde, also nahm er an, dass sie ihre menschlichen Polizeikollegen mitbringen würde. Tatsächlich rechnete er sogar damit.

Während der Todesengel Kristen durch die Stadt verfolgt hatte, hatte Shadowstorm seine Basis im Verborgenen auf den letzten Showdown mit dem Stahldrachen vorbereitet.

Obwohl das Müllheizkraftwerk – ironischerweise wurde diese Art der Stromerzeugung als erneuerbare Energie geführt – in einem von Detroits Industriegebieten aufgrund von Lizenzen und Genehmigungen offiziell abgeschaltet worden war, schien niemandem

Drachenschwingen

aufgefallen zu sein, dass weiterhin Dampf produziert wurde.

Nun, das war nicht ganz richtig. Er kicherte selbstgefällig. Sein Kontakt bei der Detroit Free Press sagte, einer der Reporter habe schon Fragen gestellt, aber er sei entsorgt und zur Berichterstattung über die Situation der Wasseraufbereitung nach Flint geschickt worden. Der Drache hatte nicht einfach so mehr als ein Jahrhundert in Detroit Zeit verschwendet. Er war Teil dieser Stadt geworden, ein verborgener Meister, der sehr genau wusste, wo bestimmte Fäden gezogen werden mussten.

Beispielsweise wurde trotz der Abschaltung der Anlage weiterhin Müll zur Verbrennung angeliefert. Das Umspannwerk war immer noch in Betrieb – es hatte auch ungewöhnliche Spitzen im Energieverbrauch gegeben. Und da sich in dem Gebäude keine Arbeiter befanden, hatte sich niemand darum gekümmert das Tunnelnetz zu sperren, das unter der Anlage begann und bis in die Stadt führte.

Dorthin hatte er sich zurückgezogen, in die Tunnel unter der Anlage. Das waren die Adern von Detroit, die die Stadt mit heißem Dampf versorgten, der aus der Müllverbrennung gewonnen wurde.

Shadowstorm bezweifelte nicht, dass Kristen herausfinden würde, wohin er gegangen war. Tatsächlich verlangten seine Pläne sogar, dass sie es tun würde. Aber sie würde den Weg zu seinem Versteck auch nicht unbedingt leicht entdecken. Er war zunehmend paranoid geworden, seit er beim Maskierten gewesen war und verließ sich nicht mehr auf Menschen, die ihn beschützen sollten. Sobald sie das Netz von Fallen ausgelegt hatten, hatte er sie hingerichtet. Das war ein anderer Grund, warum er wusste, dass sie den Todesengel gefunden hatte. Es war einfach niemand mehr am Leben, der ansonsten wissen konnte, wo er sich aufhielt.

Der Stahldrache würde auf die Anlage kommen und das wäre ihr Untergang. Sie würde entweder wie ein Insekt in einem Netz gefangen werden oder würde, falls sie es irgendwie bis in die Tunnel schaffen sollte, in denen er wartete, durch seine Hand sterben.

Er wusste, dass er in diesem Fall nicht nur den Vorteil seiner jahrhundertelangen Erfahrung haben würde, sondern dass auch der Tod ihrer armseligen menschlichen Verbündeten auf ihr lasten würde.

Sebastian Shadowstorm war nicht dumm und hasste es, dass sie sich als Mensch sah, aber er akzeptierte es auch. Er konnte diese Schwäche zu seinem Vorteil nutzen. Sie hatte eine Art verräterischen Sinn für Loyalität gegenüber der geringeren Spezies und würde ihr Leben riskieren für die Menschen, die sie liebte.

Wenn sie ihn erreichen sollte – falls sie so weit käme – wäre sie entweder erschöpft vom Schutz ihrer Menschen oder betrauerte ihren Tod. So oder so wäre er in der Lage, das erbärmliche Abbild eines Drachen zu zerstören und die Stadt zurückzuerobern, die ihm der unverschämte kleine Welpe versehentlich aus den Händen gerissen hatte.

Shadowstorm hatte die erneute Begegnung mit dem Maskierten fast genossen. Er hatte ihm die sorgfältig aufgestellten Fallen erklärt und die Art und Weise, wie er Kristens Verbündete schnell und effizient erledigen würde und der mächtige Drache hatte nur gestarrt. Er selbst war alt, aber der Maskierte war definitiv uralt und würde die Gefahren dieser Dampftunnel nicht unterschätzen. Auch nicht die Kräfte, die die Menschen gewonnen und in ihre Maschinen gesteckt hatten, oder die schiere Masse an Müll, die Menschen produzierten.

Aber das würde mit der Zeit schon kommen. Zuerst musste er den Stahldrachen zerstören. Dann würde er feiern.

KAPITEL 18

Der SWAT-Van hielt am Straßenrand vor dem Kraftwerk.

»Hier?«, fragte Butters.

Kristen nickte. »Das sagt das Telefon.«

»Was ist das?«, erkundigte sich Keith.

»Im Grunde ist es eine Müllverbrennungsanlage.« Jim stieg hinten aus dem Van und studierte das Tor.

»Das ist ekelhaft.« Hernandez runzelte die Stirn.

»Der Stadtrat ist deiner Meinung«, fuhr Wonderkid fort. »Ich habe gelesen, dass sie der Schließung dieses Ortes zugestimmt haben. Es werden schädliche Partikel in die Luft freigesetzt. Außerdem gibt es alle möglichen seltsamen Regeln darüber, wer wie viel dafür bezahlen muss, dass sein Müll verbrannt wird. Das ist anscheinend für Detroit nicht schlimm genug. Mehr sage ich dazu nicht, weil wir einen Drachen zu töten haben.«

»Was machen die hier mit all dem Müll?«, erkundigte sich Drew, während er ein Sturmgewehr herausnahm und das Magazin überprüfte.

»Damit wird Dampf erzeugt, mit dem sie viele Gebäude in der Innenstadt beheizen. Deshalb gibt es diese Gitterroste, die die ganze Zeit Dampf spucken. Das sind undichte Stellen. Ich schätze, unter der Stadt gibt ein ganzes Tunnelnetz und zwar seit 1903.«

Drachenschwingen

»Ich dachte immer, das sei Klärgas oder so aus der Kanalisation», meinte Hernandez.

Jim lachte. »Diese Stadt würde viel schlimmer stinken, wenn das tatsächlich aus der Kanalisation käme.«

»Aber wenn die Anlage abgeschaltet wurde, warum kommt dann immer noch Rauch aus dem Schornstein?« Butters deutete auf den hohen Schornstein aus Ziegeln, der aus dem weiß-roten Gebäude herausragte.

»Weil Shadowstorm uns erwartet.« Kristen zweifelte nicht daran, dass dies zutreffend war.

»Bist du sicher, dass wir deinen Kumpel Stonequest nicht doch anrufen sollten?« Keith klang nervös.

Sie war irgendwie froh darüber. So hatte sie die Möglichkeit, sich mit ihrem Team auseinanderzusetzen.

»Ich bin mir sicher. Er würde abhauen.«

»Da unten gibt es eine ganze Menge Tunnels, aus denen er sich einen aussuchen kann«, betonte Jim.

Mit dem Rücken zur Fabrik stand sie ihrem Team gegenüber. »Ich bin auch sicher, dass das kein leichter Kampf wird. Shadowstorm will mich unbedingt tot sehen. Seine Attentäterin hat versagt, also steht für mich fest, dass wir in eine echte Todesfalle treten werden. Ich denke, es wäre besser, wenn ihr alle nach Hause geht.«

Die Antwort folgte prompt.

»Bist du verrückt?«

»Spinnst du, Red.«

»Unter keinen Umständen.«

Kristen konnte nicht nachvollziehen, wer was gesagt hatte, nur dass sie sich alle geweigert hatten. »Ich meine es ernst. Letztes Mal seid ihr es gewesen, die ihn bloßgestellt haben. Das hat er nicht vergessen. Ich will euch nicht verlieren. Keinen von euch.«

»Was soll's, sollen wir etwa untätig zusehen, wie du ohne Unterstützung da reingehst und dich von Shadowstorm in Stücke reißen lässt?«, antwortete Drew.

»Ich habe trainiert ...«

»Das haben wir auch«, unterbrach Hernandez. »Wir alle machen das schon viel länger als du, Red. Du vergisst, dass du immer noch der Neuling im Team bist und dass wir uns alle für diesen verrückten Job zur Verfügung gestellt haben, weil wir wissen, dass jemand sein verdammtes Leben riskieren muss.

»Hernandez hat recht«, nickte Jim zustimmend. »Du hast eine viel bessere Chance, ihn zu besiegen, wenn wir dir den Rücken freihalten. Das heißt, dass auch diese Stadt eine bessere Chance hat.

»Diese Stadt ist mein Verantwortungsbereich«, protestierte Kristen.

»Bei allem Respekt, Kristen, nein, ist sie nicht.« Besonders überraschend für sie waren die Worte, die von Keith kamen. Er war üblicherweise ihr größter Unterstützer. »Das ist genauso unsere Stadt wie deine. Wir sind froh, einen Drachen auf unserer Seite zu haben, aber es ist immer noch unsere Stadt. Ich riskiere lieber mein Leben, als dass Drachen sich damit durchsetzen und wir nichts weiter als der Preis wären, um den es zu kämpfen gilt.«

Für einen Moment war sie sprachlos. Sie wusste einfach nicht, was sie mit dem Mut ihrer Freunde anfangen sollte. Keiner hatte ihre Stärke, ihre Schnelligkeit oder ihre Stahlhaut und doch waren sie alle bereit sich an einen Ort zu wagen, der ihr Leben in Gefahr bringen würde, nur damit sie versuchen konnte, Shadowstorm zu besiegen? Das war zu viel.

Drachenschwingen

»Oh, Jesus, Red. Hör auf zu weinen, sonst rostest du noch«, scherzte Hernandez.

Sie nickte und wischte sich über die Augen. »Okay. Dann lasst uns das machen. Drew, ein Bolzenschneider für das Tor?«

»Der wird nicht notwendig sein«, sagte Beanpole. »Das Tor ist nicht abgesperrt.«

Kristen nickte. Natürlich nicht. Sie schoben das Tor auf und traten ein. Im eingezäunten Bereich befand sich ein riesiger Parkplatz und verschiedene Gebäude, wahrscheinlich Büros oder Ähnliches, auch Kühltürme. Müllwagen, ein paar Müllcontainer und ein riesiger Müllhaufen füllten den Parkplatz und in der Mitte stand ein riesiges rot-weißes Gebäude. Das schien das Herzstück der Anlage zu sein und sah aus, als sei es kürzlich um den Turm aus Ziegelsteinen – wahrscheinlich der Schornstein der Verbrennungsanlage – herum erweitert worden.

»In Ordnung. Beanpole, halt uns den Rücken frei. Butters, ich bezweifle sehr, dass uns dieses Arschloch Orte überlässt, von denen aus wir schießen könnten, aber wenn er einen übersehen haben sollte, möchte ich, dass du dort bist. Hernandez, hast du Sprengstoff dabei?« Drews Augen haben sich nie von der Fabrik abgewendet.

»Scheißt ein Bär in den Wald?«

»Gutes Mädchen. Ich möchte natürlich nicht, dass du diesen Ort über unseren Köpfen niederreißt, aber sobald wir Shadowstorm zu Gesicht bekommen, suchst du nach Fluchtwegen. Er hat kein Problem damit abzuhauen, wenn er einen Kampf verlieren könnte. Wenn er also in einen dieser Tunnel gelangt, sollte er es bereuen.

»Was ist mit mir, Sir?«, fragte Keith.

Der Mannschaftsführer grinste und warf ihm ein Sturmgewehr zu. »Du, ich und Jim? Wir passen auf Kristen auf. Wir haben die lustige Aufgabe, mit Kugeln auf einen Drachen zu schießen, von dem wir wissen, dass er dadurch nicht verletzt wird.«

Wonderkid warf ihr einen wissenden Blick zu und sie befühlte die Kugel, die ihre Schulter durchbohrt hatte, in ihrer Tasche. Sie wusste nicht, was sie damit tun sollte, aber sie zurückzulassen erschien ihr definitiv falsch zu sein.

Sie betraten das Kraftwerk, ein Gebäude, von dem sie bisher nur in den lokalen Nachrichten gehört hatte. Nun erhielt es eine neue Bedeutung, die einer alten europäischen Burg.

Langsam und vorsichtig kamen sie etwa über die Hälfte des Parkplatzes, der das rot-weiße Gebäude umgab. Das gesamte Team erschrak, als die elektrischen Transformatoren in einer Ecke der Anlage zu knistern begannen. Wie verrückt gewordene Teslaspulen sprangen Lichtblitze zwischen den Anlagen.

»Wie soll er uns damit Probleme bereiten?«, freute sich Hernandez.

»Da bin ich mir nicht so sicher«, wandte Kristen ein. Sie konnte fühlen, wie die elektromagnetische Energie an ihrer Stahlhaut zog. Der Sog wurde immer stärker und im nächsten Augenblick könnte sie über den Parkplatz gezogen und in einen der riesigen Transformatoren geschleudert werden, wo sie durch Elektrizität umgebracht würde.

Sie schaltete ihre Stahlhaut ab und der Sog war sofort verschwunden.

Keith lachte. »Das war eine sehr schwache Falle.«

»Ich glaube nicht, dass sie nur für mich war. Was ist mit euren Waffen?«, fragte sie besorgt.

Drew antwortete zuerst. »An meiner wird gezogen. Ziemlich stark in Richtung dieser elektrischen Anlage dort hinten.«

»Ahh!«, schrie Beanpole. Seine Waffe war ihm bereits aus der Hand gerutscht und ratterte über den Parkplatz in Richtung der Transformatoren. Er fluchte und rannte hinterher, war aber zu langsam.

Alle anderen liefen auf das Gebäude zu, bevor die Magnete sie ihrer Waffen berauben konnten.

»Beanpole, geh zurück zum Wagen und halte dein Funkgerät griffbereit. Es wäre hilfreich zu wissen, ob noch jemand anderes auftaucht – Magier, Schlägertypen, sogar das Drachen-SWAT«, schrie Drew den anderen Mann an, als er wegrannte. »Und bleib um Himmels willen von den defekten elektrischen Transformatoren weg. Es sind noch mehr Waffen im Wagen.«

»Ja, Sir. Entschuldigung, Sir!«, rief Beanpole und bewegte sich Richtung des Fahrzeugs.

Kristen führte sie zu einer Tür, besorgt darüber, dass Shadowstorm das genau so geplant hatte, aber Maschinengewehrfeuer pfefferte den Boden vor ihnen mit einer Reihe von Kugeln. Es schien als würde er nicht wollen, dass sie diese Tür benutzten, aber das bedeutete nicht, dass sie es zulassen konnte, dass ihr Team von diesem Sperrfeuer zerfetzt wurde.

Sie drehte sich um und führte das Team von der Tür weg zu einem riesigen Müllhaufen vor dem Gebäude.

»Haben wir einen Scharfschützen, Butters?«, erkundigte sich Drew.

»Nein, Sir, ein automatisiertes System, so wie es aussieht. Ich kann nicht sagen, ob es magisch oder maschinell betrieben wird.«

»Kannst du einen Schuss platzieren?«

Butters hob sein Gewehr, zielte, feuerte und fluchte.

Das gegnerische Gewehr schoss doch tatsächlich zurück.

Sie rannten weiter näher an den Müll heran.

»Entweder ist das eine höllische KI oder Magie, aber so oder so, schießt es durch einen winzigen Schlitz. Ich kann nicht auf die Waffe selbst zielen und ich weiß nicht, wo die Sensoren sind.« Butters schämte sich geradezu, dass ihn ein automatisiertes System bereits so früh im Kampf besiegt hatte.

»Ich denke, wir müssen die Magie hier akzeptieren«, sagte Kristen. Alle nickten – nur notwendige Zustimmung.

»Da ist ein Eingang.« Keith zeigte auf zwei offenstehende Hallentore. Ein Förderband führte hinein und der riesige Greifer darüber sah aus, als würde er normalerweise Müll dort ablegen, stand aber derzeit still.

»Wir können mit dem Müll zusammen da rein«, schlug sie vor. »Ich glaube nicht, dass Shadowstorm davon ausgeht, dass ein Drache jemals so tief sinken würde.«

Sie bewegten sich auf das Förderband zu und der Gestank des Mülls wurde immer stärker, je näher sie kamen.

»Dieser Plan stinkt«, scherzte Keith. Niemand lachte. Dazu hätte man viel zu tief einatmen müssen.

Sie hatten den Rand des Müllhaufens erreicht, als der Greifer aktiviert wurde. Sie sah niemanden an den

Drachenschwingen

Steuerungen sitzen, aber die riesige Maschine begann trotzdem sich zu bewegen. Der Auslegerarm holte aus und der Greifer mit knirschenden Metallzähnen baumelte darunter. »Los, los, los! Auf den Haufen!«, rief sie. Sie blieb auf dem Boden in der Nähe eines riesigen Kreises mit einem aufgemalten X stehen, zweifellos das Ziel der Geifers.

Es war wahrscheinlich nicht unbedingt schlau, aber sie ging davon aus, dass sie das Ding völlig zerstören konnte. Anstatt jedoch sie ins Visier zu nehmen, verfolgte der Greifer Wonderkid auf den Müllhaufen. Kristen fluchte, schaltete ihre Drachengeschwindigkeit ein und erreichte ihn, gerade als sich die Schaufel absenkte. Die massiven Metallbacken schlossen sich um sie beide und sie aktivierte ihre Stahlhaut.

Die Maschine war stark, aber der Stahldrache war stärker.

»Was soll ich tun?«, fragte Jim, während sie die Klammer auseinander hielt, damit sie sich nicht schließen konnten.

»Geht hinein! Hernandez!«, brüllte sie. »Spreng die Steuerung für diesen Scheißer.«

Wonderkid gehorchte und rannte den Müllhaufen hinauf, wobei seine Beine bis zu den Knien im Müll versanken.

Kristen versuchte, sich die Greiferbacken vom Leib zu halten, aber es war zu viel. Sie schlugen zusammen. Ihr Kopf, ihre Arme und ihr Oberkörper befanden sich nun innerhalb der Schaufel, ihre Beine baumelten draußen. Wenn sie ein Mensch wäre, wäre sie jetzt zweifellos tot. Sie musste abwarten, blind und taub, während sie ihr Gefängnis wer weiß wohin beförderte.

Nach quälenden dreißig Sekunden stoppte die erwartete Explosion – gedämpft durch das metallische Gefängnis – die Bewegung des mechanischen Greifers.

Ungeduldig trat Kristen mit den Beinen, aber ihr Gefängnis blieb verschlossen.

Sie vernahm ein Klickgeräusch an der Außenseite, kurz darauf ein weiteres. Nach dem Dritten öffnete sich die Zinken und warfen sie in einen Müllhaufen innerhalb der Anlage.

Das Team stand auf dem Haufen im offenen Hallentor. Butters legte sein Gewehr auf seine Schulter. Er musste auf den Auslöser für die Klaue geschossen haben – ein verdammt schwieriger Schuss, aber er hatte es in drei Versuchen geschafft.

»Wo ist Hernandez?«, fragte sie, versuchte, den Dreckhaufen hochzukommen und scheiterte. Sie war beeindruckt, dass ihr Team nicht nur den Müllhaufen erklommen, sondern auch den Eingang erreicht hatte.

»Sie hat die Kontrolleinheit des Greifers gesprengt. Sie ist auf dem Weg zu uns«, rief Drew.

Die Tore zur Einrichtung begannen sich von beiden Seiten zu schließen, wobei das Team in der Mitte gefangen war. Die Stege um den Müllhaufen herum waren bereits blockiert.

»Hernandez, sieh zu, dass du einen anderen Weg hineinfindest ohne erschossen zu werden!«, schrie Drew über die Schulter, weil er mit dem Rücken nach außen stand und etwas im Gebäude genauer betrachtete.

»Scheiß drauf!«, ließ Hernandez vernehmen, aber es klang schwach, weil sie offensichtlich zu weit weg war. Sie würde nicht rechtzeitig kommen.

»Alle anderen, springt!«

Drachenschwingen

»Nein!«, rief Kristen, aber die anderen ignorierten sie. Sie warfen sich alle in den Müllhaufen. Butters und Drew mit angewiderter Resignation, aber Keith und Jim sahen fast so aus, als würde es ihnen Spaß machen. Sie konnte sie nicht alleine lassen, also holte sie ihr Drachentempo hervor und raste den Haufen hinauf. Oben angekommen, entdeckte sie einen weiteren Müllhaufen im Gebäude und sprang mit ihrem Team hinein.

Sie stürzten in den Müll und Kristen merkte sofort, dass sie eine weitere Falle ausgelöst hatten.

Der Stapel begann sich zu bewegen und zu winden, als ob eine große Bestie auf dem Boden geschlafen hätte und nun erwacht wäre.

»Bleibt am besten in der Nähe der Spitze«, rief Jim. »Ich habe online ein Video über diesen Ort gesehen. Da unten sind riesige Metallkorkenzieher. Die machen Hackfleisch aus uns.«

Das war leichter gesagt als getan. Als der Müll in die Zerkleinerer gezogen wurde, schoben sich leichtere Gegenstände nach oben, während schwerere Dinge wie Menschen durch die zähe Masse sanken, wie Nudeln in kochendem Wasser. Sie waren bereits zwei Meter tief gesunken und der obere Rand war außer Reichweite. Niemand konnte so hoch springen und selbst wenn sie es könnten, gab doch der Boden nach, anstatt ein Sprungbrett zu bieten. Kristen musste ihren Körper wieder in Haut statt Stahl verwandeln, damit sie nicht komplett versank.

»Was glaubst du, wie tief diese Grube ist, Jim?«, fragte Drew.

Auch Kristen wandte sich ihm zu. Er war der Einzige, der ein wenig Ahnung von den Besonderheiten dieses Ortes zu haben schien.

»Woher zum Teufel soll ich das wissen? Ich habe diesen Ort ein oder zweimal in den Nachrichten gesehen und gegoogelt, aber es ist nicht so, dass ich die gottverdammten technischen Pläne kenne!« In seiner Stimme lag Panik und sie konnte es ihm nicht verübeln. Sie waren viel zu nah an diesem Mahlwerk.

Müllteile flogen herum – Kaffeesatz, zerknitterte Windeln und Überbleibsel von Küchengeräten. Die Schrauben mahlten weiter und sie sanken noch tiefer.

»Wir brauchen eine Idee!«, rief Butters. Trotz seines Gewichts war er nicht tiefer im Müll eingesunken als die anderen, aber es war echte Panik in seiner Stimme zu hören. Sie musste etwas tun – irgendetwas – wenn ihr Team diese Falle überleben sollte.

Sie drängte nach oben und wieder drohte die Masse des Mülls sie zu verschlingen. Ein Verlängerungskabel wickelte sich um ihren Hals. Es schien, als ob beide Enden bereits unten im Mahlwerk steckten. Sie versuchte sich zu befreien, denn sie hatte eine Idee. Eine dumme, gefährliche Idee, aber immerhin eine Idee.

Nach einem tiefen Atemzug tauchte sie in den Müll ab. Es erwies sich als viel einfacher, sich durch den Müll zu bewegen, als sich über Wasser zu halten. Ja, der Geruch war fast unerträglich. Es war dunkel, wenn auch nicht pechschwarz dank ihrer Nachtsicht, aber wenigstens konnte sie sich bewegen. Weil sie ihre Haut wieder in Stahl verwandelt hatte, sodass sie im Grunde durch den Dreck sinken konnte, war es deutlich leichter. Kristen fragte sich, ob in der gesamten Erdgeschichte mit den Drachenherrschern jemals ein einziger Drache freiwillig in Müll getaucht war. Nach dem, was sie bereits wusste, war Regel Nummer eins des Drachendaseins,

Drachenschwingen

sich keinesfalls die Hände schmutzig zu machen. Freiwillig durch Müll schwimmen musste ein klares Nein bedeuten.

Als sie den Boden der Grube erreichte, bestätigte sich, dass Jim recht gehabt hatte. Massive Schrauben drehten sich spiralförmig, um den Müll zu durchwühlen und in winzige Stücke zu zerkleinern. Kristen hatte keinen Zweifel, dass sie das Gleiche mit einem menschlichen Körper tun würden – ihn in seine Bestandteile zermahlen.

Glücklicherweise war ihr Körper nicht menschlich. Sie hatte bereits ihre Stahlhaut aktiviert, um ihren Abstieg zu beschleunigen.

Nachdem sie den Boden der Grube erreicht hatte, drehte sie sich so, dass ihre Füße nach unten zeigten und sich ihre stahlummantelten Beine zwischen die Schrauben klemmten.

Der Druck war unmittelbar spürbar, wie der schlechteste Shiatsu-Massagesessel der Welt. Ihre Haut hielt jedoch stand und zerbrach nicht. Sie hatte es nicht bezweifelt – sie konnte schließlich Kugeln widerstehen – aber eine Welle der Erleichterung überrollte sie dennoch. Die Gewinde schliffen weiter an ihren Beinen, aber sie wurde weder beschädigt noch wurden Teile herausgerissen und nach einem langen Moment ertönte ein seltsamer Knall von irgendwo aus den Wänden der Grube und der Druck hörte auf. Es war gelungen. Ihr Eingreifen hatte verhindert, dass sie zu Brennstoff für die Verbrennungsanlage zermalmt wurden.

»Kristen!« Sie hörte die Rufe, die Stimmen gedämpft durch den Müll. Die vernehmbare Angst ihres Teams spornte sie zum Handeln an und sie kämpfte sich mit den Armen durch den Müll, um ihren Kopf durch die Oberfläche zu bekommen. Da ihre Beine immer noch eingeklemmt waren, musste sie ihr Gesicht frei graben, anstatt sich einfach ganz durchzukämpfen. Müllsäcke rissen auf und ließen Dreck auf sie regnen und sie zog eine Grimasse, arbeitete sich aber weiter nach oben. Immer noch war Müll in ihren Haaren und über ihrem Gesicht als sie fühlte, wie eine Hand nach der ihren griff.

Ein weiteres Paar Hände und noch eines erschien in ihrer Vision und grub kräftig Müll von ihr weg. Nach einem Moment konnte sie wieder sehen. Drew, Keith, Butters und Jim sahen sie an und grinsten doof.

»Stahldrache? Eher eine Müllschlange«, witzelte Keith.

Alle stöhnten.

»Das war DIE Gelegenheit und das machst du draus?«, scherzte Butters und schlug dem Frischling auf den Hinterkopf.

»Wenn es eine so tolle Gelegenheit war, dann lass hören, was du so drauf hast«, konterte er.

Der Scharfschütze hielt inne. Alle lachten, obwohl sie fast erdrückt wurden. Ihm fiel nichts ein.

»Ich dachte immer, Prinzessin Leia sei hart. Sie ist nichts gegen den Stahldrachen«, frotzelte Jim.

Alle lächelten und nickten, auch Kristen, aber niemand lachte. Sie hatten einmal im Angesicht des Todes gelacht, weil sie es mussten. Fast bei der Arbeit zu sterben, ließ regelmäßig Galgenhumor in den Menschen zum Vorschein kommen, aber ein zweites Mal erschien ihnen geradezu arrogant.

»Ich will die Stimmung dieser Müllparty nicht noch weiter absenken, aber wir stecken immer noch in einer

Müllgrube fest«, meinte Drew und ließ ihre Hand nicht los. »Hast du einen Plan, wie wir hier rauskommen, Miss Stahldrache?«

»Eigentlich schon. Sieht einer von euch ein Verlängerungskabel?«

Keith, Jim und Butters brauchten nicht lang zu suchen, um die Schnur zu finden, die sie auf die Idee gebracht hatte. Wonderkid sah sie zuerst. »Wir können das verwenden, um rauszuklettern.«

Sie nickte und zwinkerte, weil eine Art Schleim aus den Haaren in ihre Augen lief.

»Das einzige Problem ist, dass beide Enden festhängen.« Keith zog eine Grimasse. Er hatte offensichtlich herausgefunden, wie er dieses spezielle logistische Problem lösen konnte, schien aber entschlossen, es nicht auszusprechen. Sie tat es für ihn.

»Einer von euch harten SWAT-Jungs hat ein Messer dabei, oder?«

Drew und Keith griffen beide nach den ihren.

»Nun, geht einer da runter und holt uns dieses umfunktionierte Seil«, sagte sie.

Keith nickte resigniert. Er wollte ebenso wenig wie der Teamleiter, dass Drew Kristen losließ.

»Wenn ihr mich danach weiter Frischling nennt, könnt ihr mich alle am Arsch lecken.« Und damit tauchte er in den Müll ab.

Sie warteten eine gefühlte Ewigkeit, bis er mit einem Ende des Verlängerungskabels wieder auftauchte. Irgendwie hatte er es sogar geschafft, es mit dem noch intakten Stecker heraus zu bekommen.

»Es war um eine Metallschraube gewickelt.« Er presste jedes Wort jeweils beim Ausatmen heraus und versuchte offensichtlich auf diese Art, so viel Dreck wie möglich von seinem Mund fernzuhalten.

»Das ist erst die halbe Miete, Frischling«, erinnerte Butters.

»Hör zu, du fetter Wichser, warum holst du dir nicht die andere Hälfte? Wale sollen doch etwa eine Stunde lang die Luft anhalten können«, erwiderte der junge Polizist voller Boshaftigkeit.

Niemand lachte lauter als Butters.

Keith grinste. Er hatte den Witz offensichtlich vorbereitet, aber die Pointe war nicht unbedingt gelungen. Mit einem tiefen, resignierten Atemzug tauchte er wieder in den Müll. Vielleicht zwanzig Sekunden später kam er mit dem anderen Ende des Verlängerungskabels wieder zum Vorschein. Dieses hatte er mit dem Messer durchschneiden müssen.

»Schön«, sagte Kristen. »Sucht jetzt ein Stück Rohr oder so etwas, bindet die Schnur herum und werft sie um einen der Handläufe dort oben, damit wir herausklettern können.

Er nickte und er und Jim gingen auf die Suche nach einem Rohr. Sie fanden ohne große Anstrengung ein Stück PVC, schoben die Schnur hindurch und verknoteten sie. Danach schleuderten sie abwechselnd den behelfsmäßigen Enterhaken Richtung Handlauf. Nach ein paar Versuchen gelang es dem Frischling.

Mit einem triumphierenden »Wie war das mit Wonderkid?« kletterte er hinauf.

Einmal hätte sich das Kabel fast gelöst, aber er machte einen seltsamen kleinen Flip mit dem Kabel und es blieb an Ort und Stelle. Oben angekommen hielt er es fest, damit Jim hochklettern konnte. Sein Mannschaftskamerad

Drachenschwingen

verlor keine Zeit und seine Erfahrung vom Militär war sichtbar, als er das Seil hochkletterte.

»Du bist der Nächste, Drew«, meinte Kristen.

»Wenn du glaubst, ich klettere hier raus, während dein Fuß noch da drin gefangen ist, bist du verdammt verrückt.« Drew schüttelte den Kopf.

»Du musst. Wonderkid und der Frischling werden ohne dich lebendig gefressen, Drew.«

»Ohne den Stahldrachen sind wir alle tot.«

»Es ist schon in Ordnung. Ich habe einen Plan.«

Er atmete tief ein und sein Gesicht verzog sich bei dem Gestank, aber er nickte und ließ sie los. Sie hatte ein wenig Angst davor, wieder in die drehenden Schrauben hineingezogen zu werden, obwohl sie etwas vernommen hatte, das nach kaputtem Motor geklungen hatte. Sie konnte sich dessen nicht sicher sein, aber so oder so taten ihre Stahlbeine weit mehr, um die Schrauben zu bremsen, als er, der ihre Hand gehalten hatte und sie bewegte sich schließlich nicht.

Der Teamleiter kletterte hinauf und sah bei jedem Schritt wie ein altgedienter Felskletterer aus.

Nur Kristen und Butters waren übrig geblieben.

»Also gut, Miss Stahldrache. Wie lautet der Plan?«

Sie schluckte und zwang sich ein Lächeln auf ihr Gesicht.

»Du hast keinen, oder?«

»Nicht wirklich, nein. Aber ich glaube, ich kann hier rauskommen. Klettere rauf, wir treffen uns dort.«

Er verschränkte die Arme und schüttelte den Kopf. »Wir wissen beide, dass die Schnur mich nicht halten wird. Damit unser Team überleben kann, musst erst einmal du rauf, bevor ich es versuche.«

Kristen nickte. Sie wollte lieber nicht daran denken, aber er hatte recht. Es war ein kleines Wunder, dass das Kabel Drew überstanden hatte. Sie bezweifelte sehr, dass es Butters aushalten würde.

Aber das löste nicht das unmittelbare Problem, dass ihre Stahlbeine zwischen den massiven Schrauben eingeklemmt waren. Als sie versuchte, an ihnen zu rütteln, bewegten sie sich keinen Zentimeter. Sie beugte, drehte, trat und noch einiges mehr, aber nichts funktionierte. Sie war ohne Zweifel gefangen.

»Kristen, ich will ja nicht drängen, aber ...« Keith musste nicht weitersprechen.

Durch die Fenster der Anlage drangen Blitze. Shadowstorm beschwor einen Sturm herauf. Sie glaubte nicht, dass seine Kontrolle ausreichte, um tatsächlich jemanden aus ihrem Team mit Blitzen oder etwas Dramatischem zu treffen, aber sie hatte auch das Gefühl, dass sie bisher nur einen flüchtigen Blick auf seine Macht werfen konnte.

Der Gedanke, dass sich ein Hurrikan über der Innenstadt von Detroit zusammenballte, kam ihr in den Sinn. Er könnte Windschäden, Blitze und vielleicht einen Schneesturm bringen, wenn man die Bedingungen draußen betrachtete. Das extreme Wetter könnte die Stadt verwüsten, wenn sie ihre Beine nicht befreien würde. Noch schlimmer war, dass sie seine Kräfte nicht besser verstand als ihre eigenen. Was, wenn sie ihn besiegen, aber zu lange brauchen würde und der Sturm anhielt? Wenn er ihn einmal in Gang gesetzt hätte, würde er sich vielleicht selbst erhalten. Wenn das der Fall wäre, hätte sie wirklich keine Zeit mehr.

»Kristen, was sollen wir jetzt tun?«, unterbrach Butters ihren Gedankenfluss.

Drachenschwingen

Sie wusste im Prinzip, was sie zu tun hatte. Die Antwort lag auf der Hand. Stonequest hatte versucht, sie dazu zu bewegen und ihr Vater hatte gesagt, sie müsse es tun. Sogar Butters musste klar sein, dass sie zum Stahldrachen werden musste. Sie musste sich verwandeln.

Das Problem war, dass sie keine Ahnung hatte, wie.

Vielleicht, wenn sie sich konzentrieren würde und darüber nachdenken, wie sie feststeckte und wie sie einfach die Maschinerie durchbrechen und frei sein könnte, wenn sie sich verwandeln würde ... Trotz ihrer Konzentration funktionierte es dennoch nicht.

»Komm schon, Kristen!«, schrie Drew. »Unten rüttelt etwas. Wir müssen gehen.«

Ein wenig panisch versuchte sie es jetzt noch einmal, aber ohne Ergebnis. Sie blieb stecken, was bedeutete, dass Shadowstorm freie Hand über ihre Stadt haben würde. Er hätte die Freiheit, ihre Familie zu jagen und ihren Vater, ihre Mutter und Brian zu töten, ohne triftigen Grund, der über die familiäre Beziehung hinausginge. Aber damit wäre lange nicht Schluss. Er würde ihre Teamkollegen einen nach dem anderen töten, egal wie sehr sie versuchen würden, mit ihm fertig zu werden. Sie wusste, dass sie ihn nicht aufhalten konnten. Er war einfach zu mächtig und würde ihr alles wegnehmen.

»Ja, Kristen! Ja!«, schrie Butters.

Etwas in ihr hatte sich verschoben. Plötzlich war ihr Bein nicht mehr menschlich, sondern entwickelte eine Kraft, die sie noch nie erlebt hatte.

Sie hatte jedoch keine Zeit darüber nachzudenken, da sie bemerkte, dass ihre Beine frei waren. Sie bewegte sich schnell und kletterte mit einem dummen Grinsen an die Spitze des Müllhaufens. Etwas hatte sich verändert und sie hatte eine Kraft aktiviert, die sie noch nie zuvor benutzt hatte. Sie sah Butters an und erwartete, dass er ihr gratulierte.

Stattdessen runzelte er die Stirn und studierte ihren menschlichen Körper mit Unverständnis und ohne Entschuldigung. »Das war, äh … enttäuschend.«

»Wie auch immer.« Sie zuckte die Achseln und watete zur Schnur.

Butters folgte kichernd. »Was hast du mit deinem Bein gemacht, dass es zu einem winzigen Drachenbein geworden ist oder so?«

»Als ob du das überhaupt verstehen würdest. Törichter Mensch«, scherzte sie.

»Oh! Dann bist du vielleicht doch ein Drache geworden«, rief er ihr nach, als sie das orangefarbene Verlängerungskabel hochkletterte. Sie erreichte die Spitze ohne Probleme. Jim und Drew nahmen ihre Arme und zogen sie neben sich hoch.

»Na gut, Butterball, versuch, mit deinen schmierigen Fingern nicht abzurutschen«, ermunterte Keith seinen Teamkollegen.

»Ha-ha-ha. Wisst ihr, ich bin vielleicht nicht der Stärkste, aber wenn ihr denkt, ich kann kein Seil hochklettern, habt ihr euch geschnitten. Tatsächlich bin ich einmal im Alleingang ein Seil hinaufgeklettert, das an der Glocke im Kirchturm unserer Kirche hing, weil der Prediger gesagt hatte, wir dürften nicht essen, bevor es geläutet hatte. Es hatte sich ein Schwarm Papierwespen dort niedergelassen und die Dinger waren verdammt überrascht, als …«

Das Kabel war in der Mitte gerissen, er stürzte zurück in den Müll.

Drachenschwingen

»Butters!«, rief Kristen.

»Ich bin in Ordnung. Es geht mir gut. Aber ich bin komisch auf meinem ... oh, lieber Gott. Warum?« Er keuchte, als er sich umdrehte und feststellen musste, dass er auf seinem Gewehr gelandet war und es in zwei Hälften zerbrochen hatte.

»Geht es dir gut?«, fragte Drew. Er musste seine Stimme erheben, da etwas in der Anlage begonnen hatte, erheblich Lärm zu machen.

»Mir geht es gut. Ich werde überleben, aber auch jetzt keine große Hilfe sein. Ich habe mein Baby zerbrochen. Oh, grausame Frau Hostess und unfairer Colonel Sanders, warum müsst ihr so köstlich schmecken?«

»Gibst du etwa nur den Twinkies und den Brathähnchen die Schuld für deinen fetten Arsch?«, rief Keith grinsend.

»Kann ein Mann nicht wenigstens einen Moment lang trauern?«, protestierte er.

»Nein«, sagte Drew und nahm dem Moment den Witz. »Es wird immer heißer hier drin. Ich glaube, Shadowstorm hat die Verbrennungsanlage aktiviert.«

»Butters, du musst dich beeilen.« Jim schaute sich von der Kante oben aus auf dem Müllhaufen um. »Da unten muss noch eine andere Schnur sein – ein Seil, eine Wäscheleine, irgendwas.«

Der Scharfschütze schüttelte den Kopf. »Ihr müsst mich hier lassen. Ohne mein Gewehr tauge ich nicht viel. Du musst dich beeilen und Shadowstorm aufhalten, bevor der Sturm außer Kontrolle gerät.«

»Wir können dich nicht hier lassen.« Kristens Worte klangen wie ein Knurren und sie war überrascht über die Grausamkeit ihrer eigenen Stimme.

»Ihr habt keine andere Wahl. Außerdem wird Hernandez einen Weg hier herein finden. Ich bin sicher, dass sie bereits Sprengstoff platziert hat. Ich schaffe das schon. Aber du musst das heute Nacht beenden.«

Kristen nickte. Obwohl sie sich dafür hasste, akzeptierte sie die Weisheit dessen, wofür er sich einsetzte. Sie musste ihn zurücklassen, damit sie ihn retten konnte.

»Soll ich Shadowstorm irgendetwas von dir ausrichten?«, fragte sie.

»Sag ihm, er ist ein gerupfter Truthahn.«

Grinsend ließen alle ihren Freund und Kollegen in der Müllgrube zurück.

Es war schwierig, nicht an die drei fehlenden Kollegen zu denken, als sie sich an die übrigen Mitglieder ihres Teams wandte. War das der Plan von Shadowstorm gewesen? Ihre Teamkollegen auszubremsen und sie als Verbündete zu eliminieren, damit Kristen gezwungen war, sich ihm alleine zu stellen?

Aber nein, das konnte nicht sein. Er hätte doch auf jeden Fall geplant ihre Freunde zu töten, nicht nur sie fernzuhalten. Das bedeutete, dass sie gewinnen musste. Und wenn sie es nicht würde? Nun, sie musste an sich glauben.

»Haben wir einen Plan?«, wollte sie von den anderen wissen.

»Er ist nirgendwo auf der Anlage. Ich habe die Büros überprüft und sehe nirgends etwas, wo er sich verstecken könnte«, erklärte Drew.

»Hier gibt es eine Menge Orte, an denen er sein könnte!«, protestierte Keith.

Der Teamleiter zuckte die Achseln. »Stimmt, aber glaubst du wirklich, dass das sein Stil ist? Sich einfach

Drachenschwingen

hinter einer Müllpresse verstecken und im richtigen Moment herausspringen?«

»Auf keinen Fall. Nicht mit seinem Ego.« Kristen durchsuchte den Raum, um festzustellen, wo er stecken könnte. Der Verbrennungsofen lief jetzt auf vollen Touren und erhitzte den Raum. Der Dampf begann sich unter Druck aufzubauen und sickerte durch Lecks in den Rohren im ganzen Raum.

»Die Tunnel.« Sobald sie es ausgesprochen hatte, wusste sie, dass er dorthin gegangen war.

Shadowstorm war lange Zeit in Detroit gewesen. Er wusste zweifellos mehr über die Tunnel unter der Motor City als die meisten anderen. Außerdem hatte er wahrscheinlich auch mehr als genug Zeit gehabt, sie mit Sprengfallen zu versehen.

»Wenn er da unten ist, wird es nicht leicht, ihn zu finden«, betonte Jim.

Kristen schloss die Augen und spürte die Anwesenheit von Shadowstorm. Es dauerte nicht lange, bis sie etwas berührte. Eine weißglühende Präsenz, ein Ball aus Wut und Hass, der heißer war als der Dampf aus dem Kessel, der sich im Raum verteilte.

»Ich habe ihn.« Sie überblickte die Anlage und fand sofort ein Gitter im Boden. Es brauchte keinen Detektiv, um zu erraten, dass es bequemerweise offen gelassen worden war. »Aber ihr könnt nicht mit mir kommen. Shadowstorm will euch alle töten, damit ich die Konzentration verliere. Es ist für alle besser, wenn ihr hier bleibt. Bringt Butters raus und euch in Sicherheit.«

»Und Detroit dem Sieger aus einer Drachenschlacht in die Hand drücken? Scheiß drauf!«, protestierte Jim lautstark.

»Ja, das ist Schwachsinn! Ich will diesen Wichser umlegen.« Keith klatschte auf die Seite seines Sturmgewehrs. »Es wäre verdammt geil, das in meinem Lebenslauf zu haben.«

Drew starrte Kristen nur an und forderte sie schweigend auf, ihm noch einmal zu sagen, er solle gehen. Sie war schon mutig, aber so mutig war sie nicht.

»Also gut. Dann lasst uns gehen.«

Sie stiegen eine Treppe hinunter, näherten sich mit erhobenen Waffen dem Gitter und stellten – gar nicht überraschend – fest, dass es nicht abgeschlossen war. Keith zog es hoch, während die anderen ihre Waffen auf den Eingang richteten.

Nichts passierte und nach einigen Augenblicken Warten tappten sie ganz bewusst in die sicherlich größte Falle von Shadowstorm.

KAPITEL 19

Die ersten paar Minuten im Tunnel waren fast schon langweilig. Nichts griff sie an und nichts schoss auf sie oder stob Funken oder Ähnliches. Sogar die Lichter funktionierten auf dieser ersten Etage.

Kristen folgte dem Samen der Wut, von der sie wusste, dass sie nur von Shadowstorm kommen konnte. Ihre Aura konnte keine Karte des Tunnellabyrinths erstellen, aber das war egal, weil sie vor allem spüren konnte, dass er sich unten aufhielt. Sie orientierten sich also auf ihrem Weg hauptsächlich nach unten.

Sie folgten dem Tunnel bis zu einer Treppe und stiegen hinunter, querten einen Tunnel bis sie zu einer anderen Treppe gelangten und gingen wieder hinunter.

»Man kann das Gewicht der Stadt auf den Schultern spüren«, murmelte Keith.

»Deshalb nennen wir dich Frischling, Frischling«, murmelte Drew. »Du solltest dieses Gewicht jedes Mal spüren, wenn du deine Uniform anziehst.«

»Ich weiß nicht, Drew. Ich arbeite gerne unter Druck, aber das jetzt ist etwas anderes«, sagte er und klang, als wollte er eigentlich mehr sagen.

»Wir müssen etwas tun.« Jim war vollkommen im Dienstmodus.

Zuerst ging die Beleuchtung über ihnen aus und tauchte sie in Dunkelheit. Kristen hatte nichts dagegen, da sie mit ihren Drachenfähigkeiten sehen konnte, aber alle anderen aktivierten die Lichter an ihren Waffen.

Sie machten sich bereit, wurden aber nicht angegriffen. Stattdessen klapperte eine der Röhren an der Seite des Tunnels, als würde sich eine Bestie hindurchschlängeln. Das Klappern bewegte sich weiter und bevor es die Treppe erreichte, die sie heruntergekommen waren, brach etwas aus dem Rohr hervor.

Die vier standen einfach nur da und starrten erstaunt auf einen Dampfstrahl, der anstatt des erwarteten Angreifers aufgetaucht war.

»Er will nicht, dass wir gehen«, sagte Kristen.

»Nein, es ist in Ordnung. Es ist nur ein bisschen Dampf. Warst du noch nie in einer Sauna?« Keith ließ seine Waffe fallen und streckte seine Hand aus. Sein Tonfall hatte etwas Verträumtes an sich.

»Keith, nein!« Sie versuchte, ihre Aura aufblitzen zu lassen, um ihn vor dem Dampf zu ängstigen, aber sie kam zu spät. Er steckte seine Hand in den Dampf und schrie.

»Scheiße!« Er riss die Hand schnell heraus und der verträumte Tonfall war verschwunden. Als er nach seiner Waffe griff, fluchte er. Er hatte sich die Handfläche verbrannt. »Es tut mir leid, Leute. Ich weiß nicht, was zum Teufel passiert ist. Ich hatte dieses Gefühl wie früher, als ich ein Kind war und wir alle in die Sauna gegangen sind und ich ... Es tut mir so leid.«

»Muss es nicht.« Sie straffte ihren Kiefer. »Das war Shadowstorm. Er hat dich mit seiner Aura beeinflusst. Es ist meine Schuld. Ich hätte dich beschützen müssen.«

Drachenschwingen

»Vor meinen eigenen Gefühlen?« Keith fürchtete sich davor mit dem Stahldrachen zu arbeiten – zum ersten Mal, seit er herausgefunden was sie war. Er verstand nicht wirklich, was aus ihr wurde. Niemand verstand es.

Sie biss die Zähne zusammen. »Wir müssen in Bewegung bleiben.«

Sie krochen einen engen Durchgang hinunter und der Dampf wogte hinter ihnen, bis sie eine weitere Treppe erreichten. Über diese gelangten sie zu einem anderen Tunnel, der sich sofort zu einer Kreuzung mit drei abgehenden Tunneln öffnete.

Kristen wählte zufällig eine Richtung, Shadowstorm war noch immer unter ihnen – und wartete zweifellos auf sie. Sie nahm an, dass er den Dampf nutzen wollte, sie zu ermüden, aber sie war sicher, dass er sich ihr stellen würde. Offensichtlich hatte sie die falsche Wahl getroffen. Sobald sie den linken Weg eingeschlagen hatte, strömte eine weitere Energiewelle durch die Rohre und eines direkt vor ihr barst. Der Tunnel füllte sich sofort mit Dampf.

»Wir müssen da durch«, rief Drew über das Zischen des Dampfes hinweg.

»Nein!«, schrie sie und drehte sich in die andere Richtung.

»Er treibt uns zu ihm«, protestierte Jim.

»Immer noch besser als wie Knödel gekocht zu werden«, antwortete sie und ging weiter. Es war nicht nötig zu erklären, dass sie sicher davon ausging, dass der Dampf sie zu ihm führen würde und dass sie beabsichtigt hatte, sich darauf einzulassen.

Das Team folgte ihr, bis eine der Röhren in diesem Tunnel ebenfalls barst. Sie war in diesem Moment verdammt nah dran und verwandelte ihre Haut sofort in Stahl, konnte aber die Hitze durch ihre Schutzschicht aus Metall noch immer spüren. Einer ihrer Teamkollegen hätte mit Sicherheit Verbrennungen zweiten oder dritten Grades erlitten, wenn er vorausgegangen wäre.

»Kehrt um«, befahl sie.

»Ich habe dort aber eine Treppe gesehen«, schrie Keith.

»Es ist zu gefährlich. Kehrt um.«

»Aber ...« Sie ignorierte seine Proteste und drehte sich schnell um, erwischte ihn am Arm und zerrte ihn aus dem dampfgefüllten Gang. Sie wollte ihre Aura nicht auf ihr Team anwenden – zum einen, weil sie dadurch ihre Konzentration aufteilen müsste und es schwieriger machen würde, Shadowstorm zu folgen und zum anderen, weil sie dachte, sie hätten etwas Besseres verdient – aber sie war sehr versucht. Ihr Gegner hätte keine Bedenken, seine Aura zu benutzen, um Menschen in Gefahr zu bringen. Tatsächlich würde er wahrscheinlich denken, dass es falsch wäre, seine Aura nicht zu benutzen.

Aber Kristen war nicht wie er, jedenfalls noch nicht. So widerstand sie der Versuchung, ihr Team mit der Aussicht auf einen Drachen aus Schatten und Sturm zu erschrecken, der das Wissen hatte, die Dampfadern der Motor City kontrollieren zu können. Stattdessen behandelte sie Menschen gleichberechtigt und sie gingen weiter.

Sie führte sie in den dritten Tunnel. Sie kamen vielleicht dreißig Meter weit, als sie das durch abgestürzte Trümmer blockierte Ende entdeckten. Sie war verblüfft, denn sie hatte ehrlich geglaubt, dass Shadowstorm sie zu ihm führen würde. Warum schickte er sie in einen eingestürzten Tunnel?

»Wir müssen zurück«, stellte Drew das Offensichtliche fest, bevor es jemand anderes tun konnte.

Sie drehten sich um und wollten sich zurückziehen, aber eines der Rohre im Tunnel brach und ihn mit Dampf füllte.

»Scheiße!«, fluchte sie. »Das ist meine Schuld. Ich dachte, er wollte mich zum Kampf dorthin führen.«

»Warum gegen den Stahldrachen kämpfen, wenn man ihn einfach lebendig kochen kann?«, fragte Jim mürrisch.

»Wir müssen die Treppe nehmen, die Keith gesehen hat.« Drew gestikulierte den Tunnel hinunter und dann nach links.

»Wie zum Teufel sollen wir da durchkommen?« Keith rieb sich den Kopf. »Es ist wie Erbsensuppe. Ich kann überhaupt nichts sehen. Außerdem dämpft es uns wie Brokkoli.«

»Das Rohr ist auf der linken Seite gebrochen«, erklärte Jim. »Ich denke, wenn wir uns rechts halten, sollte die Temperatur nicht ganz so schlimm werden.«

»Dann folgen wir der Wand mit den Händen, bis sie nach rechts abbiegt, halten uns an den Händen fest und gehen hinüber zu der Stelle, an der Keith die Treppe gesehen hat.« Kristen versuchte, trotz der steigenden Temperatur im Tunnel ruhig zu sprechen.

»Das klingt gut«, sagte Drew und übernahm die Spitze.

»Klar, wenn du mit gut meinst, dass es sich nach einer verdammt guten Methode anhört, neben einer Tasse geschmolzener Butter auf einem Drachenteller zu landen«, maulte Keith, machte sich aber direkt nach dem Teamleiter auf den Weg.

Kristen hatte sie vorausgehen lassen. Würde sie mit ihrer Stahlhaut vorangehen, könnte sie nicht sagen, ob es für Menschen sicher wäre.

Sie traten in den Dampf. Selbst mit ihrer Nachtsicht konnte sie kaum durch die wabernden Wolken aus erhitztem Dampf sehen, sodass es keine große Überraschung für sie war, als Keith plötzlich verschwand.

Es war beängstigend – definitiv und eindeutig erschreckend – aber nicht wirklich eine Überraschung.

»Frischling!«, rief sie in den heißen Nebel.

»Ende der Reise, Stahldrache«, sagte Keith und sie fand heraus, dass er recht hatte. Ihre Hand erreichte das Ende des Tunnels. Sie musste nun die sie leitende Mauer verlassen und sich in den Dampf begeben.

»Da sind wir, Wonderkid«, sagte sie über die Schulter und trat nach vorne.

Diese Erfahrung war äußerst desorientierend. Obwohl Drew und Keith laut sprachen, um gehört zu werden, verlor man leicht das Gefühl, wo sie sich befanden. Als sie die gegenüberliegende Seite des Tunnels berührte, war sie schweißgebadet und hoffte praktisch darauf, dass Shadowstorm sie dort angreifen würde.

Aber natürlich tat er das nicht. Er verstand die menschlichen Emotionen besser als die Menschen selbst – schließlich hatte er sie jahrhundertelang ausgenutzt. Dieses Wissen war ein enormer Vorteil, denn er wusste zweifellos, dass ihre Ängste und ihre Erschöpfung der erste Schlag gegen sie sein würden. Doch als sie durch den Dampf ging, ihre Lungen zu brennen begannen und ihr Atem stockte, begann sie sich zu fragen, ob er

Drachenschwingen

wirklich kämpfen wollte. Sie unter der Stadt lebendig zu kochen, schien ihm die Arbeit abzunehmen.

Sie versuchte, sich nicht in diesen Gedanken zu verlieren, aber es war schwer. Wenn jemand aus ihrem Team ohnmächtig würde, könnte sie ihn im Dampf nicht finden. Dieser schreckliche Gedanke schien sich in ihrem Kopf wie eine defekte Schallplatte immer zu wiederholen.

Aber letztendlich war ihre Angst unnötig. Sie kam dort an, wo Drew und Keith auf sie warteten. Schritte hinter sich sagten ihr, dass Jim auftauchte. Alle schwitzten, waren rot im Gesicht und erschöpft, aber sie lebten.

»Ich glaube nicht, dass wir noch viel mehr wie das hier durchstehen können.« Der Frischling versuchte zu verschnaufen.

»Ich habe das Gefühl, dass wir nicht mehr viel weiter gehen müssen.« Kristen konnte Shadowstorm spüren. Er war nah – ganz nah – und unglaublich wütend. Irgendwie wusste sie, dass er Keith, Drew und Jim auf eine Art und Weise wahrnehmen konnte, wie es ihr nicht gelang. Ihr Überleben passte dem gefühllosen Drachen gar nicht.

»Na gut, gehen wir.« Jim nickte in Richtung Treppe.

»Wartet.« Drew berührte die Rohre, die durch die Tunnel führten. Kristen hatte nicht bemerkt, dass dieser unterirdische Bau mehr als nur Dampfrohre enthielt. Elektrizität war vorhanden, Kabel und sogar Glasfaser, so wie es aussah. Er berührte sie nacheinander, bevor er an einem Rohr innehielt, das größer als die andren war. »Ihr wisst, dass ich diese Stadt liebe, oder?« Er berührte das ausgewählte Rohr probeweise mit dem Finger.

»Nicht so sehr wie Kristen und ich, aber ja, sicher.« Jim hob eine Augenbraue. »Warum, was hast du vor?«

»Viel zu vielen Menschen das Wasser zu nehmen.« Drew trat von dem Rohr weg, hob sein Gewehr und schoss dreimal. Bei der ersten Kugel passierte nichts, auch nicht bei der zweiten, aber die dritte Kugel zerbrach die Leitung und Wasser begann an die Wand neben ihnen zu spritzen.

»In Ordnung. Euch ist allen heiß und ihr stinkt. Geht duschen.«

Das musste nicht zweimal gesagt werden. Als Kristen durch den kalten Wasserstrahl ging, schaltete sie ihre Stahlhaut kurz ab, damit sie das erfrischend kühle und saubere Wasser besser genießen konnte.

Das Team tat das Gleiche und die Erleichterung waren ihnen anzusehen.

Allen außer Drew. Er sah nicht aus, als wäre er stolz auf das, was er getan hatte.

»Es wird alles gut, mein Großer.« Keith klopfte ihm auf die Schulter.

»Ich weiß. Es ist nur ... morgen ist Schule.«

Jim kicherte – wieder das Lachen im Angesicht des Todes. »Es ist fast ein Uhr morgens. Alle Kinder, die vorher noch duschen wollten, gehen morgen wahrscheinlich nicht zur Schule.«

Der Teamleiter lächelte tatsächlich – ein seltener Anblick – und nickte. »Lasst es uns zu Ende bringen. Bist du bereit, Stahldrache?«

»So bereit, wie ich sein kann«, meinte sie und versuchte, positiv zu klingen.

Sie stiegen die Treppe zu einem Treppenabsatz hinunter, änderten die Richtung und gingen weiter. Als sie

Drachenschwingen

schließlich in einen Tunnel gelangten, öffnete sich dieser schnell zu einer Art U-Bahn-Station. Kristen hatte keine Ahnung, wofür der Raum gedacht war. Vielleicht war er einmal für Züge benutzt worden, oder vielleicht war hier die Baumaschine untergebracht gewesen, die diese Tunnel gegraben haben musste, während die Arbeiter geschlafen hatten.

Wie auch immer, es war ein großer, höhlenartiger Raum, fast so groß wie ein Basketballfeld. Verglichen mit den Gängen, in denen sie sich befunden hatten, schien er praktisch endlos und hätte es leicht mit der Größe eines Freizeitzentrums aufnehmen können. Der Boden war mit alten Fliesen belegt, einige hatten hier und da Risse. Die Wände waren aus Ziegelsteinen, obwohl Teile schon vor langer Zeit gefliest worden waren, was der Theorie eines aufgegebenen Bahnhofs Geltung verschaffte, obwohl Detroit keine U-Bahn hatte. Die Decke bestand aus rohem Stein, der von Drähten und Rohren durchzogen war. Ein vor Jahrzehnten aufgegebenes Holzgerüst säumte die meisten Wände. Über ihnen hingen nackte Glühbirnen, die kaum für Licht sorgten in dem Raum. Pfeiler trugen die Unmengen an Steinen und Ziegeln, unter denen sie hindurchgegangen waren.

Es war jedoch immer noch ausreichend Licht vorhanden, um Sebastian Shadowstorm in der Mitte des Raumes stehen zu sehen. Er trug ein schwarzes japanisches Gi mit einer roten Schärpe über der Taille und seine charakteristischen schwarzen Handschuhe mit den roten Biesen. Seine Arme waren vor seiner riesigen Brust verschränkt. Im blassen Licht der Glühbirnen schien er mehr Schatten als Mensch zu sein, seine

Schultern waren so breit, dass sie seine Beine in Schatten hüllten. Nur das Rot des Gürtels gab einen Hinweis darauf, dass er momentan den Körper eines Menschen hatte. Sein Haar war zu einem engen Pferdeschwanz gebunden und sein Spitzbart umrahmte das grausame Grinsen, das sein Gesicht dominierte.

»Kristen. Du hast es geschafft«, sagte er kalt und humorlos, so anders als der freundliche Ton, den er beim gemeinsamen Training verwendet hatte. Natürlich verstand sie jetzt, dass es nicht wirklich ein Training war, sondern die Aufschlüsselung ihrer Fähigkeiten.

»Sebastian«, antwortete sie und versuchte, so kalt und wütend wie er zu klingen.

Sein kurzes Zurückschrecken sagte ihr, dass sie zumindest teilweise erfolgreich war.

»Wir haben schon Zeit genug verschwendet, findest du nicht auch? Komm jetzt. Es wird Zeit, dass du stirbst.«

KAPITEL 20

Kristen raste auf Sebastian zu. Sie konnte es kaum erwarten, dass er sie angriff. Wenn er auch nur einmal auf einen ihrer Freunde einschlagen würde, wäre dieser tot.

Er hatte ihren Angriff natürlich vorhergesehen und ihr einen massiven rechten Haken in den Bauch verpasst, sobald sie in Reichweite kam. Sie flog quer durch den Raum und gegen eine Wand mit Fliesen, die sofort zerbrachen und den rohen Ziegelstein darunter zum Vorschein brachten.

Bevor sie wieder auf die Beine kommen konnte, startete er ernut seinen Angriff. Seine Arme verschwammen vor ihren Augen, als er rasant auf ihre Rippen einschlug und ihren Brustkorb wie einen Sandsack benutzte.

Wäre sie ein Mensch, wäre sie längst tot. Aber sie war keiner.

Sie stieß sich vom Boden ab und schlug mit ihrer stählernen Stirn gegen seinen Schädel.

Er taumelte zurück, benommen von dem Schlag.

Sie nutzte diesen kurzen Vorteil, stieß sich von der Wand ab und ging auf den größeren Mann los, der benommen zurücktaumelte. Er war offensichtlich nicht daran gewöhnt, einem Gegner gegenüberzutreten, der etwas Derartiges konnte und sie traf ihn einige Male, bevor er sie zur Seite beförderte.

Er war unvorstellbar stark. Trotz der Tatsache, dass sie aus Stahl war, schleuderte er sie mit Leichtigkeit durch den Raum. Sie drehte sich in der Luft wie eine Katze und landete so hart auf den Füßen, dass die Steine zerbrachen.

»Ach Stahldrache, ich vermisse unsere kleinen Trainingskämpfe. Ich habe vergessen wie es ist, gegen einen Gegner zu kämpfen, der schwerer ist als ich. Eine lustige kleine Herausforderung.« Er kicherte, hörte aber sofort auf, als Kugeln in seine Brust einschlugen.

Drew hatte ein paar Schüsse abgefeuert.

Shadowstorm fluchte, aber die Waffe hatte ihm nichts angetan. Anstelle von Blut schienen Schatten selbst aus der Wunde auszutreten.

Kristen durfte nicht nur gaffen. Stattdessen sprang sie nach vorne, bog sich nach oben und erwischte ihn mit ihren Stahlknien an der Brust.

Er kippte zurück, leider konnte sie nicht auf ihm landen.

Sie kam hinter ihm auf. In der Zeit, die sie benötigte sich umzudrehen, konnte er ihr einen Tritt in den Rücken verpassen.

Der Schlag traf sie hart und sie keuchte auf, als der Schmerz ihre Wirbelsäule entlangwanderte. Er wusste wirklich, wie er sie trotz ihrer Haut verletzen konnte. Sie konnte es nicht fassen, dass sie diesem Monster tatsächlich einmal vertraut hatte. Sie war davon ausgegangen, dass sie etwas lernen sollte, stattdessen hatte er ihre Schwächen ausgemacht.

Als sie sich umgedreht hatte und ihm einen weiteren Tritt versetzen wollte, war Shadowstorm verschwunden.

Drachenschwingen

Er trat aus dem Schatten einer Säule hinter ihr heraus, faltete die Hände und schlug ihr auf die Schultern.

Ihr benommener Verstand spulte ab, was sie gesehen zu haben glaubte, als sie sich streckte und aufstehen wollte. Es hatte ausgesehen, als ob er sich von Schatten zu Schatten bewegt hatte ... aber das war doch unmöglich, oder?

»Was bist du?« Es gelang ihr schließlich, auf die Beine zu kommen.

»Du unverschämtes kleines Miststück, ich bin dein besseres Gegenstück.«

Die Kugeln trafen ihn an den Schultern, er brüllte und wandte sich um.

Jim hatte geschossen und er rannte einfach weg, am Rand des Raumes entlang und grinste wie ein Kind, das direkt vor dem Thanksgiving-Essen ein Stück Kuchen geklaut hatte.

Kristen fiel erneut auf, dass aus seinen Wunden kein Blut, sondern eine Art schwarzer Rauch ausströmte. Es sah aus wie Blut im Wasser, nur tiefschwarz.

Obwohl er nicht blutete, schlug sie mit aller Kraft auf die verletzte Stelle ein.

Shadowstorm brüllte auf vor Schmerz und stolperte vorwärts. Der Schlag hatte ihn zwar nicht umgeworfen, aber zumindest hatte er Schmerzen. Das war schon besser.

Als er sich zu ihr umdrehte, konnte sie sehen, dass die Wunden der ersten Kugeln leider bereits verheilt waren. Sie hatte die legendären Heilungsfähigkeiten der Drachen außer Acht gelassen. Sie verbrauchte so viel von ihrer eigenen Kraft nur damit, jegliche Verletzung zu vermeiden. Das war die schlechteste Art, daran erinnert zu werden, dass sie nicht der einzige Drache war, dem Kugeln nichts anhaben konnten.

Nicht alle Kugeln ...

Ihre Gedanken wanderten sofort zu der Kugel in ihrer Tasche. Schießen konnte sie nicht, aber vielleicht wäre sie trotzdem als Waffe einsetzbar.

Mitten im Kampf zu überlegen, kam ihr teuer zu stehen. Ihr Gegner verschwand wieder im Schatten und tauchte neben ihren Freunden auf.

»Keith!«, schrie sie, als der Drache den Frischling anhob, als wäre er nichts weiter als ein Ball.

Bilder wie er ihren Teamkollegen in zwei Hälften riss, blitzten vor ihren Augen auf, aber anscheinend waren die Menschen nicht einmal dafür gut genug. Anstatt ihn in Stücke zu reißen, schleuderte er ihn in ihre Richtung.

Kristen fing ihn auf – sie musste oder er würde sich bei der Landung das Genick brechen – aber während sie das tat, raste Shadowstorm vorwärts und schlug ihr die Faust in den Bauch.

Sie krümmte sich vor Schmerzen, doch sie griff in ihre Tasche und holte die aufgesprungene Drachenschuppen-Kugel heraus. Die konnte sie jetzt gebrauchen. Wenn sie ihn nur noch ein bisschen mehr zermürben könnte ...

Ein massiver Aufwärtshaken traf sie am Kinn. Der Drache schlug sie mit solcher Wucht, dass sie in die Decke krachte. Sie stürzte durch den Steinhagel und bereitete sich auf eine harte Landung vor.

Doch während die Steine auf den Boden landeten, hatte sie keine Gelegenheit mehr dazu. Als sie in seine Nähe kam, trat ihr Gegner sie so heftig, dass sie noch einmal durch den Raum segelte.

Drachenschwingen

Sie schlug schwer auf den Kacheln auf und spürte, dass es das gewesen sein musste – er würde kommen, um es jetzt zu beenden – als Schüsse in einem konzertierten Sperrfeuer losdonnerten, das in diesem unterirdischen Raum fast schmerzhaft laut widerhallte.

Shadowstorm brüllte.

Drew, Jim und Keith hatten es geschafft, ihn in die Zange zu nehmen. Obwohl er sich die Hand verbrannt hatte, schaffte es der Frischling sogar recht zielgenau zu schießen. Der Drache schien kurzzeitig abgelenkt zu sein, als wüsste er nicht, was er gegen die Geschosse tun sollte.

Er wirbelte ständig herum, um auf seinen direkten Angreifer loszugehen, aber jedes Mal, wenn er einem der drei Männer gegenüberstand, bewegten sie sich und die beiden anderen schossen. Bald war er in eine Wolke seines Schattenblutes gehüllt.

Dies war Kristens Moment – ihre einzige Gelegenheit – und sie nahm die Kugel in ihre Hand, die Spitze ragte zwischen ihren stählernen Fingerknöcheln heraus. Sie wollte sie in seiner Schläfe oder der Brust unterbringen, je nachdem was sie erreichen würde und hoffte, dass er das gleiche Brennen fühlen würde wie sie.

Kristen hatte keine Zeit, darüber nachzudenken. Sie rauschte auf die Blutwolke und auf die Schmerzensschreie von Shadowstorm zu. Ihre Faust hob sich, sie sprang weit hoch und erlangte durch die Schwerkraft noch mehr Schwung für ihren letzten Schlag.

Da aber schoss ein Drachenschwanz aus der Wolke hervor und schlug ihr in die Brust. Sie stürzte auf den gekachelten Boden und rollte zur Seite.

Er begann zu lachen. Sie konnte ihn deutlich hören, da ihre Freunde vermutlich keine Munition mehr hatten und nachladen mussten.

»Ein niedlicher Kampf, aber es reicht jetzt«, brüllte er aus der Wolke des Schattenblutes.

Sie wuchtete sich auf die Beine. Als sie ihren Gegner ansah, war er nicht mehr in eine Blutwolke gehüllt, sondern in die Energie, die seine Verwandlung auslöste.

Das Licht schien aus dem Raum zu verschwinden, als die Gestalt in der Mitte immer größer wurde. Eine albtraumhafte Wolke aus Zähnen und Klauen, Blitzen und Gewitterwolken brachte den Drachen hervor, der einen Moment später tief unter dem Herzen der Motorstadt vor ihnen stand.

Ihr Herz rutschte in ihre Hosentasche, als sie bemerkte, dass sie die Kugel fallen gelassen hatte. Sie sah sich verzweifelt um, während ihr Kopf sie daran erinnerte, dass die winzige Spitze der Drachenkralle ihre einzige Chance gegen diese Bestie war.

»Suchst du einen Ausweg, Kristen?«, grollte Shadowstorm amüsiert.

»Eher das Ende dieses Kampfes.« Sie hatte die Kugel gefunden. Sie war ihre einzige Hoffnung, da sie nun im Angesicht dieser Monstrosität gefangen war. Sie schlich sich näher an die Stelle, wo die Kugel gegen den Pfeiler gerollt war und zwischen den Steinen auf dem Boden lag.

»Es gibt nur ein Ende, du Wurm. Wenn du stillhältst und dich ergibst, kann ich es schnell erledigen.«

Shadowstorm – der größte Drache, den sie je gesehen hatte – griff an.

KAPITEL 21

Er schlug auf Kristen mit der Wucht eines Sattelschleppers ein. Der Raum war nicht groß – zumindest nicht in Drachenkörper-Standards – aber er hatte immer noch genug Platz, einmal mit seinen Flügeln zu schlagen und sich auf sie zu stürzen. Er katapultierte sie wie wild in ein Gerüst. Für das Monster, dem sie gegenüberstand, schien sie nicht mehr zu wiegen wie ein Kieselsteinchen.

Sie wühlte sich aus den Holzresten, aber immer mehr Gerüst brach um sie herum zusammen. Shadowstorm erwischte sie mit einer seiner Klauen und zerrte sie aus den durcheinander liegenden Holzbalken, wie ein Bauer einen Apfel von einem Obstbaum pflücken würde.

»Mir gefällt dein stählerner Körper, Kristen«, spottete er und drückte mit der Faust zu. Mit seiner Aura versuchte er, ihr in jede Faser ihres Wesens Angst einzujagen. Offensichtlich hielt er sie nicht für einen Drachen, wenn er davon ausging, dass das funktionieren sollte. »Er hat mehr Gewicht.« Er schleuderte sie wieder durch den Raum. Der Schwung trieb sie durch einen Pfeiler und sie landete mit der Schulter an einem zweiten, blieb hängen und stürzte zu Boden.

Schüsse ertönten, als sie aufstehen wollte. Ihre Freunde versuchten, ihr etwas Zeit zu verschaffen und sie hoffte, dass es sie das nicht mit ihrem Leben bezahlen würden.

Ihr Gegner brüllte und stieß eine riesige Flammenwand in Richtung des Teams aus. Schimpfkanonaden wurden ausgestoßen – sie konnte nicht sehen von wem – als ihre Freunde versuchten auszuweichen. Einige der Gerüstteile fingen Feuer und Shadowstorm lachte.

Sie rollte sich hinter einen Pfeiler und erhob sich.

»Kleiner Stahldrache, wo bist du?«, kicherte er. In seiner Drachenform klang es tiefer, wie das Grollen eines Löwen. »Oh, warte, du bist ja gar kein Drache, oder?«

Sein Schwanz peitschte um den Pfeiler, hinter dem sie sich versteckt hatte. Wäre sie jetzt noch dort gewesen, wäre sie mit dem Gesicht voraus auf dem Beton gelandet. Sie machte sich gedankliche Notizen – dem Schwanz ausweichen, den Kiefern, Klauen, dem Feueratem und den anderen bizarren Fähigkeiten dieses Drachen auch.

»Verstärkung ist unterwegs«, rief sie und ihre Stimme hallte von den Wänden wider.

»Wir wissen beide, dass das nicht wahr ist, kleines Blechmädchen.«

Instinktiv schrie sie auf, als sein massiver Drachenkopf neben ihr auftauchte. Sie rannte nicht davon, sondern zog ihre Faust zurück und schlug ihm mit aller Kraft in die Zähne.

Er schreckte zurück – leicht – aber schnappte dennoch nach ihr und sie war sich nicht mehr sicher, ob sie ihn überhaupt verletzt hatte oder ob er einfach nur selbst einen Schlag vorbereiten wollte wie ein Reiher auf der Jagd nach einer Elritze.

Im nächsten Moment kam er ganz um die Säule und sie stand einem ausgewachsenen Drachen gegenüber.

Drachenschwingen

Er hob seine Kralle und wollte sie wie einen Käfer zerquetschen.

Kristen bewegte sich Richtung seines Handgelenks, kam mit ihrer Drachengeschwindigkeit in seine Reichweite und vermied es gleichzeitig, eingequetscht zu werden.

Shadowstorm zischte und brachte seine anderen Klaue zum Einsatz. Sie wich wieder aus. Dies war ein Schachzug, den sie bei Stonequest im Training gelernt hatte.

Der Drache gab diese Taktik auf und versuchte sie – jetzt, da er ihr so nahe war – einfach zu fressen. Das wäre vielleicht ihr Ende gewesen, aber es gelang ihr, einen Fuß auf seinen Unterkiefer zu stellen und mit ihren Händen den Oberkiefer zu packen.

Sein Versuch den Mund zu schließen scheiterte, ihre Stahlform war zu stark. Kurzzeitig fantasierte sie darüber, seinen Kiefer zurückzudrücken und seinen Schädel aufzubrechen, aber das Inferno, das aus seiner Kehle kochte, brannte diese Idee schnell aus ihren Gedanken.

Flammen umhüllten sie und sie wurde aus dem Maul des Drachens gewuchtet. Wieder einmal stieß sie auf eine ferne Wand zwischen weiteren Gerüsten, die er angezündet hatte, als er sie aus seinem Maul geblasen hatte.

Sie stand wackelig auf und wurde von der Hitze fast ohnmächtig. Ihre Haut tat nicht weh – es wäre mehr als das nötig, sie zu verbrennen, aber die Hitze schien ihr Gehirn verbrennen zu wollen.

Völlig orientierungslos stolperte sie aus dem brennenden Gerüst und orientierte sich. Der Eingang war wo ... hinter ihr?

Shadowstorm hatte ihren Ausweg in eine Flammenwand verwandelt.

»Alle raus hier«, schrie sie über das Knistern der Flammen.

Als Reaktion darauf wurde geschossen.

Meine Kollegen haben Galgenhumor bis zum bitteren Ende. Sie musste über die schiere Arroganz, auch nur den Versuch zu unternehmen einen Drachen erschießen zu wollen, grinsen.

»Gute Idee, Blechmädchen«, sagte ihr Gegner von der anderen Seite des Raumes. Sie erwartete, dass er im Schatten verschwinden und so nah bei ihr wieder auftauchen würde, um sie mit seinem Schwanz auszulöschen, aber stattdessen drehte er sich um.

»Du solltest besser rennen«, rief sie und es klang, als hätte sie eine geschwollene Lippe. Okay, also er konnte sie durch ihre Stahlhaut verletzen. Das war gut zu wissen.

Er lachte nur, bevor sein Schwanz in den Eingang zu einem anderen Tunnel peitschte und ihn einstürzen ließ wie Bauklötze. »Ich habe so viel Spaß, kleines Blechmädchen. Wir wollen unser Publikum doch jetzt nicht verlieren.« Wieder brach ein Flammenmeer aus seiner Kehle, dann ein weiteres. Bald waren alle Gerätschaften in Flammen aufgegangen. Sie spürte die Hitze durch ihre Stahlhaut und wusste, dass sie wohl überleben konnte, ihre Freunde waren aber nur Menschen.

»Du Monster«, schrie sie und raste in einem Anflug von Drachengeschwindigkeit vorwärts. Sie musste sich zur Wehr setzen und ihn besiegen. Ohne nachzudenken, ergriff sie seinen Schwanz und versuchte, ihn von ihren Freunden wegzuziehen. Er schnipste damit und katapultierte sie durch die Decke nach oben in einen mit Dampf gefüllten Tunnel.

Kristen fuchtelte beim Versuch, die Kante des von ihr geschaffenen Lochs zu greifen, mit den Armen. Es gelang ihr kaum, sich mit den Fingerspitzen festzukrallen. Dies brachte Shadowstorm nur noch mehr zum Lachen.

»Ich erspähe mit meinem Drachenauge die Beine eines Menschleins.« Seine krallenartigen Pranken griffen nach ihr und zogen sie durch das Loch.

Er schwang sie in den Boden, dann in eine Säule, die Decke und eine weitere Säule. Zwischen den einzelnen Treffern wurde sie so schnell bewegt, dass sie nichts mehr sehen konnte und sich ihr der Magen umdrehte. Schließlich warf er sie auf den gefliesten Boden. Er ließ sie nicht los, sondern rieb ihr Gesicht über den Kachelboden, als wäre sie nichts weiter als eine Zigarettenkippe.

»Weißt du, ich glaube, ich werde zuerst deine Freunde fressen, dann komme ich zurück und töte dich. Es ist schon so lange her, dass ich das Fleisch von Menschen gekostet habe. Mindestens ein paar Monate, aber es fühlt sich an wie Jahre.«

Sie kämpfte darum, aufzustehen. Ihre Muskeln protestierten und wollten den schnellen Tod einem weiteren Kampf gegen dieses feuerspeiende Monster eines Feindes vorziehen.

Ihr Blick wurde vom Projektil angezogen, das bei dem Trümmerhaufen lag, der kurz zuvor noch eine Säule gewesen war. Aus der Tiefe kehrte ihre Stärke zurück und sie schleppte sich auf die winzige Waffe zu.

»Aber wo sind diese kleinen Menschen?« Der Drache bewegte sich durch die Flammen und sein Schwanz zuckte wie der einer Katze auf der Jagd nach einer Maus.

Dass er ihre Freunde ins Visier nahm, gab ihr den Anstoß. Sie konnte nicht zulassen, dass er sie tötete. Irgendwie kam sie hoch, stolperte die erforderlichen Schritte und holte sich das Projektil zurück. Kristen musste sich konzentrieren, steckte es zwischen ihre Fingerknöchel und machte eine Faust.

»Ich bin der einzige Mensch, den du heute töten darfst«, rief sie.

Shadowstorm lachte wahnsinnig darüber. »Welch große Worte!«

Er bewegte seine Flügel einmal und der Luftzug schürte die Flammen, die nun den Raum umrandeten und ließ sie blau statt orange brennen, bevor er auf Kristen losging. Sie landete erneut schmerzhaft auf den harten Fliesen und schnappte nach Luft.

Der Drache sprang auf sie zu. Mit einem einzigen raumgreifenden Sprung war er bei ihr, sie kauerte unter ihm auf dem Boden.

Er lachte zufrieden als er eine Pranke anhob, um sie zu zerquetschen. Im Training bei Stonequest hatte sie gelernt, sie solle ausweichen, aber sie ignorierte diesen Instinkt. Stattdessen ballte sie ihre Faust und zielte auf seine Handfläche.

Seine Klaue schwang und zuckte sofort zurück.

Sie wusste, dass ihn das nicht umbringen würde, nicht in der Handfläche, aber sie musste ihre Freunde retten.

»Drew! Jim! Keeeeeeeeith!«, rief sie, als Shadowstorm durch den Raum wütete und in seiner Raserei die Säulen zerschlug und brennende Gerüste herumschleuderte.

»Hall!«, brüllte Drew daraufhin. Er und Jim hatten den bewusstlosen Frischling zwischen sich, jeweils einen

Drachenschwingen

Arm über den Schultern. Sie bewegten sich so nahe an der Wand, wie sie nur konnten, aber wegen des brennenden Gerüstes hatten sie überhaupt keine Deckung vor dem Drachen, der den Raum weiter demolierte.

»Ich mache euch den Weg frei«, rief Kristen.

»Mach ihn fertig«, verlangte Drew in seinem Befehlston.

»Ich kann es nicht. Mit der Verletzung seiner Handfläche habe ich alles getan, was möglich war. Wir müssen hier weg.«

»Durch die Dampftunnel? Das schaffen wir nie. So sieht es leider aus, Kristen.«

»Nein, nein, wir können es schaffen, wenn wir bis zum Wagen kommen.«

»Er wird uns einholen und in den Fluss werfen. Du musst dich ihm stellen, Kristen.«

Das Donnern einer Lawine hinter ihr ließ sie schnell erkennen, dass der größte Teil der Decke zusammengebrochen war.

Im darauffolgenden Moment konnte sie ihren eigenen Atem über das Knistern der Flammen hören. Shadowstorm hatte aufgehört, sich zu bewegen. War er unter den Trümmern gefangen? Hatte er sich einen Knochen gebrochen? War er tot?

Im Rauch erschien die grobe Form seiner menschlichen Gestalt. Seine Hände hielt er vor sich zusammen, aber er lachte.

»Das war Drachenfleisch? Sehr klug, kleiner Mensch. Wenn man bedenkt, dass du nicht zu uns gehörst, wolltest du einen Teil unseres Körpers gegen mich verwenden? Zu schade, dass du mich damit nicht am Hals oder mein Herz getroffen hast. So wie es aussieht, wird es Tage dauern, bis meine Hand heilt.« Er hielt die Kugel in seinen beiden Fingern hoch und zerdrückte sie.

»Nein«, protestierte sie enttäuscht und außer Atem.

»War das dein – was ist der menschliche Ausdruck dafür – Ass im Ärmel? Ich muss sagen, ich hätte mehr von Stonequests kleinem Schützling erwartet. Das macht so rein gar nichts. Du hast dich als genauso erbärmlich erwiesen wie die Affen, die jetzt hinter dir kauern. Tritt zur Seite, dass ich ihr Fleisch verzehren kann.«

»Du bluffst«, vermutete sie. »Du kannst dich jetzt nicht verwandeln.«

Er kicherte, ein tiefer, dunkler Ton, der immer tiefer wurde und sich zu einem Rumpeln entwickelte, das den Raum erfüllte, während sein Körper wieder die Form eines Drachen annahm.

»Nein, ich bin ziemlich hungrig – Heilkräfte und all das«, knurrte er, peitschte mit dem Schwanz und schleuderte sie erneut durch die Flammen.

Bevor sie landen konnte, schnappte der Schwanz zu und drückte sie gegen die Wand. Mit Entsetzen erkannte sie, dass er sie zwingen wollte, zuzusehen, wie er ihre Freunde verspeiste.

Und es gab nichts, was sie tun konnte. Es war vorbei und sie hatte verloren. Er würde diese Stadt zerstören, angefangen mit ihren Freunden, dann ihrer Familie. Sobald er sich an denen gerächt hatte, die sie liebte, würde er die Stadt einnehmen und es wäre, als hätte sie nie existiert.

Shadowstorm hatte gewonnen.

KAPITEL 22

Die einzige Frage, die sich mir stellt, ist, welches dieser laufenden Steaks esse ich zuerst«, sagte der Drache spöttisch, »und ob ich es rare oder well-done zubereitet möchte.«

Die Tränen liefen über Kristens Gesicht, was in der rauchgefüllten Kammer seltsam beruhigend auf sie wirkte. Sie würde dort sterben, allerdings mit dem Wissen, dass er jeden töten wollte, den sie liebte.

»Mach doch, du verdammter Alligator«, höhnte Drew und spuckte in die Richtung des Drachen.

»Ich werde den Sack mit Steinen finden, den du fressen musst, um zu verdauen, du übergroße Scheißeidechse und ich scheiß dann drauf. Jedes Mal, wenn du frisst, wirst du mein Arschloch schmecken«, rief Jim betrübt und mit einem falschen Lächeln.

Der Teamleiter lachte darüber.

»Es sieht so aus, als wäre das hier dran.« Shadowstorm nahm Wonderkid in seine Krallen und begann zuzudrücken. »Es scheint, du brauchst Anatomieunterricht.«

Keith hustete und kam kurz zu sich, als sein Gehirn darum kämpfte, ihn wieder vollständig zu wecken.

»Der Stahldrache wird ... dich fertig machen«, schaffte Keith zu sagen, bevor er wieder ohnmächtig wurde.

Sogar Kristen musste darüber lachen. Es war so wahnsinnig. Ihre Freunde waren dabei, ihretwegen zu sterben und was taten sie? Sie heulten nicht, wüteten nicht und gaben nicht auf, sie lachten einfach im Angesicht des Todes.

Aber sie lachten nicht über den Tod, nicht wirklich. Sogar im Griff des Drachen sah Jim sie an, nackte Hoffnung auf seinem Gesicht. Auch Drew sah sie an, sein Ausdruck war grimmig, aber nicht niedergeschlagen. Und Keith war sogar aufgewacht, nur um zu sagen, dass er an sie glaubte.

Es gäbe nichts Schlimmeres, als ihre Leute sterben zu lassen. Sie könnte sie nicht im Stich lassen.

Ihre Leute.

Zuvor hatte sie das als schlecht angesehen, aber schließlich waren sie das. Sie waren ihre Leute.

Drachen waren nicht die einzigen, die Menschen hatten, die sie beschützten und pflegten, Menschen, die sie als ihre Leibeigenen betrachteten, weil sie sie in ihrem Leben haben wollten. Ihre Mutter und ihr Vater betrachteten sie und Brian als die ihren und daran war nichts auszusetzen. Die Leute sprachen von ›meinem Mann‹ oder ›meiner Großmutter‹. Ja, das hatte etwas von Besitztum, aber deswegen war es noch lange nicht falsch. Tatsächlich ergab es vollkommen Sinn.

Etwas verfestigte sich in ihr wie geschmolzener Stahl, der mit Wasser in Berührung kam und ein Gefühl von Sinnhaftigkeit nahm Gestalt an.

Kristen erkannte, dass sie das Drachendasein völlig falsch eingeschätzt hatte. Sie hatte geglaubt, dass ihre Macht sie dann zu einer Gefahr für die Menschen in ihrem Leben machen könnte, aber das war überhaupt

Drachenschwingen

nicht der Fall. Die Menschen hatten Drachen, Kriege und Malaria nur überlebt, weil sie sich umeinander gekümmert hatten. Sie wollte es so sehr, dass die geliebten Menschen in ihrem Leben blieben, dass sie alles tun würden, das zu gewährleisten.

Ja, einige hatten ihre Macht missbraucht. Es gab Monster auf der Erde aber nur, weil sie – Kristen – Macht hatte, bedeutete das nicht, dass sie sie missbrauchen würde.

Sie könnte ihre selbstlos einsetzen. Auf diese Weise könnte sie diejenigen, die Schutz brauchten, vor Monstern wie diesem verlogenen Schattendrachen schützen, das nun ihre Freunde bedrohte.

Es begann in ihrem Herzen, eine große Überraschung für sie. Sie hatte immer gedacht, sie hätte eine mentale Blockade, aber als sich ihre Brust verdoppelte und dann verdreifachte, wusste sie, dass sie sich von Anfang an geirrt hatte.

Stahlschuppen platzten aus ihrer Brust, verteilten sich über ihre Arme und Beine und veränderten ihre Stahlhaut von der glatten, fast haarlosen Textur eines Menschen zu der schuppigen Rüstung eines Drachens.

Ihre Gliedmaßen wurden gestreckt, den Beinen wuchs ein weiteres Gelenk. Aus ihren Händen und Füßen ragten Krallen hervor. Flügel erschienen aus ihrem Rücken und ohne nachzudenken stießen sie sie von der Wand und sie glitt aus dem Griff von Shadowstorm.

Der Stahldrache landete auf allen Vieren, ihr Hals war nun lang genug, dass sie ihren Feind noch vor sich sehen konnte. Ihre Wirbelsäule verlängerte sich und ein weiteres Anhängsel zeigte sich in ihrem Geist. Sie hatte einen Schwanz – einen bösartig langen Schwanz mit einer Speerspitze wie die einer Hellebarde. Das Wort für die Waffe kam ihr mit der Stimme ihres Bruders in den Sinn. Ihr Bruder, der Rollenspieler.

Sie atmete durch eine längere Schnauze ein. Tausende von winzigen Silberpartikeln wurden in ihren Körper zurück gesogen. Anscheinend wurde sie bei ihrer Verwandlung in silbriges Glitzern gehüllt. Das war zu einhundert Prozent mehr als cool.

Große Hitze strömte in ihre Brust wie in einer Schmiede oder einem Motor – nein, einem Kernreaktor.

Shadowstorm warf Jim achtlos zur Seite und knurrte sie an.

Ihre neuen Sinne sagten ihr, dass der Klang mehr bedeutete als nur eine Bedrohung. Es gab also unausgesprochene Worte. Eine emotionale Sprache offenbarte sich ihr. Sie konnte seine Wut spüren, seinen Wunsch sie zu zerstören und – wie saure Milch in einer Tasse Kaffee – auch seine Angst.

Dieses Wissen sagte ihr, dass er ihre Emotionen ebenso leicht schmecken konnte wie sie seine. Er konnte ihre Entschlossenheit schmecken, ihren Mut und ihren Unwillen ihn am Leben zu lassen und nichts davon gefiel ihm.

Kristen lächelte mit einem Drachengrinsen, bevor sie angriff.

Sie schlug auf ihren Gegner ein, ohne sich ihrer eigenen Stärke bewusst zu sein. Ihr stählerner Körper war schwerer als der größere Drache und sie pflügte über ihn hinweg. Die beiden walzten wie lebende Bulldozer durch die Trümmer in der Mitte des Raumes.

Obwohl Shadowstorm Angst hatte, enthielt seine Aura auch ein Gefühl der Zielstrebigkeit. Er hatte schon

Drachenschwingen

früher gegen Drachen gekämpft und auch schon Drachen getötet. Das gab ihm Selbstvertrauen, das sie erst noch erlernen musste. Sie rollten ineinander verkrallt durch den Schutt und Kristen versuchte nach oben zu gelangen, aber er vereitelte es und holte sich den Vorteil. Sie hatte tatsächlich vergessen, ihre Flügel zu benutzen.

Er biss sie in den Hals, um ihr die Schlagader zu durchtrennen, aber sie schlug ihn mit dem Schwanz. Die Klinge an der Spitze schlitzte die Schuppen in seinem Gesicht auf, die in Menschengestalt seine Wange gewesen wären.

Mit einem Schmerzensschrei ließ er von ihr ab, stolperte und taumelte durch die Trümmer. Anscheinend war die Spitze ihres Schwanzes genauso wirksam wie die winzige Kugel, wenn nicht sogar wirksamer. In diesem Moment entschied sie, dass sie es liebte ein Drache zu sein.

»Kristen! Ein bisschen Hilfe wäre nicht schlecht«, schrie Drew.

Sie drehte sich um und sah ihn. Keith war immer noch bewusstlos, aber der Teamleiter war stark genug, ihn zu tragen. Jim war bei ihnen, humpelte aber. Zumindest hatte er noch seine Waffe. Sie räumte das brennende Gerüst von ihrem Ausgang mit einem einzigen Schwanzstreich weg und spürte die Flammen nicht einmal.

»Wartet auf mich«, meinte sie, als Shadowstorm angriff und beide Krallen schwang.

Kristen grub ihre hinteren Krallen in die alten, maroden Kacheln, sodass sie, anstatt zu taumeln, nur wegrutschte.

Er wollte sie mit seinem Schwanz im Gesicht treffen und schleuderte ihn herum. Sie wich aus, aber er hatte das vorausgesehen. Er nutzte ihre Bewegung, um erneut nach ihrem Hals zu schnappen. Er schaffte es, sie mit seinem Kiefer zu packen, bevor sie sich mit einer Klaue an seiner Kehle rächte. Sie stieß ihn von sich weg.

Ihr Gegner brüllte, sie lächelte und strahlte zuversichtlich. Sie hatte ihm in den Hals geschnitten und konnte an seiner Aura erkennen, dass die Wunden brannten.

»Der Hals, was?«, sagte sie, schlug mit den Flügeln und stürzte sich auf ihn. Sie hatte sich verrechnet, denn er konnte ausweichen. Ihr Schwung trug sie in eine entfernte Wand, der Aufprall erschütterte den ganzen Raum und um sie herum regneten noch mehr Steine von der Decke herunter.

Shadowstorms Aura zeigte, dass seine Angst zugenommen hatte. Hätte sie ihn mit einem solchen Schlag erwischt, wäre er lange genug k.o. gegangen, um seine Kehle zu zerfleischen und diesen Kampf zu beenden.

Leider konnte sie das nicht noch einmal tun. Ihre Freunde waren in den Tunneln über ihr.

Er hatte offensichtlich den gleichen Gedanken wie sie in diesem Moment, denn er wogte durch einen schattigen Nebel und flog durch das Loch in der Decke nach oben in die dunklen Dampftunnel, in die ihre Freunde geflohen waren.

KAPITEL 23

Wie auch immer die Schattenkräfte Shadowstorms funktionierten, sie ließen ihn nicht einfach verschwinden. Mit einem Schlag ihrer silbernen Flügel folgte ihm Kristen in den Tunnel darüber. Seine gewaltige Masse blockierte den Durchgang.

Die Schüsse um ihn herum wurden durch seinen Umfang beinahe gedämpft.

Sie klammerte sich mit ihrem Kiefer an seinen aus verstofflichten Schatten bestehenden Schwanz und bewegte ihre Flügel, um sich mit ihm zurück zu befördern.

Er winselte wie eine Katze, als sie ihn zurück durch die Öffnung holte. Sobald seine Arme und Beine frei waren, griff er mit seinen Klauen nach ihr und schrie etwas darüber, dass sie nichts über Etikette im Kampf wisse.

Daraufhin trat sie ihn mit den Hinterbeinen und schleuderte ihn in den Raum zurück, in dem sie ursprünglich gekämpft hatten.

»Steht auf und verschwindet«, rief sie ihren Freunden zu und nutzte ihre Aura, um ihnen zu versichern, dass ihr nichts geschehen sollte.

»Der Dampf«, antwortete Drew.

Als sie die Rohre studierte, konnte sie die Hitze wie durch eine Wärmebildbrille sehen. Es gab da ein

Hauptrohr, das alle kleineren Rohre speiste. Es hatte den Umfang eines Mannes, nicht nur den eines Armes. Sie preschte mit dem Schwanz darauf ein, durchtrennte es und gab dem Dampf einen leichteren Ausweg als die relativ winzigen, gewundenen Adern, die durch die Tunnel verliefen.

»Ihr solltet jetzt in Sicherheit sein. Der größte Teil des Dampfes fließt in den Raum unter uns. Geht nach oben und bringt euch in Sicherheit.«

»Wir verlassen dich nicht«, widersprach Drew bestimmt.

Um Zeit zu sparen, richtete sie ihre Aura direkt auf ihn, damit er verstehen konnte, dass er nicht sie verlassen, sondern Keith und Jim retten musste.

Er nickte, als das emotionale Verständnis viel schneller bei ihm ankam, als er darüber nachdenken konnte.

Kristen untersuchte die zerstörte Kammer, die jetzt mit Rauch, Feuer und Dampf gefüllt war.

Ein passender Schauplatz für den Stahldrachen, um den Terror zu beenden, den Shadowstorm über die Motor City gebracht hatte.

Zufrieden damit, dass ihre Freunde nun sicher unterwegs waren, ließ sie sich in den Dampf und Rauch fallen und landete mühelos mit nur einem Flügelschlag.

Shadowstorm erwartete sie bereits.

Er tauchte mit einem Wirbelsturm von Klauen aus der dampfenden Wolke auf. Sie versuchte seine Angriffe mit ihren Klauen zu blockieren, musste aber feststellen, dass sein Drachenkörper einfach zu groß war, um mit den Armen allein etwas zu erreichen. Seine Krallen hackten in ihren Bauch, dass sie den scharfen Schmerz sogar durch ihre Stahlhaut hindurch spürte. Er trommelte auf ihren Rücken und versuchte gleichzeitig, ihr den Bauch aufzureißen.

Beim Versuch ihn wegzustoßen stellte sie fest, dass ihre Hinterbeine deutlich stärker waren, schob sie unter ihn und drückte ihn weg. Ihr Schwanz schoss herum und stach auf ihn ein, dass er in den Dampf taumelte. Ein Blick an den Bauch zeigte ihr, dass die Angst um ihre Eingeweide unbegründet war, denn sie blutete nicht einmal. Ein Grinsen huschte über ihr Gesicht.

»Hey, Shadowstorm. Du bist am Arsch!«

Kristen richtete sich auf und ließ ihren Schwanz herumschnellen. Das ging viel zackiger als mit Armen und Beinen. Er griff erneut aus dem Dampf an, aber diesmal verteidigte sie sich mit dem Schwanz. Der Schwanz wölbte sich und schnitt einen seiner Unterarme ab, dann den anderen, als er versuchte, an der wirbelnden Klinge vorbeizukommen. Ihr Schwanz funktionierte wohl fast reflexartig. Kristen dachte daran zu blockieren und ihr Schwanz blockierte. Bei stich ihm die Augen aus tat ihr Schwanz sein Bestes, Shadowstorm mit der Speerspitze und der Axtklinge in die Augen zu stechen. Ganz im Ernst, sie liebte ihren Schwanz.

Wieder einmal verschwand er in der Luft, aber diesmal folgte sie ihm. Mit Flügelschlägen ließ sie die verdunkelnden Dämpfe verschwinden und enthüllte ihren Feind, der wie eine Schlange zischte, die in ihrem Bau in die Enge getrieben wurde.

Einem tiefen inneren Impuls gehorchend, sprang sie vorwärts, ließ sich von ihren Flügeln weiter tragen, als es ihre Muskeln gekonnt hätten und griff ihn mit beiden Krallen und ihrem waffenartigen Schwanz an.

Offenbar mussten Drachen auf diese Weise angreifen. Er verteidigte sich gegen ihre Krallen und ihren Schwanz, aber ihre Kiefer konnte er nicht aufhalten. Sie gelangte durch seine Verteidigung und schloss ihre Zähne um seinen Hals. Sein Fleisch gab unter ihrem Biss nach. Das wäre dann das Ende des Monsters, das versuchte, ihre Stadt zu zerstören.

Shadowstorm löste sich aber auf und rutschte ihr durch die Zähne.

Eine Sekunde lang dachte Kristen er wäre völlig verschwunden, sah dann aber, dass er sich einfach in seine menschliche Gestalt verwandelt hatte und ihr deshalb durch Kiefer und Klauen geschlüpft war.

Seine Schattenkraft war also nichts wirklich Besonderes. Er hatte lediglich gelernt, seine Transformation auf ungewöhnliche Weise zu nutzen.

Sie drehte sich um, folgte ihm und stellte erschrocken fest, dass es ihrem Instinkt sehr gut gefiel, einen Menschen zu verfolgen. Das war mehr als nur ein bisschen seltsam und sie musste es im Gedächtnis behalten. Aber es war die perfekte Art von Gerechtigkeit, ihm in seiner menschlichen Gestalt ein Ende zu bereiten.

Zu schade, dass er dann doch andere Pläne hatte.

Sobald er die riesige Öffnung in der Decke erreicht hatte, verwandelte er sich in eine schattenhafte Rauchwolke. Zwei Drachenflügel tauchten aus der Wolke auf, schlugen einige Male und hoben ihn in die darüber liegenden Tunnel.

Kristen war hinter ihm. Zuerst musste sie über die Erkenntnis lächeln, dass sie diesen arroganten Drachen in die Defensive gedrängt hatte – bis ihr klar wurde, dass

Drachenschwingen

ihr Team wahrscheinlich immer noch versuchte, aus diesen Tunneln herauszukommen.

Sie landete wenige Augenblicke nach ihm, aber er war schon wieder verschwunden in Dunkelheit und Dampf, der noch immer durch die unterirdischen Gänge waberte.

Sofort rief sie ihre Aura zu Hilfe und fühlte ihn eine Ebene über sich. Der Feigling versuchte doch tatsächlich zu fliehen. Sie spürte die Angst in seiner Brust und den Schrecken vor seinem Gegner.

Es war nicht genügend Zeit vorhanden durch den Tunnel zu rennen, sich in einen Menschen zu verwandeln und die Treppe zur nächsten Ebene hinaufzulaufen, also stieß sie einfach durch die beiden Decken über ihr. Dort fand sie ihn, aber er hatte sich nicht ängstlich zusammengekauert.

Stattdessen war er aufgewickelt wie eine Sprungfeder. Sobald ihr Körper in Reichweite kam, schlug er zu. Er war ein Meister seiner Aura und er hatte sie damit einfach ausgetrickst.

Sie fluchte wegen ihrer eigenen Dummheit. Sie war erst auf halbem Weg durch den Boden, sodass sie nicht ausweichen konnte. Dennoch würde ihre Stahlhaut sie schützen.

Das hoffte sie jedenfalls.

Sekunden bevor seine Krallen ihre Brust berührten, verwandelten sich die Spitzen in schwarze Schattenwolken. Anstatt nur über die Oberfläche zu kratzen, durchdrangen sie ihre Stahlhaut, formten sich in ihr irgendwie wieder um und verhakten sich in ihren Brustmuskeln.

Kristen brüllte vor Schmerz. Es gelang ihr dennoch mit ihrem Schwanz durch den Boden zu schlagen und ihm die Brust aufzuschlitzen. Ansonsten wäre das ihr Tod, vermutete sie ganz stark.

Er gab ihr keine Zeit, sich zu erholen oder zu befreien, sondern griff immer wieder an. Seine Unerbittlichkeit zwang sie, den Tunnel in einem armseligen Verteidigungsversuch fast vollständig zu zerstören.

Dieser Übergriff hatte sie in Angst versetzt. Irgendwie konnte er seine Krallen durch ihre Haut bekommen. Was sollte ihn davon abhalten, sie direkt ins Herz zu stechen? Eine Vision, wie er in ihre Brust griff und das Herz heraus riss, erfüllte ihren Geist. Sie fühlte eine Spur seiner Aura und erkannte, dass ihr Tod sein Ziel war.

Am Ende des Flurs ging eine Gewehrsalve los und Shadowstorm drehte sich in die Richtung. »Deine Freunde sterben heute!«, brüllte er und rannte den Gang hinunter.

Etwas über ihnen explodierte und der Gang zwischen den beiden Drachen brach zusammen. Eine Lawine aus Ziegelsteinen donnerte auf den schwarzen Drachen herunter.

»Wir sehen uns oben, Red!«, schrie Hernandez. Die Frau hatte es offensichtlich doch noch in die Fabrik geschafft.

Der Stahldrache befreite sich und lief in den eingestürzten Gang. Hernandez hatte den Boden des obersten Tunnels gesprengt, sodass sie jetzt die Lichter der Fabrik sehen konnte. Aber sie ging noch nicht nach oben. Ihr Gegner versuchte, sich aus den Trümmern zu befreien.

Kristen stürzte sich auf ihn, landete auf den Ziegelsteinen und trieb sie in seinen verwundeten Körper.

Drachenschwingen

»Es ist vorbei, Sebastian. Hör jetzt auf zu kämpfen und du überlebst«, knurrte sie und zeigte ihm mit ihrer Aura, dass sie noch Kraftreserven hatte.

Unter ihr verschoben sich die Ziegelsteine und stürzten ein, als Shadowstorm wieder substanzlos wurde und seinen Körper so aus den Trümmern befreite.

Kristen schnappte zu und versuchte ihn mit einer ihrer Krallen zu fassen, als er menschliche Gestalt annahm – aber er tat es nie vollständig. Stattdessen versuchte er – wieder in seiner Nebelform, an ihr vorbei zu wabern.

Er wollte in das von ihr geschaffene Loch fliehen, aber noch bevor es ihm gelang, durchflutete Licht den Raum, seine schattenhafte Gestalt löste sich auf und enthüllte den menschenähnlichen Sebastian.

Vom Licht geblendet, sah er sich um und trat schnell in den Schatten.

»Das ist kein fairer Kampf mehr, Shadowstorm. Ich habe Verstärkung. Du kommst hier nicht mehr raus.«

»Das war noch nie ein fairer Kampf«, zischte er, stürmte nach vorne und verwandelte sich wieder in einen Drachen, sobald er in eine schattige Stelle kam. Sie war bereit für ihn, parierte seine müden Angriffe und drängte ihn in das blendende Licht zurück.

Shadowstorm versuchte erneut, sich in Nebel aufzulösen, aber dieses Mal war sie vorbereitet. Sobald die Ränder seiner Form verschwammen, rief sie die Hitze an, die sie seit ihrer Verwandlung in ihrem Bauch gefühlt hatte.

Weißglühende Flammen brachen aus ihr hervor und er landete in seinem menschlichen Körper in ihren Händen.

Aber selbst aus nächster Nähe verbrannt zu werden genügte nicht, um ihn zu töten. Er wehrte sich gegen ihren Griff, unfähig sich im hellen Licht zu verwandeln, aber die Flammen selbst verletzten ihn nicht.

Alleine wäre sie vielleicht frustriert gewesen, aber sie wusste, dass sie Unterstützung hatte. Sie festigte ihren Griff um ihn, rannte direkt ins Licht und schleuderte ihn hoch in die Fabrik.

Schüsse aus Sturmgewehren waren zu hören. Sie erkannte, dass Beanpole aus dem Van mit Gewehren für alle zurückgekommen war.

Sie hielt unter dem Loch inne, schlug mit den Flügeln und schwebte hindurch. Das Team hatte auf Shadowstorm geschossen, als er oben angekommen war. Er hatte sich in einen Drachen verwandelt und stand einfach da.

»Verbrenn dieses Stück Müll«, schrie Drew wütend. Er stand neben dem Loch, durch das Kristen gekommen war in der Nähe eines der Dutzend grellen Lichter, die in die Öffnung leuchteten.

Wenn das kein Befehl war, wusste sie nicht, was zum Teufel das sonst sein sollte. Sie nickte.

Im Gebäude war es jedoch viel schwieriger, ihren Feind in die Enge zu treiben. Sie hatte das Gefühl, dass Drachen an nur einem Ort wirklich kämpften – in der Luft.

Er raste durch die Halle und seine langsamen Flügelschläge konnten seine große Geschwindigkeit nicht erklären. Sie folgte ihm und bemerkte, dass sie sich dort oben, ohne beengt zu sein durch Wände, erst richtig bewegen konnte.

Er war müde, während sie sich in einem Rausch befand und ihn einholte.

Drachenschwingen

Kristen erwischte ihn und sie tauschten Schläge mit Klauen und Schwanz aus. Es gelang ihm, sie abzuschütteln und er setzte seinen Flug am Rande des Gebäudes herum fort. Als er seine Flugbahn in Richtung eines der Fenster änderte, begann er wieder sich aufzulösen. Die Fenster waren groß, aber doch nicht so groß, dass er mit seinem Drachenkörper hindurchpassen könnte.

»Die Lampen!«, brüllte Kristen, aber ihr Team hatte die Bedeutung des Lichts längst verstanden. Drei Strahler erhellten das Fenster und in seinem geschwächten Zustand konnte sich Shadowstorm nicht mehr verwandeln. Stattdessen zerbarst sein Kopf das Glas, seine Flügel und Schultern schlugen gegen die Ziegelmauer und er stürzte in einen sich windenden Haufen von Krallen und schwarzen Schuppen ab.

Kristen ging auf ihn los und schlug mit den Krallen in seine Brust, wie eine Katze, die sich eine Kröte schnappt.

Er schrie vor Qual, als sie mit ihren Stahlkrallen an seiner Brust riss, aber sie wusste, dass das nicht reichen würde, um ihn zu erledigen. Seine Aura zeigte Schmerzen, aber sie wurde keineswegs schwächer. Seine Heilkräfte würden ihn am Leben erhalten, es sei denn, sie würde sein Herz oder sein Gehirn zerstören.

Oder seine Kehle, dachte sie grimmig.

In ihrer Drachengestalt hatte sie wenig Vorbehalte, einem Feind die Halsschlagader durchzubeißen. Sie schnappte zu, aber wieder einmal wurde Shadowstorm substanzlos und wand sich aus ihrem Griff.

Unten auf dem Boden konnten die Strahler, die das Team benutzte, nicht jeden Winkel ausleuchten.

Er schlüpfte durch einen der Wege im Schatten zwischen den Geräten.

Es schien, als wären die anderen auch auf diese Möglichkeit vorbereitet. Einmal in menschlicher Gestalt, prasselte donnerndes Sturmgewehrfeuer auf ihn ein.

»Wenn ich dich schon nicht töten kann, muss ich mich eben mit ihnen begnügen«, schrie ihr Gegner und raste auf die Schüsse zu.

Als sie versuchte ihm zu folgen, wurde sie wegen ihrer Größe sofort gestoppt. Sie verwandelte sich in einem Hauch von Silberstaub in ihren menschlichen Körper und rannte ihm hinterher.

Sie sprinteten zwischen Förderbändern und hoch aufragenden Geräten hindurch. Kristen wollte ihn überrumpeln, während er den Schüssen zur Quelle folgte. Die Kugeln trafen ihn und immer mehr seines dunklen, schattenhaften Blutes rann aus dem Körper, aber es schien ihm nichts auszumachen. Er rannte nur noch vorwärts, hungrig nach Blut.

Der Schattendrache bemerkte nicht, dass er sich der Verbrennungsanlage immer weiter näherte, aber warum sollte er auch?

Kristen ging um eine Ecke und sah, dass die Schüsse aus dem Inneren des Verbrennungsofens kamen.

Hernandez schrie aus dem Inneren des Ziegelturms. »Jetzt mach schon, du verdammte Eidechse.«

Shadowstorm brüllte und raste vorwärts, verwandelte sich in seine Drachengestalt und streckte seinen riesigen Kopf in das Innere des Turmes.

Kaum war das geschehen, flackerten Lichter auf und der Turm explodierte.

Kristen sah ehrfürchtig zu, wie fünf Stockwerke aus fast einhundert Jahre alten Ziegelsteinen auf seinen Kopf stürzten – der sauberste Einsturz, den sie je gesehen hatte. Er war sogar gut beleuchtet. Die Strahler, mit denen ihr Team seine Kraft eingeschränkt hatte, erleuchteten jeden einzelnen Ziegelstein, der er auf den Drachen fiel, um zuerst seinen Kopf und dann seinen ganzen Körper unter sich zu begraben.

»Zum Teufel, ja! Das wollte ich schon immer mal machen«, rief Hernandez freudig von hinten. Sie hatte ein Funkgerät in der einen Hand und einen Zünder in der anderen.

»Geht es dir gut?«, brüllte Kristen besorgt, anstatt passender zu fragen: »Wie zum Teufel bist du da rausgekommen?«

Die andere Frau beantwortete jedoch die unausgesprochene Frage. »Die Dumpfbacke hatte wirklich nicht die geringste Ahnung von Technik. Ich habe ein Funkgerät an ein C4-Bündel gebunden und da drin gelassen.«

Kristen lachte und wandte sich den Trümmern und dem scheinbar besiegten Drachen zu.

Die Ziegelsteine bewegten sich und irgendwie, trotz der Grenzen dessen, was sie überhaupt verstehen konnte, grub sich Shadowstorm wieder heraus.

Er brüllte und hielt seine Drachenform aufrecht, aber er war schwer verletzt. Beide Flügel waren hoffnungslos verstümmelt. Sein Schwanz fuhr herum, obwohl er deutliche Knicke hatte, wie bei einer Katze, deren Schwanz in einer Autotür eingeklemmt worden war.

Obwohl ihm Zähne fehlten und Blut zwischen vielen seiner schwarzen Schuppen floss, war er nicht tot.

»Menschen ... Tod den Menschen«, knurrte er und atmete ein, um jeden im Raum zu verbrennen.

In einem kurzen Augenblick verwandelte sie sich wieder in einen Drachen und rannte vorwärts, um ihr volles Gewicht in seinen Bauch zu werfen, bevor er die Flamme loslassen konnte.

Brüllend stürzte er auf den Ziegelhaufen. Sie presste ihn erneut mit ihrem ganzen Körpergewicht nieder.

In der Luft hatte ihr Kampf etwas Poetisches – wie Adler die um ihre Beute kämpften. Was jetzt folgte, war weit weniger elegant.

Obwohl sie den Körper eines Drachens besaß, fühlte sie sich eher wie ein Walross, als sie und Shadowstorm ihre Körper immer wieder aneinander prallen ließen. Sie stolperten durch die Trümmer und verteilten sie mit ihren Krallen, während ihre Körper aneinanderstießen und jeder Drache versuchte, mit dem Kiefer am Hals des anderen Halt zu finden.

»Du hättest mit mir regieren können«, zischte er.

»Warum sollte ich die Überreste der Stadt, die ich liebe, regieren wollen?«, erwiderte sie.

»Liebe?« Er sprach das Wort mit derselben Verachtung aus, die bei den meisten Menschen Worten wie ›Völkermord‹ oder ›Folter‹ vorbehalten war. »Menschen lieben und gleichzeitig Drache sein funktioniert nicht.«

Sein Schwanz erwischte sie, obwohl er zu schwach war, sie wegzuschlagen. Das Einzige, was er jetzt noch tun konnte war einzuatmen und Feuer in den Raum zu speien. Der Müll entzündete sich, die Farbe an den Wänden ging in Flammen auf, und sogar Ziegelsteine begannen zu schmelzen.

Kristen zog einen Rückzug in Betracht. Die Flammen waren heiß – mehr als heiß – und aus dem Augenwinkel sah sie, dass sich das Feuer aus den Tunneln auch in der

Drachenschwingen

Umgebung ausgebreitet hatte. Die Flammen waren gierig den Resten von Müll und Holzgerüsten gefolgt, bis sie die Recycling-Anlage selbst erreicht hatten. Mittlerweile brannte jede Wand, wirklich alles.

»Kristen!«, schrie Keith. »Du musst hier raus.«

Das bestärkte sie in ihrer Entschlossenheit. »Wenn Menschen sich um Drachen sorgen können, können wir uns auch um sie sorgen.«

Mit neuer Entschlossenheit drang sie durch die Flammen vor und fühlte die Hitze durch ihre Stahlhaut, befürchtete sogar, dass sie vielleicht schmelzen könnte, aber es war ihr egal. Sie erlaubte ihm nicht, ihre Freunde zu verletzen. Sie konnte es nicht, also drängte sie trotz des Schmerzes und der Hitze, die in ihren Augäpfeln brannte, nach vorne. Schließlich erreichte sie Shadowstorm.

Kristen schnitt ihm in dem Moment, als die Flammen stoppten, mit einer Kralle in den Bauch, er krümmte sich, öffnete aber seine Kiefer wieder und spuckte noch mehr Feuer aus.

Die Intelligenz und Gerissenheit in seinen Augen war verschwunden. Statt Arglist und falschem Charme sah sie nur noch Hass und Wut, die heißer brannte als das Feuer, das er aus seinen Eingeweiden spie.

Sie stürzte vorwärts und nutzte ihre Drachengeschwindigkeit, um ihn zurückzuschlagen, aber selbst das beendete das Feuerinferno aus seiner Kehle nicht.

Kristen hatte keine Wahl und tat, was Shadowstorm ursprünglich vorgehabt hatte. Sie musste es tun, wenn sie ihre Freunde retten wollte. Mit peitschenähnlicher Geschwindigkeit dehnte sie ihren langen, gewundenen

Hals – wie eine Schlange – und schloss ihre Stahlzähne um seinen Hals.

Er versuchte nicht mehr, sich zu verwandeln, in Schatten zu aufzulösen oder gar zu fliehen. Stattdessen verdrehte er sich in dem Bemühen, seinen Mund so zu positionieren, dass er Flammen auf seinen Gegner werfen könnte. Als sie ihren Kiefer schloss, seine Luftröhre abdrückte und seine Halswirbel brach, fühlte sie keine Schuld. Sie hatte eine tollwütige Bestie in die Knie gezwungen, keinen menschlichen Gegner.

Shadowstorm blieb er selbst bis zum Schluss. Er war kein Mensch, sondern etwas anderes.

Kristen trat zurück und untersuchte seinen geschundenen Körper. Er war tot. Sie hatte ihm fast den Kopf abgetrennt und anscheinend reichte das aus, um einen Drachen zu töten. Er lag tot zwischen den Ziegelsteinen und den Flammen, auf dem Thron, den er aus ihrer Stadt hatte schnitzen wollen.

»Hall! Ein bisschen Hilfe!« Sie drehte sich beim Klang von Drews Stimme schnell um. Er und das Team waren auf eine der Maschinen geklettert und saßen nun in der Falle. Die Flammen züngelten von allen Seiten heran. Sie wären wahrscheinlich längst tot, wenn nicht der Rauch durch die zerbrochenen Fenstern und das Loch in der Decke entwichen wäre.

Es blieb ihnen nur noch wenig Zeit. Sie schlug mit den Flügeln und war in einem Augenblick neben ihnen. »Steigt auf meinen Rücken«, befahl sie und fragte sich, wenn überhaupt, wie oft das schon passiert war. Hatten Drachen ihre Fähigkeiten genutzt, um Menschenleben zu retten? Es war ihr egal, ob sie es getan hatten oder nicht. Sie war ein Drache und würde ihre Fähigkeiten

Drachenschwingen

so einsetzen, wie sie es für richtig hielt. Heute bedeutete das die Rettung der Menschen, die sich um sie sorgten.

Alle sechs waren da – Drew, Keith, Hernandez, Jim, Beanpole und Butters.

»Butters, hast du zwischendurch eine Snackpause eingelegt?«, scherzte sie. Den Rest hatte sie kaum wahrgenommen, aber er hatte ihr beim Aufsteigen das Gefühl gegeben, als würde er zusätzlich Getreidesäcke auf seinen Schultern transportieren. Sie lächelte über diesen absurden Vergleich, denn ein Sack Getreide wäre jetzt eine Kleinigkeit.

»Du kannst mich später holen«, meinte der Scharfschütze und wollte herunterrutschen. Das war eine Lüge und er wusste es. Wenn sie ihn zurückließe, würde er wie ein Truthahn gebraten werden.

»Bleibt ruhig sitzen«, sagte Kristen und nutzte ihre Aura, um ihre Freunde trotz des Infernos, das um sie herum wütete, zu beruhigen. Sie wurden gelassener – sie konnte die Gefühle jetzt so leicht wahrnehmen, wie sie die Hitze der Flammen um sie herum sogar sehen konnte – und sie bewegte ihre Flügel, um sich über die Flammen zu erheben.

Leider konnte sie sich nicht einfach hinausschwingen. Die überhitzte Luft war zu dick, einen mit so vielen Menschen beladenen Stahldrachen zu tragen. Aber sie wusste ehrlich gesagt nicht, was sie sonst noch tun konnte. Sie konnte nicht einfach wie ein Bulldozer durch die Wand preschen, nicht, wenn sie wollte, dass ihre Freunde überlebten.

»Kannst du den Stahl auch abstellen, oder so?«, schlug Keith vor.

Sie lächelte und verwandelte ihren Körper von einem Stahldrachen in einen normalen Drachen.

Sofort fühlte sie sich leichter und als sie diesmal ihre Flügel bewegte, reichte die Kraft aus, sie höher zu befördern. Sie flog durch die Flammen in einem schnellen, engen Kreis bevor sie durch das Loch in der Decke glitt, dort wo ursprünglich der Verbrennungsofen gestanden und herausgeschaut hatte.

Sie verschwanden keinen Augenblick zu früh vom Dach, als die Flammen im Inneren einen Tank mit entflammbarem Gas erreichten. Kristen würde nie erfahren was genau, nur dass im Herzen der Fabrik etwas explodierte. Das reichte aus, um eine Wand zu destabilisieren. Als diese eine Wand des jahrzehntealten Gebäudes einstürzte, folgten zwei weitere.

Die Kraft mit der so viele Ziegelsteine auf einem Netz von Tunneln zusammenstürzten, genügte, das gesamte Gebäude, die Industrieanlagen und alles andere in die Grube zu werfen, in der die beiden Drachen ihren Kampf begonnen hatten und die Hernandez mit ihrem Sprengstoff zusätzlich destabilisiert hatte.

Nach einem kurzen Augenblick war von der Fabrik, in der Müll sortiert und verbrannt worden war, nur noch eine brennende Grube und eine einzige Ziegelmauer übrig. Der verzinkte Stahl war einfach geschmolzen.

»Danke, dass du uns gerettet hast, Red, aber ich bin für diesen Scheiß nicht warm genug angezogen«, schrie Hernandez über den Wind hinweg.

»Kannst du uns zum Kaffee einladen?«, fragte Jim.

Kristen lächelte. Unter ihnen verbrannte die Leiche von Shadowstorm in einem für ihn selbst ausgehobenen Grab, aber um sie herum fiel Schnee. In dieser Höhe

Drachenschwingen

schienen die Bewegungen der Flocken kaum einen Sinn zu haben. Sie drifteten hin und her, von ihren Flügelschlägen ebenso wie vom Wind umhergewirbelt.

Ihr war nicht kalt. In ihrer Brust brannte ein Feuer, ein Ofen der Kraft, der ihre Fähigkeiten anheizte. Sie wusste, dass sie dieses Gefühl bereits kannte. Es war dasselbe Gefühl, das sie dazu gebracht hatte, sich für ihren Bruder einzusetzen, als er schikaniert worden war. Es war ihr Drachenherz und schon immer ein Teil von ihr gewesen.

Es war leicht die Wärme zu teilen, die sie fühlte und sie stieß sie in die Herzen und Köpfe der Menschen auf ihrem Rücken. Sie spürte, wie sich alle entspannten. Obwohl sie hoch über Detroit schwebten, verstanden nun alle, dass sie nicht sterben würden. Sie verstanden, dass sie sicher waren und dass sie sich um sie kümmerte und alles in ihrer Macht Stehende tat, sie zu beschützen.

»Kristen, ich glaube, ich spreche für uns alle, wenn ich sage, dass wir das ›warm und kuschelig‹ zu schätzen wissen, das du uns gerade gibst«, rief Butters über den Wind, »aber wenn du nicht landest und uns Mützen und Schals anziehen lässt, werden wir alle hier oben erfrieren«.

»Richtig, tut mir leid.« Sie begann einen langsamen Abstieg in Richtung Stadt. Ihr Drachenherz hielt zwar sie warm, aber die Leute auf ihrem Rücken waren schließlich immer noch ganz normale Menschen. Sie fand das herrlich, aber sie wusste auch, dass die Personen auf ihrem Rücken lieber mit einer Tasse dampfendem Getränk getröstet werden wollten.

Kristen brachte sie vorsichtig in die Stadt, die sie alle ihr zu Hause nannten.

KAPITEL 24

Kristen fand jetzt heraus, dass sie in ihrer Drachengestalt Auren viel leichter wahrnehmen konnte wie als Mensch. Es war, als wären ihre silbrig glänzenden Schuppen die Empfänger für diese Fähigkeit. Als sie vor der Müllverbrennungsanlage landete, nahm sie wahr, dass Stonequest und sechs andere Drachen bereits auf sie zusteuerten.

Es war beinahe überraschend, als Drew sich räusperte und erklärte. »Rufen wir das Revier an und holen wir Verstärkung. Dieser Ort muss abgeriegelt werden. Das Feuer und der Dampf in diesem Schneegestöber schreien nach einer Sondermeldung in den Nachrichten.«

»Das liegt nicht mehr in unserer Zuständigkeit«, erklärte sie etwas erschrocken darüber, dass sie als Drache etwas langsamer sprach als ein Mensch. Sie hatte immer noch ihre Stimme, aber sie war etwas tiefer und klang melodischer.

»Was meinst du damit? Dieser Ort liegt definitiv in Detroit.« Keith verschränkte trotzig die Arme.

Sie zeigte mit einer Kralle auf das Drachen-SWAT. Die sieben Drachengestalten waren jetzt nahe genug, um ihre Silhouetten vor den Wolken, die im Licht der Stadt glühten, zu erkennen.

Drachenschwingen

Niemand sonst schien sie jedoch zu sehen, bis einer nach dem anderen landete. Die riesigen Gestalten verhinderten, dass der Schnee auf sie fallen konnte. Die sieben Drachen waren so heiß, dass sie gemeinsam eine Art Hitzeschild gegen die Kälte bildeten.

»Kristen Hall, der Stahldrache«, meinte Stonequest zur Begrüßung. Normalerweise verwandelte er sich in einen Menschen, aber jetzt blieb er in seinem Drachenkörper und umkreiste ihre silberne Gestalt. Sie hatte sich bisher noch nicht wieder in Stahl verwandelt, aber jetzt tat sie es. Im Handumdrehen verwandelte sie sich von einem silbernen Drachen mit weißlicher, leicht lederartiger Haut zwischen den Schuppen, einer weißen Haarmähne und Hörnern in der Farbe und Struktur von Elfenbein vollkommenen in Stahl.

Er antwortete nicht mit Worten, sondern zeigte ihr seine Aura. Er war erfreut und auch beeindruckt, dass sie sich jetzt verwandeln konnte und das überraschte sie nicht. Das Gefühl, das er ihr sandte, erinnerte sie daran, wie sich ihr Vater gefühlt hatte, als sie endlich ohne Stützräder am Fahrrad die Straße hinunterfahren konnte.

»Wir haben Shadowstorm besiegt«, begann sie zu erklären, aber Stonequest und die Auren der anderen Drachen sagten deutlich, dass ihnen das bereits bekannt war. Natürlich wussten sie es. Sie waren zweifellos gekommen, weil sie die Schlacht wahrgenommen hatten. Am Ende hatte Sebastian seine Aura überhaupt nicht mehr unter Kontrolle gehabt. Jeder Drache im Umkreis von hundert Kilometern hatte seine Wut spüren müssen.

»Dort drüben?« Stonequest deutete mit seinem langen Hals auf die brennende Grube, die Rauch und Dampf in die verschneite Nacht verströmte.

Kristen nickte.

»Wie habt ihr ihn erledigt?« Da war etwas in seiner Aura, das ihr Sorgen machte, sie hätte etwas Falsches getan.

»Wir haben gekämpft und dann den Verbrennungsofen auf ihn stürzen lassen. Obwohl er bereits besiegt war, versuchte er meine Freunde zu verbrennen und ich brach ihm das Genick.« Sie erwartete eine Rüge. In der Hitze des Kampfes war es eine natürliche Reaktion, aber es auszusprechen, kam ihr jetzt grauenhaft vor.

Er nickte. »Es ist gut zu wissen, dass er am Ende ist.«

»Du dachtest, er wäre es nicht?«

»Shadowstorm ist ein Meister seiner Aura. Wir alle konnten sie während der Schlacht aus kilometerweiter Entfernung spüren – auch deine – und dann war sie plötzlich verschwunden, im selben Moment, in dem deine am heißesten brannte. Ich habe angenommen, er sei tot, aber ich musste trotzdem sicher gehen, dass du ihm den Todesstoß versetzt hast.«

»Du denkst, er hätte überleben können?«, fragte Kristen ungläubig.

»Nicht, wenn du ihm das Genick brichst. Der Biss eines Drachens ist mächtig und auch unsere Köpfe müssen, genau wie bei jedem anderen Lebewesen mit unserem Körper verbunden sein. Um ihn zu besiegen, musste man entweder sein Gehirn oder Herz durchstoßen oder eben die Halsschlagader durchtrennen.«

Sie kannte die Kräfte in den Körpern von Drachen. Die Kugel, die mit Drachenteilen versetzt war, hatte so effektiv gewirkt wie es ein Taser bei einem menschlichen Körper getan hätte.

Drachenschwingen

»In Ordnung, Team. Ich will, dass dieses Chaos beseitigt wird, und zwar am besten gestern.«

»Das wird nicht leicht, Stonequest«, antwortete ein lilafarbener Drache. Ihre Aura war Kristen fremd. Ihr fehlte die Geradlinigkeit von Stonequest oder die verschiedenen Schattierungen von Shadowstorm. Sie fühlte sich ... eher ... rauchig an?

»Auch wenn die Magier helfen?«

»Ich erzähle dir auch nicht, wie man die Arbeit ohne Verwendung von Werkzeugen erledigt«, maulte der violette Drache.

Ah, das war es also, was sie in der Aura dieses Drachens gespürt hatte. Sie war wohl eine besonders begabte Magie-Anwenderin. Kristen sah, dass drei Magier auf ihrem Rücken saßen. An deren Aura konnte sie erkennen, dass der Drache diese Menschen als die ihren betrachtete. Ihnen zu schaden, wäre eine persönliche Beleidigung für sie, für die sie sich rächen würde. Kristen fand es tröstlich, dass der Drache jedem zu verstehen gab, dass es zu einem Drachenkampf kommen würde, wenn diesen Menschen etwas geschehen sollte. Seltsam war dennoch, dass der lila Drache sie als die ihren ansah.

Kristen seufzte. Sie nahm an, dass sie genauso über ihre Freunde dachte.

»Kannst du es nun aufräumen oder nicht?«

Der lila Drache lächelte. »Die Maschinen können wir wahrscheinlich nicht reparieren, aber Ziegel und Balken sind kein Problem.«

»Gut, Timeflash, dann tu es.«

Stonequest folgte Timeflash in Richtung der brennenden Grube.

Der Drache und die drei Magier standen jeweils in der Nähe einer Ecke des eingestürzten Gebäudes. Violettes Licht floss aus Augen, Mund und Händen von Timeflash und kurz darauf auch aus ihren drei Assistenten. Kristen konnte anhand der Aura des Drachen fühlen, dass die Magier ihre Kraft verstärkten.

Danach konnte sie jedoch nichts weiter tun als gaffen. Ihr Drachenkiefer klappte auf, als der lila Drache und ihre Helfer das Gebäude reparierten, das sie und Shadowstorm so vollständig zerstört hatten.

Das Feuer ging aus und der Dampf begann in das Loch zu sickern.

Es war unglaublich, dass sich die Verbrennungsanlage mit lawinenartigem Getöse selbst reparierte; die Ziegel sortierten sich selbst und stapelten sich zu einem Turm auf. Zuerst war es nur zu hören, aber einen Augenblick später erhoben sie sich über das Dach des rot-weißen Gebäudes und immer weiter. Rauch und Dampf verflüchtigten sich als die Ziegel zu dem Turm wurden, der – eigentlich – zuvor zerstört worden war.

Nach dem Turm schoben sich die Metallwände des Gebäudes selbst an ihren Platz zurück, begradigten die durch die Hitze und die Explosionen entstandenen Biegungen und Knicke und nahmen ihre Funktion als normale Wände wieder auf, als ob nichts passiert wäre.

Ein Glasfenster reparierte sich selbst und es sah aus, als wäre die Anlage überhaupt nicht beschädigt gewesen, zumindest von außen.

Als alles fertig war, verlor sich der Zeitstrahl und das violette Licht verschwand von ihr und den Magiern. Die drei Menschen rannten augenblicklich auf Timeflash zu und Magie zuckte aus ihren Fingern. Der Zauber, den sie

Drachenschwingen

murmelten, verwandelte sich in ein gewaltiges Netz aus Energie, das sie auffing, bevor sie fallen konnte. Jetzt sah sie noch blasser aus als zuvor. Die Anstrengung bei der Reparatur des Gebäudes hatte sie offensichtlich geschwächt.

»Einen Moment, manche Drachen können die Zeit zurückdrehen?« Kristen war fassungslos.

Stonequest kicherte. »So sieht es aus und deshalb hat sie sich so genannt, aber nein. Es ist ebenso unmöglich, die Zeit zurückzudrehen, wie jemanden von den Toten zurückzuholen. Mache dir also keine Sorgen. Die Leiche von Shadowstorm ist noch da drin.«

»Aber wie ...«

»Sie kann wahrnehmen, wie von Menschen berührte Gegenstände zusammengesetzt sind. Wenn sie schnell genug vor Ort ist, kann sie Dinge reparieren, die zerstört wurden. Tests haben bewiesen, dass das keine Zeitmagie ist, sondern eher telepathischen Charakter hat.«

Kristens Verstand drehte sich im Kreis. Shadowstorm besaß Kräfte, die sie nicht verstehen konnte – nicht zuletzt wegen des Schneesturms, der nun über die Stadt hinwegfegte. Sie wusste nicht, ob er ihn ins Leben gerufen oder einfach nur seine Entwicklung beschleunigt hatte und nun würde sie es auch nie mehr erfahren.

»Aber dann könnte sie bombardierte Städte wieder aufbauen und Unfallautos reparieren.« Die Möglichkeiten erschienen Kristen endlos.

Stonequest schüttelte den Kopf. »Nicht wirklich, nein. Ihre Befugnisse sind begrenzt. Selbst für dieses Gebäude brauchte sie diese Magier als Unterstützung und die Maschinen drinnen sind nicht repariert. Das müssten normale Mechaniker machen. Aber keine Sorge. Du wirst all diese Dinge lernen, sobald du zum Drachen-SWAT gehörst.«

»Ja, klar, wann auch immer das sein wird.«

»Jetzt, Kristen. Das war eine Einladung.«

Sie lachte, bis sie sah, dass er nur sanft lächelte. Das war also kein Scherz? »Du machst Witze«, stammelte sie. Mehr konnte sie im Moment nicht sagen.

»Nein, mache ich nicht. Jetzt bist du einer von uns. Du hast deine Drachenform aktiviert und ich glaube nicht, dass jetzt noch jemand im Drachenrat deine Kräfte bestreiten sollte. Mir war klar, dass du mächtig sein musst, aber das? Shadowstorm in einem von ihm selbst gewählten Versteck zu besiegen, wäre selbst für mich eine gewaltige Herausforderung gewesen. Du hast das unglaublich gut gemacht. Ich habe das Recht, die Drachen zu rekrutieren, für die ich mich entscheide und im Moment rekrutiere ich dich.«

»Aber mein Team ...«

»Es ging ihnen gut, bevor du gekommen bist und sie werden ihre ausgezeichnete Arbeit auch nach deinem Weggang weiter leisten«, sagte er. Er schaute den menschlichen Teamleiter fragend an. »Habe ich Recht?«

Drew nickte. Seine Augen sahen ein wenig traurig aus, aber er lächelte dennoch. »Wir wussten, dass dieser Tag kommen würde, Hall.«

»Aber ich bin mehr als nur ein Drache«, sagte Kristen. Sie fühlte die Ablehnung in Stonequests Aura und lächelte. »Okay, ja, ich bin ein Drache, aber das ist nicht alles. Ich bin immer noch ein Mensch. Ich wurde von Menschen aufgezogen und bin als Mensch aufgewachsen. Das wird immer ein Teil von mir sein und

Drachenschwingen

selbst wenn ich so tun könnte, als wäre es nicht so, will ich das nicht. Mensch sein ... Mensch sein ist cool.«

»Zum Teufel, ja!«, stimmte Keith von hinten zu.

Stonequest nickte. »Ich werde nicht streiten deswegen. Schließlich bist du vermutlich der erste Drache in der Geschichte, der mehr Zeit in seiner menschlichen Gestalt verbracht hat als in seiner Drachenform. Aber es gibt immer noch Training, das durchgeführt werden muss. Dinge, die du über das Drachendasein lernen musst. Deine Zeit, in der du mit Menschen gearbeitet hast, ist vorbei.«

Kristen sah Drew noch einmal an und bat um Erlaubnis, Befehle ... irgendwas. Er nickte und grinste immer noch. Das gab ihr Mut genug, den nächsten Schritt zu tun. »Wann müssen wir los?«

»Ich nehme an, du willst deine Familie wiedersehen.«

»Und ein Barbecue veranstalten, bevor du gehst«, schlug Butters vor.

»Dann morgen«, genehmigte Stonequest.

Sie nickte und war mit ihrem Team entlassen. Schnell verwandelte sie sich in ihre menschliche Gestalt und stieg in den Van. Zusammen mit ihrem Team fuhr sie, vielleicht zum letzten Mal, zum Revier zurück.

Das Barbecue begann so normal, dass es fast surreal war. Trotz des Schnees, der in der Nacht gefallen war, trug Kristens Vater immer noch Shorts. Der Schnee war nicht liegen geblieben – Weil Shadowstorm gestorben war?, fragte sie sich – aber das bedeutete nicht, dass es nicht kalt war. Dennoch durften Franks blasse, knorrige

Knie am Barbecue-Tag nicht verborgen werden, so war es bei den Halls Tradition.

»Frank, bist du sicher, dass das genug Schweinefleisch ist?«, fragte Ihre Mutter wohl zum vierzigsten Mal ihren Mann.

»Um Himmels willen, Marty, es sind zwanzig verdammte Pfund Schwein und zusätzlich sechs Hühner.«

»Ja, aber Dad, es könnten Drachen kommen. Drachen«, erklärte Brian kryptisch. Er hatte den ganzen Tag nichts getan, um zu helfen, was für ihn völlig normal war. Stattdessen hatte er seine Zeit mit Videospielen verbracht und seine Schwester angefleht, sich zu verwandeln.

Sie hatte es heute bereits einmal getan, was ihren Vater dazu veranlasst hatte, eine solche Kanonade von Schimpfwörtern loszulassen, dass sie tatsächlich stolz war – bis sie erkannte, dass er nicht vor Erstaunen fluchte, sondern weil sie totales Chaos im Vorgarten angerichtet hatte. Ihre Mutter musste weinen deswegen. Als sie wieder ihre menschliche Gestalt angenommen hatte, umarmte Marty sie so fest, dass sie sogar einen Drachen hätte ersticken können.

»Brian, wir haben keine Mixed Pickles mehr«, sagte Marty jetzt. »Schau, dass du in den Supermarkt kommst. Du kannst das Auto nehmen.«

»Mooooom! Im Ernst? Kristen kann doch hinfliegen. Ich habe den Boss fast besiegt.«

»Ich benutze meine Drachenfähigkeiten nicht, um an eingelegtes Gemüse zu kommen«, maulte sie ihren Bruder an. Sie hatte sich mit ihm zusammengesetzt und ihm erzählt, dass sie zum Trainieren eine Weile weg sein würde, aber er hatte nur gezuckt.

Drachenschwingen

»Und Kristens Freunde kommen schließlich bald«, fügte ihre Mutter hinzu.

Dabei rollte sie mit den Augen. Überlasse es deiner Mutter, magische Drachenkräfte zu ignorieren, aber achte auf die korrekte Gastgeber-Etikette.

»Na gut!« Brian schaute finster drein. »Aber merk dir meine Worte, Stahldrache, wenn du Mixed Pickles isst, bist du dran.«

Ihre Eltern teilten einen Blick, der sagte, was ist wohl bei ihm schief gelaufen? Dann öffnete Marty die Tür. Jim Washington stand davor mit einem Blumenstrauß.

»Guten Tag, Misses Hall. Ich habe ein paar Blumen mitgebracht für Ihr schönes Zuhause.«

»Oh, du musst das wundervolle Kind sein«, sagte sie und brachte an diesem Tag den Stahldrachen mit ihrer unvorstellbaren Kraft vielleicht zum neunzigsten Mal in Verlegenheit.

»Man nennt mich Wonderkid, Ma'am«, sagte er, als sie die Blumen entgegennahm.

Kristen führte ihn durch das Haus hinaus in den Garten, entgegengesetzt dem Weg, den sie beim letzten Mal genommen hatten, als er hier gewesen war.

»Schön, Sie zu sehen, Sir«, sagte Jim zu Frank, der gerade das Pulled Pork aus dem Smoker nahm.

»Ja, ebenso. Es ist schön, dass Kristen die Kollegen auch herbringt, wenn es nicht um eine Entführung geht.«

»Ja, Sir.«

»Wenn ihr beide mich entschuldigen würdet«, sagte ihr Vater und brachte das Fleisch ins Haus.

Einen Moment lang sagten die beiden nichts und sahen nur ihren Atem in der frischen Winterluft dampfen.

Dann räusperte sich Wonderkid und sagte. »Weißt du, ich habe viel von dir gelernt.«

»Jim, wir müssen das nicht tun«, protestierte sie.

»Nein, müssen wir nicht, ich will aber. Als ich dich kennengelernt habe, habe ich dich einfach wegen deiner Persönlichkeit gehasst und ich habe nicht einmal gewusst, was du wirklich bist. In meinem Kopf waren alle Drachen grausame, gefühllose Wesen und ich habe geglaubt, du bist genauso. Ich bin stolz darauf, sagen zu können, dass du das geändert hast. Und jetzt kannst du dich sogar verwandeln.« Jim schüttelte den Kopf. »Du sollst wissen, dass ich das immer zu schätzen wissen werde ...«

»Was zum Teufel ist da hinten los?« Kristen drehte sich um, als Hernandez mit Keith im Schlepptau am Seiteneingang erschien.

»Kuschelt ihr?«, grinste der Frischling.

»Nein ...« Sie versuchte mehr zu sagen, aber Hernandez bemerkte Jims feuchte Augen und grinste.

»Heilige Scheiße, das ist erbärmlich. Du bist noch nicht mal betrunken, Jim. Ein bisschen mehr Rückgrat!« Die Frau lachte und Keith schloss sich ihr an.

»Danke, dass du gekommen bist, Hernandez«, sagte Kristen.

Die Sprengstoffexpertin zuckte die Achseln. »Ach was, ich habe nichts Wichtiges zu tun und wer kann schon zu einem kostenlosen Barbecue nein sagen?«

»Nichts Wichtiges?« Keiths Augenbrauen hoben fast vollständig ab, bevor er knallrot wurde.

»Moment mal ...« Kristen blickte von seinem verlegenen Gesicht auf Hernandez' böses Grinsen. »Ihr zwei ...«

Drachenschwingen

»Poppen? Ja, sicher«, sagte die Frau. Er errötete nur noch heftiger.

Jim runzelte die Stirn. »Ich dachte, du wärst ... äh ...«

»Eine Lesbe? Fick dich, Anfänger. Nein, ich bin keine Lesbe. Ich bumse alles. Bomben, Jungs und Flittchen.«

»Super Sache, Hernandez«, kam von Drew, als er die Stufen des Hauses hinunterging. »Es ist gut zu wissen, dass deine Arbeitsmoral jetzt völlig vor die Hunde geht.«

Sie zuckte die Achseln und sah tatsächlich stolz auf sich selbst aus.

»Drew! Du hast es auch geschafft«, freute sich Kristen.

»Fast wäre ich zu Hause geblieben, damit du dich schuldig fühlst und uns möglichst bald besuchen kommst.« Er lächelte.

»Niemand ist schuldiger als der Stahldrache«, fügte Keith hinzu.

»Ich besuche euch so oft ich kann, aber ich bin trotzdem froh, dass du hier bist.«

»Natürlich. Ich würde es nicht verpassen wollen. Dein Vater kennt die besten Geschichten über die Pensionäre von der Polizei.«

Sie musste schmunzeln. Drew war zu einhundert Prozent Polizist, selbst außerhalb der Arbeitszeit.

»Wow. Eine Stimme für den fetten Vater des Stahldrachen. Das ist neu«, sagte Hernandez.

Kristen hätte sich vielleicht dagegen gesträubt, dass jemand ihren Vater als fett bezeichnet – auch wenn es der Wahrheit entsprach – aber sie war so verdammt froh, dass die Leute, die gesehen hatten, wie sie sich verwandelt und einen Drachen bis zum Tod bekämpft hatte, hier waren und ihre Eltern immer noch als ihre Eltern betrachteten.

Drew lächelte unbeholfen. »Ich habe eine Hall kennengelernt. Sie sind alle cool. Das will ich nicht verlieren.«

»Es ist ja nicht so, dass ich für immer verschwinden werde! Ihr redet über mich, als ob ich auf einen anderen Planeten ziehen würde. Wir sehen Stonequest doch auch regelmäßig. Ich werde in der Nähe sein.«

Wegen dieser Aussage rollten alle Teammitglieder mit den Augen. Hernandez ging so weit, dass sie sogar vor Spott schnaubte. »Ja, richtig, Red – vielleicht sollte ich dich jetzt Stahl nennen – als ob du jemals Pause machen würdest. Ich kann mir nicht vorstellen, dass du einer existenziellen Bedrohung für die Drachenart gegenüberstehst und dich dann um fünf Uhr abmeldest, nur um bei uns für eine Runde Softair vorbeizukommen.« Als sie aufgehört hatte zu sprechen, war der Humor aus ihrer Stimme gänzlich verschwunden.

»Ja ... ja, ich schätze, du hast recht«, lenkte Kristen ein. Plötzlich fühlte sich die Luft viel kälter an, als sie tatsächlich war. »Wollt ihr reingehen, Leute?«

»Willst du keine Tricks oder so etwas vorführen? Uns irgendwelche Drachenmoves vorführen?« Keith versuchte zu scherzen, weil er sich in diesem Moment dazu gezwungen fühlte.

»Ich kann nicht. Mein Vater bringt mich um, wenn ich hier hinten auch noch den Rasen versaue.«

Das hatte zumindest ein paar Lacher verdient. Als sie hereingingen und ihre Jacken auszogen, war die Hilflosigkeit verschwunden. Bis Butters mit Beanpole direkt hinter ihm durch die Vordertür hereinplatzte.

»Kristen! Komm, eine Umarmung bevor ich ganz mit Soße bekleckert bin.«

Drachenschwingen

Er stolperte vorwärts und schlang seine Arme um sie. Sie roch den Alkohol in seinem Atem. »Hat er getrunken?«, fragte sie Beanpole.

Der Mann zuckte die Achseln und nickte dann schnell. »Er sagte, er kann nicht nüchtern Abschied nehmen.«

»Und jetzt muss ich das auch nicht mehr«, meinte der Scharfschütze und drückte sie ganz fest an sich.

»Kumpel, lass los, bevor sie sich in Stahl verwandeln muss«, rief Keith aus der Küche.

Butters ließ sie frei und rieb sich die Augen.

»Ich möchte, dass du weißt, dass du immer auf uns zählen kannst, wenn das Dragon-SWAT dir Schwierigkeiten bereitet.«

»Ha!«, lachte Hernandez. »Um was genau zu tun?«

»Ich habe die Scharfschützin gesehen. Ich werde Löcher in ihre Flügel ballern. Ich werde ihnen auf den Schwanz treten und ich werde ... ich werde ...«

»Es ist angerichtet!«, schrie Kristens Mutter und Butters änderte sofort sein Benehmen.

»Ich muss meinen Teller füllen.« Kristen war vergessen, er marschierte in die Küche. Sehr zur Freude ihrer Mutter stürmte er voran und stapelte Pulled Pork, Huhn, Nudelsalat, Krautsalat und ein paar Burgerbuns – um alles hineinzupacken – auf seinem Teller.

Die anderen folgten, zum Schluss Kristen. Brian kam erst wieder als sie bereits saßen und beschwerte sich laut über die Ungerechtigkeit, dass man wegen Mixed Pickles losgeschickt wurde, nur um schlussendlich festzustellen, dass niemand sie brauchte. Marty tröstete ihren Sohn, indem sie das Gemüse kleinschnitt und auf seinen Teller legte, was alle Polizisten am Tisch nur zum Lachen brachte und ihren Sohn überhaupt nicht erfreute.

»Ein Toast!«, sagte Frank Hall, hob seine halb leere Dose Bier und wartete darauf, dass sich alle beruhigten. »Auf Kristen! Deine Mutter und ich wussten immer, dass du etwas Besonderes bist. Du bist vielleicht der einzige Mensch auf der Welt, dessen Eltern nicht überrascht waren, als sie herausfanden, dass du tatsächlich ein Drache bist. Du bist unglaublich, Krissy und jetzt hast du einen Drachen besiegt, und na ja, ich bin so ... Das ist ...« Er meinte es ja gut, aber jetzt begannen Tränen zu fließen.

Ihre Mutter versuchte, die Ansprache zu retten. »Wir sind stolz auf dich, Schatz, und wir werden immer für dich da sein.«

»Auch wenn hier wieder Leute einbrechen?«, fragte Jim. Scheinbar hatte er ein Bier zu viel erwischt. Diese Frage war ein wenig zu unhöflich für das normalerweise perfekte Verhalten von Wonderkid.

»Wir verschwinden nicht einfach, weil einige Arschlöcher dachten, sie könnten uns Angst einjagen, vor allem nicht jetzt, wo meine Schwester sich in einen Volldrachen verwandeln kann«.

Alle lachten über Brians Witz und Kristen hatte schließlich das Gefühl, dass alles in Ordnung wäre. Diese Leute – ihre Leute – würden ohne sie auskommen können. Sie waren stark, mutig und zu Dingen fähig, für die sie Drachenfähigkeiten brauchte. Sie war stolz, sie zu kennen und wusste, dass jeder von ihnen auf seine eigene Art und Weise definierte, wer sie war.

Die Party dauerte bis spät in die Nacht und ihre Kollegen waren so betrunken, dass sie auf der Couch eingeschlafen waren. Marty hätte niemanden, der auch nur an einem Bier genippt hatte, nach Hause fahren lassen.

Als Stonequest am Morgen in einem Schneeschauer ankam, um Kristen zum Drachen-SWAT zu bringen, waren alle Menschen da, die sie liebte, um sich zu verabschieden und ihr alles Gute zu wünschen.

Als sie sich in ihren Drachenkörper verwandelte – ganz vorsichtig, um den kostbaren Rasen ihres Vaters nicht zu beschädigen – dachte sie an alles, was sie ihr gegeben hatten. Das Vertrauen. Mut. Seltsam gute Reflexe, wenn es um Kampfspiele ging. Sie wäre vermutlich immer noch ein Drache geworden ohne sie, aber sie wäre nicht der Mensch geworden, der sie war. Die Person, die sie alle anfeuerten, sie beleidigten, zu der sie aufschauten oder der sie vertrauten, so wollte Kristen am liebsten sein.

Mit seltsamer Leichtigkeit im Herzen machte sich Kristen zusammen mit Stonequest auf und winkte den Menschen, die sie so sehr liebte, zum Abschied. Sie wusste, dass sie sie wiedersehen würde – sich selbst zu verleugnen, wäre als würde sie verleugnen, dass sie ein Drache war. Sie würde die Welt immer so sehen, wie sie nun einmal war.

»Bist du in Ordnung?«, fragte Stonequest über den Wind hinweg. Er hatte zweifellos ihre Aura gespürt.

»Ich glaube, das bin ich. Dank all der Leute da unten.«

Der Stahldrache und Stonequest flogen in eine ungewisse Zukunft.

ENDE

**Kristen Hall kehrt zurück in:
»Stahldrache 04«**

Wie hat Dir das Buch gefallen? Schreib uns eine Rezension oder bewerte uns mit Sternen bei Amazon. Dafür musst Du einfach ganz bis zum Ende dieses Buches gehen, dann sollte Dich Dein Kindle nach einer Bewertung fragen.

Als Indie-Verlag, der den Ertrag weitestgehend in die Übersetzung neuer Serien steckt, haben wir von LMBPN International nicht die Möglichkeit große Werbekampagnen zu starten. Daher sind konstruktive Rezensionen und Sterne-Bewertungen bei Amazon für uns sehr wertvoll, denn damit kannst Du die Sichtbarkeit dieses Buches massiv für neue Leser, die unsere Buchreihen noch nicht kennen, erhöhen. Du ermöglichst uns damit, weitere neue Serien parallel in die deutsche Übersetzung zu nehmen.

Am Ende dieses Buches findest Du eine Liste aller unserer Bücher. Vielleicht ist ja noch eine andere Serie für Dich dabei. Ebenso findest Du da die Adresse unseres Newsletters und unserer Facebook-Seite und Fangruppe – dann verpasst Du kein neues, deutsches Buch von LMBPN International mehr.

Drachenschwingen

Kristen Hall ist als Mensch aufgewachsen – aber sie ist keiner. Sie ist ein Drache.

Und die Drachenwelt wird nie mehr dieselbe sein.
Sie hat eine gewisse Kenntnis über ihre Kräfte erlangt und sogar einen feindseligen Drachen besiegt.
Aber nichts davon konnte sie auf das vorbereiten, was auf sie zukommen würde. Kristen wurde eingeladen, sich dem Drachen-SWAT anzuschließen – einer Drachentruppe, die für Recht und Ordnung unter den Drachen sorgt. Aber nicht jeder Drache ist mit dem Status quo zufrieden; einige sehen die Menschheit als Bedrohung an, die beseitigt werden sollte. Sie sind nicht allein. Eine wachsende Zahl von Menschen empfindet dasselbe für Drachen.
Auf der Welt gibt es Mächte, die beide Rassen in einen endgültigen Konflikt zwingen wollen. Der Preis? Das Überleben einer Spezies und die Kontrolle über die Erde.
Mächtige Menschen und Drachen spielen Schach um die Zukunft der Welt. Aber Kristen ist ein Mitspieler, mit dem weder die Einen noch die Anderen gerechnet hatten. Sie könnte das Gleichgewicht der Kräfte in beide Richtungen ausschwenken lassen.
Der Stahldrache hat aber auch eigene Pläne. Bewaffnet mit dem Ehrgefühl, das ihr von ihren menschlichen Eltern mitgegeben wurde, wird sie den Geheimnissen auf den Grund gehen müssen, wenn sie auch nur die geringste Chance haben will, einen katastrophalen Krieg abzuwenden!

KEVINS AUTORENNOTIZEN

Wow, dieses Buch hat lange auf sich warten lassen! Michael Anderle und ich sprechen schon seit Ewigkeiten darüber, etwas gemeinsam entstehen zu lassen. Ende letzten Jahres wurde uns schließlich klar, dass wir Ideen für eine neue Serie nur dann richtig sammeln konnten, wenn wir uns persönlich zusammensetzen und an die Arbeit machen würden.

Stichwort Flug, von meiner Heimat Boston nach Las Vegas! Ausgerechnet mit Spirit Airlines!

Es lief dann tatsächlich besser als befürchtet. Ich bekam ein Upgrade zu »mehr Platz«, wodurch ich vorne im Flugzeug saß. Es war, ob ihr es glaubt oder nicht, eine meiner bequemeren Flugerfahrungen. Eine angenehme Überraschung, denn ich hatte schon viele negative Dinge über Spirit gehört.

Ah, Vegas. Ich war schon öfter zu Autorenveranstaltungen dort, aber nie um mich dort mit nur einer Person zu treffen. Vegas kann ziemlich lustig sein, wie sich herausgestellt hat, selbst wenn man null Interesse am Glücksspiel hat. (Meine mathematischen Fähigkeiten sind zu gut, als dass Spielen so viel Spaß machen könnte.) Es ist ein cooler Ort. Ich konnte viel mehr entdecken als vorher, dank Michael, der mich ein wenig herumgeführt hat.

Mike und ich verbrachten mehrere Tage damit, eine Reihe von verschiedenen Ideen für die Geschichte durchzugehen und sie zu bearbeiten, dass wir sehen konnten, welche uns beiden gefielen. Ich glaube, wir

Drachenschwingen

hatten Konzepte für mindestens drei weitere Serien, die wir noch angreifen könnten. Eines Tages werden vielleicht auch diese anderen Ideen an die Öffentlichkeit gelangen.

Bereits am zweiten Tag waren wir schon ziemlich auf Kristens Geschichte fixiert: Der Stahldrache. Da war für uns beide das Richtige drin. Wir hatten eine starke Protagonistin, die wie ein »Fisch auf dem Trockenen« sein sollte und eine Welt erforschen müsste, die ihr völlig unbekannt war. Im Laufe meines Besuchs haben Mike und ich nicht weniger als fünfzehn potenzielle Handlungsstränge für die »Steel Dragon«-Serie entwickelt.

Ihr hattet jetzt mit diesem und den beiden vorherigen Büchern drei davon in der Hand.

Als die grobe Idee vorhanden war, war es an der Zeit, die Beats für das Buch herauszuarbeiten. Dieser Teil war mein Job – Verschwörungstheorien entwickeln ist eine meiner Stärken und ich hatte viel Spaß dabei, all die Prüfungen und Schwierigkeiten zu entwickeln, die unsere Heldin durchleben muss. Nachdem ich die Beats für jede Geschichte fertiggestellt hatte, gingen sie an Michael, der einen Entwurf zurückschickte.

Dann ging ich den Entwurf durch und feilte hier und da daran, fügte einige Szenen hinzu, erweiterte andere ... Das übliche eben. Wenn ich meine Arbeit richtig machen würde, könnte man nie sagen, welche Szenen ich geschrieben hätte und welche Michael Anderle. Ihr müsstet es mir sagen!

Das LMBPN-Betaleser-Team war absolut entscheidend daran beteiligt, diese Geschichten so gut wie möglich zu gestalten. Mit ihrer Hilfe haben wir Kristens Geschichte auf eine Weise verfeinert und verbessert, die wir beide allein nie hätten erreichen können. Ich möchte diesen Lesern ein ganz besonderes Dankeschön aussprechen!

Habe ich schon erwähnt, dass es noch mehr davon gibt, wo das herkommt? Ja, die folgenden Bücher kommen heraus, sobald die LMBPN-Hamster (nur ein Scherz, sie benutzen jetzt Meerschweinchen) es fertig haben. Kristens Abenteuer stehen erst am Anfang.

Danke, dass ihr die Reise mit uns unternommen habt!

Kevin McLaughlin,
20. Oktober 2019

MICHAELS AUTORENNOTIZEN

Vielen Dank, dass ihr diese Geschichte und auch die Anmerkungen des Autors am Ende des Buches gelesen habt!

Zurzeit fliege ich von Frankfurt (Frankfurter Buchmesse 2019) zurück in die USA. Ich bin irgendwo über dem Atlantik, nehme ich an. Alles, was ich sehe, sind die weißen Wolken unter uns (jemand aus dem Cockpit hat erwähnt, dass wir in etwa 10.000 Metern Höhe fliegen), also habe ich keine Ahnung, wo wir sind.

Dieses Verlagsgeschäft ist so umfangreich, dass es manchmal schwer ist, alles zu verstehen, aber ich versuche es.

Ein wenig über meinen Kollegen Kevin McLaughlin.

Wenn ich gebeten würde, »eine Sache« zu nennen, die ich an Kevin einzigartig finde, dann ist es, dass er als Krankenpfleger gearbeitet hat und sich in der Medizin auskennt. Dies wurde einmal auf einem Kongress deutlich, als die Tochter eines Autors erkrankte. Ich hörte morgens von der Geschichte (es geschah am Abend zuvor) und erfuhr, dass Kevin ihn besucht und dem Kind geholfen hatte.

Da ich die Krankenpflege zuvor nicht wirklich mit Kevin in Verbindung gebracht hatte (es war bekannt, stand aber für mich nicht im Vordergrund), war ich einen Moment lang verwirrt. Die Person, mit der ich sprach, MUSSTE die Verwirrung auf meinem Gesicht bemerkt haben und erwähnte dann, dass er Krankenpfleger ist.

Da rastete es ein. Natürlich wusste er, wie er helfen konnte! Wenn man ihn kennenlernt, wird seine Passion, Menschen zu helfen, richtig sichtbar.

Ich möchte zwar auch den Menschen helfen, gebe aber zu, dass ich eine große Abneigung gegen Blut habe. Nicht unbedingt gegen mein eigenes (mit zehn Jahren habe ich um einen Spiegel gebeten, um dem Arzt beim Nähen meiner Lippe zuzusehen).

Aber er geht professionell damit um und behält dennoch sein Mitgefühl.

Kevin war in der Armee (ich nehme an, für vier Jahre? Ich weiß es nicht und jetzt kratze ich mich an der Wange, um herauszufinden, warum ich nie gefragt habe). Wir haben einen Teil dieses Wissens genutzt, um das Universum des Stahldrachen zu erschaffen.

Nun ein paar Hintergründe über Fiktion.

Kevin und ich unterhalten uns gerne über Fachthemen und Geschichten, sodass unsere Zusammenarbeit ein fantastischer nächster Schritt sein konnte. Wir beide lieben die Indie-Publishing-Szene, tolle Bücher und das Erzählen von Geschichten, warum sollte es also eine Herausforderung sein?

Aber das war es dann doch.

Wir hatten uns einige Male auf Veranstaltungen persönlich getroffen. Außerdem luden er und Liz Judith und mich eines Abends auch zum Abendessen nach Boston ein. Er ist kontaktfreudig, lustig, klug und lacht gerne. Und verdammt eigenwillig.

Der meinungsbildende Teil war in unseren vielen früheren Gesprächen nie ein wirkliches Problem, deshalb habe ich mir nichts dabei gedacht. Erst als wir versuchten, diese Geschichte auszuarbeiten, wurde dieser Aspekt zu einer Herausforderung. Wir haben ein paar Mal versucht, die Konzepte der Geschichte über Videoanrufe auszuarbeiten, aber wir kamen nicht weiter.

Drachenschwingen

Also habe ich ihm vorgeschlagen, im Dezember 2018 nach Vegas zu kommen, er nahm einen Flug, wir haben uns in einem Konferenzraum eingerichtet und diese Serie ausgearbeitet. Es war verdammt hart. Er kam mit etwas um die Ecke und es war nichts für mich. Dann kam ich mit etwas, aber es war nichts für ihn.

Wir haben unsere jeweiligen Ideen gegenseitig durchgekaut. Es war ein Hin und Her wie im Tennis.

Den ganzen Tag ging es so und am Ende des ersten Tages fühlte ich mich kreativ ausgelaugt. Glücklicherweise haben wir uns letztlich für Steel Dragon irgendwie auf das große Ganze geeinigt, sodass ich mit ein wenig Positivität in den zweiten Tag gehen konnte. Nach stundenlanger Arbeit hatten wir die Geschichte grob erdacht, die euch jetzt in die Hände gefallen ist.

Ich kann das mit Sicherheit sagen, denn ich weiß verdammt gut, dass Kevin nicht aufgeben würde. Dieser Mann gibt überhaupt nicht nach. ;-)

Wenn ihr die Gelegenheit habt, mit ihm zu sprechen, tut es. Er ist ein einzigartig qualifizierter Autor, der so viel Wissen über die Branche mitbringt (einschließlich der Tatsache, dass er ein Teil davon ist, seit er ... 10 ist, denke ich?)

Aber von allen Aspekten, die ich erwähnen könnte, wenn mich jemand fragt – würde ich auf ihn zeigen und sagen: »Er ist einer der mitfühlendsten Menschen, die ich kenne«.

Der Rest ist einfach nur Makulatur.
Ad Aeternitatem,
Michael Anderle
21. Oktober 2019

SOZIALE MEDIEN

Möchtest Du mehr?
Abonnier unseren Newsletter, dann bist Du bei neuen Büchern, die veröffentlicht werden, immer auf dem Laufenden:
https://lmbpn.com/de/newsletter/

Tritt der Facebook-Gruppe & der Fanseite hier bei:
https://www.facebook.com/groups/ZeitalterderExpansion/
(Facebook-Gruppe)
https://www.facebook.com/DasKurtherianischeGambit/
https://www.facebook.com/LMBPNde/
(Facebook-Fanseiten)

Die E-Mail-Liste verschickt sporadische E-Mails bei neuen Veröffentlichungen, die Facebook-Gruppe ist für Veröffentlichungen und ›hinter den Kulissen‹-Informationen über das Schreiben der nächsten Geschichten. Sich über die Geschichten zu unterhalten ist sehr erwünscht.

Da ich nicht zusichern kann, dass alles was ich durch mein deutsches Team auf Facebook schreiben lasse, auch bei Dir ankommt, brauche ich die E-Mail-Liste, um alle Fans zu benachrichtigen wenn ein größeres Update erfolgt oder neue Bücher veröffentlicht werden.

Ich hoffe Dir gefallen unsere Buchserien, ich freue mich immer über konstruktive Rezensionen, denn die sorgen für die weitere Sichtbarkeit unserer Bücher und ist für unabhängige Verlage wie unseren die beste Werbung!

Jens Schulze für das Team von LMBPN International

**DEUTSCHE BÜCHER VON
LMBPN PUBLISHING**

Kurtherianisches™-Gambit-Universum:

**Das kurtherianische™ Gambit
(Michael Anderle – Paranormal Science Fiction)**

Erster Zyklus:
Mutter der Nacht (01) · Queen Bitch – Das königliche Biest (02) · Verlorene Liebe (03) · Scheiß drauf! (04) · Niemals aufgegeben (05) · Zu Staub zertreten (06) · Knien oder Sterben (07)

Zweiter Zyklus:
Neue Horizonte (08) · Eine höllisch harte Wahl (09) · Entfesselt die Hunde des Krieges (10) · Nackte Verzweiflung (11) · Unerwünschte Besucher (12) · Eiskalte Überraschung (13) · Mit harten Bandagen (14)

Dritter Zyklus:
Schritt über den Abgrund (15) · Bis zum bitteren Ende (16) · Ewige Feindschaft (17) · Das Recht des Stärkeren (18) · Volle Kraft voraus (19) · Hexenjagd (20) · Die Rückkehr der Matriarchin (21)

Das kurtherianische™ Endspiel:
Die Piraten von High Tortuga (22) · Zwingende Beweise (23)

Kurzgeschichten:
Frank Kurns – Geschichten aus der Unbekannten Welt

In Vorbereitung:
…die restlichen Bücher des Kutherianischen™ Endspiels

Das zweite Dunkle Zeitalter

**(Michael Anderle & Ell Leigh Clarke
– Paranormal Science Fiction)**
Der Dunkle Messias (01) · Die dunkelste Nacht (02)
Dunkelheit vor der Dämmerung (03)
Dämmerung naht (04)

**Die Chroniken der Gerechtigkeit
(Natalie Grey & Michael Anderle
– Paranormal Science Fiction)**
Der Rächer (01)
In Vorbereitung sind die restlichen Bücher bis Band 7.

**Richterin, Geschworene & Vollstreckerin
(Craig Martelle & Michael Anderle
– Juristische Space Opera Science Fiction)**
Du wurdest verurteilt (01)
In Vorbereitung sind die restlichen Bücher bis Band 15+.

**Aufstieg der Magie
(CM Raymond, LE Barbant &
Michael Anderle – Fantasy)**
Unterdrückung (01) · Wiedererwachen (02)
Rebellion (03) · Revolution (04)
Die Passage der Ungesetzlichen (05) · Dunkelheit erwacht (06)
Die Götter der Tiefe (07) · Wiedergeboren (08)
In Vorbereitung sind die restlichen Bücher der Serie

Oriceran-Universum:
**Die Leira-Chroniken
(Martha Carr & Michael Anderle – Urban Fantasy)**
Das Erwecken der Magie (01)
Das Entfesseln der Magie (02)

Der Schutz der Magie (03)
In Vorbereitung sind die restlichen Bücher der Serie

**Der unglaubliche Mr. Brownstone
(Michael Anderle – Urban Fantasy)**
Von der Hölle gefürchtet (01) · Vom Himmel verschmäht (02)
Auge um Auge (03) · Zahn um Zahn (04)
Die Witwenmacherin (05) · Wenn Engel weinen (06)
Bekämpfe Feuer mit Feuer (07) · Lang lebe der König (08)
Alison Brownstone (09) · Nur eine schlechte Entscheidung (10)
Fataler Fehler (11) · Karma ist ein Miststück (12)
In Vorbereitung sind die restlichen Bücher der Serie

**Die Schule der grundlegenden Magie
(Martha Carr & Michael Anderle – Urban Fantasy)**
Dunkel ist ihre Natur (01) · Hell ist ihr Augenlicht (02)
Aufrichtig ist ihre Liebe (03) · Stark ist ihre Hoffnung (04)
In Vorbereitung sind die restlichen Bücher der Serie
**steste
Die Schule der grundlegendsten Magie: Raine Campbell
(Martha Carr & Michael Anderle – Urban Fantasy)**
Mündel des FBI (01) · Magische Berufung (02)
Hexe des FBI (03)
In Vorbereitung sind die restlichen Bücher der Serie

›Das Haus der 14‹-Universum:

**Unzähmbare Liv Beaufont
(Sarah Noffke & Michael Anderle – Urban Fantasy)**
Die rebellische Schwester (01)
Die eigensinnige Kriegerin (02)
Die aufsässige Magierin (03)
Die triumphierende Tochter (04)
Die loyale Freundin (05)
Die dickköpfige Fürsprecherin (06)

Die unbeugsame Kämpferin (07)
Die außergewöhnliche Kraft (08)
Die leidenschaftliche Delegierte (09)
Die unwahrscheinlichsten Helden (10)
Die kreative Strategin (11)
Die geborene Anführerin (12)

Die einzigartige S. Beaufont
(Sarah Noffke & Michael Anderle – Urban Fantasy)
Die außergewöhnliche Drachenreiterin (01)
Das Spiel mit der Angst (02)
Verhandlung oder Untergang (03)
Die Würfel sind gefallen (04)
Das Chi des Drachen (05)
Siegeszug für Magitech? (06)
Die neue Drachenelite (07)
Geschichte, neu erzählt (08)
Im Sinne der Fairness (09)
Entscheide über dein Schicksal (10)
Verhandle mit mir oder meinem Drachen (11)
Schluss mit Ungerechtigkeit (12)
Am politischen Himmel (13)
In Vorbereitung sind die restlichen Bücher bis Band 24

Eine Beaufont-Geschichte
(Sarah Noffke & Michael Anderle – Urban Fantasy)
Der geheimnisvolle Plato (01)
Der fantastische Lunis (02)
In Vorbereitung sind die restlichen Bücher bis Band 3

Sonstige Serien

Die Chroniken des Komplettisten
(Dakota Krout – LitRPG/GameLit)

Ritualist (01) · Regizid (02) · Rexus (03)
Rückbau (04) · Rücksichtslos (05) · Inferno (06)
In Vorbereitung sind die restlichen Bücher der Serie

Der Hexenmeister der Wolfsmenschen
(Dakota Krout – LitRPG/GameLit)
Bibliomant (01)
In Vorbereitung sind die restlichen Bücher der Serie

Die Chroniken von KieraFreya
(Michael Anderle – LitRPG/GameLit)
Newbie (01) · Anfängerin (02) · Kriegerin (03) · Heldin (04)
In Vorbereitung sind die restlichen Bücher bis Band 6

Die guten Jungs
(Eric Ugland – LitRPG/GameLit)
Noch einmal mit Gefühl (01)
Heute Erbe, morgen Schachfigur (02) · Dungeonschinder (03)
Und täglich droht die Nebenquest (04)
Hochadel für Einsteiger (05)
Eine Belagerung kommt selten allein (06)
In Vorbereitung sind die restlichen Bücher der Serie

Die bösen Jungs
(Eric Ugland – LitRPG/GameLit)
Schurken & Halunken (01) · Der Dieb im ersten Stock (02)
Die Freischaufler (03) · Krieg der Aufschneider (04)
In Vorbereitung sind die restlichen Bücher der Serie

Die Reiche
(C.M. Carney – LitRPG/GameLit)
Der König des Hügelgrabs (01)
Die verlorene Zwergenstadt (02)
Mörderische Schleife (03) · Geißel der Seelen (04)
Der verlorene Gott (05)

In Vorbereitung sind die restlichen Bücher der Serie

Aufstieg des Großmeisters
(Bradford Bates & Michael Anderle – LitRPG/GameLit)
Heiler auf Abwegen (01)
In Vorbereitung sind die restlichen Bücher bis Band 15

Stahldrache
(Kevin McLaughlin & Michael Anderle –
Urban Fantasy)
Drachenhaut (01) · Drachenaura (02)
Drachenschwingen (03) · Drachenerbe (04)
Dracheneid (05) · Drachenrecht (06)
Drachenparty (07) · Drachenrettung (08)
Drachenermittler (09) · Drachenschwester (10)
Drachenmaske (11) · Drachengefängnis (12)
Drachenschlacht (13)
In Vorbereitung sind die restlichen Bücher bis Band 15

So wird man eine knallharte Hexe
(Michael Anderle – Urban Fantasy)
Magie & Marketing (01) · Magie & Freundschaft (02)
Magie & Dating (03) · Magie & Ausbildung (04)
Magie & Verfolgung (05)
In Vorbereitung sind die restlichen Bücher bis Band 9

Animus
(Joshua & Michael Anderle – Science Fiction)
Novize (01) · Koop (02) · Deathmatch (03)
Fortschritt (04) · Wiedergänger (05) · Systemfehler (06)
Meister (07) · Infiltration (08) · Raubzug (09)
In Vorbereitung sind die restlichen Bücher bis Band 12

Opus X
(Michael Anderle – Science Fiction)

Der Obsidian-Detective (01) · Zerbrochene Wahrheit (02)
Suche nach der Täuschung (03) · Aufgeklärte Ingonoranz (04)
Kabale der Lügen (05) · Mahlstrom des Verrats (06)
Schatten der Überzeugung (07)
In Vorbereitung sind die restlichen Bücher bis Band 12

Chroniken einer urbanen Druidin
(Auburn Tempest & Michael Anderle – Urban Fantasy)
Ein vergoldeter Käfig (01)
Ein heiliger Hain (02)
Ein Familieneid (03)
Die Rache einer Hexe (04)
Ein gebrochener Schwur (05)
Ein verfluchter Druide (06)
Eines Unsterblichen Schmerz (07)
In Vorbereitung sind die restlichen Bücher der Serie

Entfesselte Goth-Drow
(Martha Carr & Michael Anderle – Urban Fantasy)
Eigensinnig und ziemlich ungewöhnlich (01)
Lass die Welt zurück (02) · Reich der unendlichen Nacht (03)
Nur die Starken tragen Schwarz (04)
In Vorbereitung sind die restlichen Bücher der Serie

Die Geburt von Heavy Metal
(Michael Anderle – Science Fiction)
Er war nicht vorbereitet (01)
Sie war seine Zeugin (02)
Hinterhältige Hinterlassenschaften (03)
Das Blut meiner Feinde (04)
In Vorbereitung sind die restlichen Bücher bis Band 9

Skharr TodEsser
(Michael Anderle – Sword & Sorcery Fantasy)

Das todbringende Verlies (01)
In Vorbereitung sind die restlichen Bücher der Serie

**Weihnachts-Kringle
(Michael Anderle –
Action-Adventure-Weihnachtsgeschichten)**
Weihnachts-Kringle: Stille Nacht (01)
Der Weihnachts-Kringle kommt in die Stadt (02)